Der Ariadnefaden: Ein Beginn

Als Krimi-Verlegerin kann ich ein Manuskript kaum ohne tiefe Skepsis aufschlagen. Zu oft habe ich vergeblich nach Originalität gesucht, nach einer Perspektive, die in ihren Bann zieht, einer Sprache, die ihren Rhythmus findet und den Geist mühelos in eine Geschichte entführt, die mir bitte nicht egal sein soll. Nun ja – nach über zwanzig Jahren und Tausenden von Krimis bin ich wohl schwer zu überraschen.

Freitags isst man Fisch allerdings überrascht mich. Auf Anhieb liegt mir die selbstironische Ich-Erzählerin. Cool, nicht kalt. Geistesgegenwärtig. Und die Art, wie Hamburg vorkommt. Bei einigen Krimis ist der Ort charakteristisch genug, um die Präsenz einer Figur zu erreichen. In der Tradition der »hardboiled«-Krimis tritt manche Großstadt wie eine Persönlichkeit auf – je schillernder, desto besser. Hamburg gibt sich oft eher streng, kühl, gediegen. In diesem Kriminalroman tritt das Lebendige, Vielschichtige der Hafenstadt zutage. Schön ist das.

Und die Handlung? Im regnerischen Sommer 1989 will eine Studentin ein schönes Mädchen beeindrucken und schliddert in ein kriminelles Schlamassel. Die Sorte Verbrechen, die uns täglich still umgibt. Mit Tempo und Verve erzählt, glaubhaft, ein bisschen frech. Nikola Rührmann nimmt rasch Profil an, hat Ecken und Kanten und Widersprüche und hält nachvollziehbar die Balance zwischen Moral und Unmoral. Das alles entzückt mich. Ich bin überzeugt: *Freitags isst man Fisch* ist ein Beginn. Und freue mich schon jetzt auf den nächsten Fall.

Else Laudan, Hamburg 2009

Bohnet Pleitgen steht für das AutorInnengespann Ann-Monika Pleitgen und Ilja Bohnet, seit knapp vierzig Jahren Mutter und Sohn. Ann-Monika Pleitgen schrieb schon als Kind Kurzgeschichten und ging mit 16 zur Schauspielschule. Dort traf sie ihren ersten Mann Folker Bohnet, mit dem sie Sohn Ilja bekam. In zweiter Ehe lebt sie seit langem mit dem Schauspieler Ulrich Pleitgen zusammen, ist seine Managerin und an seinen textlichen Arbeiten beteiligt. Der Physiker Dr. Ilja Bohnet trat als Kind am Theater und im Kinderfernsehen auf. Er arbeitet am Deutschen Elektronen-Synchrotron (DESY). Ihre Kriminalromane schreiben Mutter und Sohn gemeinsam, wobei sie gelegentlich die Rollen tauschen. Weitere Nikola-Rührmann-Krimis folgen bald.

Bohnet Pleitgen

Freitags isst man Fisch

Ariadne Krimi 1177
Argument Verlag

Ariadne Kriminalromane
Herausgegeben von Else Laudan
www.ariadnekrimis.de

Deutsche Originalausgabe

Glashüttenstraße 28, 20357 Hamburg
Telefon 040/4018000 – Fax 040/40180020
www.argument.de
Umschlaggestaltung: Martin Grundmann

Lektorat: Else Laudan und Iris Konopik
Satz: Iris Konopik
Druck und Bindung: CPI Moravia Books, Pohorelice,
Printed in Czech Republic
Gedruckt auf säure- und chlorfreiem Papier
ISBN: 978-3-86754-177-0
Erste Auflage 2009

Für Günther Sand
(1941–1989)

Müll erstickt die Welt
Müll ernährt die Welt
Müll regiert die Welt

Nikola Rührmann

Prolog

Erinnern Sie sich an den 9. November 1989? Bestimmt, das ist einer der Tage, bei denen jeder Mensch auch nach Jahrzehnten noch weiß, was er damals gemacht hat. Aber erinnern Sie sich auch an die Nacht vom 15. auf den 16. Mai 1989? Bestimmt nicht. Axel Hagedorn dagegen wird sie bis an sein Lebensende nicht vergessen.

In dieser Nacht fuhr er gegen zwei Uhr morgens mit seinem alten Passat von Harburg nach Hamburg. Eine dicke Wolkendecke lag über der Stadt. Kaum ein Auto war unterwegs. Aus dem Radio ertönte die Schlagerhitparade von NDR 1. Auf dem Heckfenster des grauen Kombi stand in großen Lettern: FLEISCHMARKT AXE HAGEDORN – HAMBURG – ST. PAULI. Jemand hatte ihm vor Jahren das L von der Scheibe gekratzt. Axel Hagedorn summte zur Musik.

»Schau, schau, schau mir in die Augen, schau mir in die Augen, mein Schatz.«

Er war entspannt. Seine Arbeit begann erst in knapp einer Stunde. Vorher wollte er noch bei *Erikas Eck* vorbei. Wäre da nicht die Sache mit seinem Hund, Axel Hagedorn hätte sich richtig auf seinen Arbeitstag gefreut. Von der Neuhöferstraße bog der Kombi in den Reiherstieg-Hauptdeich. Nur das gleichmäßige Lichtband der Straßenbeleuchtung zeichnete den Verlauf der Straße, sonst war alles schwarz.

Seit zwei Wochen fraß der Hund keinen Pansen mehr. Pansen! Gibt es was Besseres für einen Hund? Aber der Köter rührte ihn nicht an. Hagedorn kannte sich aus mit Tieren. Irgendwas stimmte da nicht.

»Schau, schau, schau mir in die Augen, schau mir in die Augen, mein Schatz.« In einer langgezogenen Rechtskurve führte die Straße auf die Kuppe eines Dammes. Links und rechts Leitplanken. Gegenüber der Freihafen, von dem unzählige Lampen des Rangierbahnhofs rüberleuchteten.

Container, nichts als Container, dachte Axel Hagedorn verbittert. In den Fünfzigerjahren war er als Smutje zur See gefahren. Fast um die ganze Welt. Auf einem Stückgutfrachter. Das waren Zeiten gewesen. Vorbei. Wie es mit dem Schlachthof weitergehen würde, war auch nicht klar. »Schau, schau, schau mir in die Augen, schau mir in die Augen, mein Schatz.«

Plötzlich etwas auf der Straße. Groß wie ein Wildschwein. Axel Hagedorn schoss das Adrenalin in die Adern. Im nächsten Moment stemmte er sich ins Bremspedal, als wollte er das Bodenblech durchtreten. Er klammerte sich an das Lenkrad wie an einen Rettungsring. Die Reifen quietschten. Ewigkeiten dauerte das. Das Auto drehte sich mit dem Heck in die Gegenspur.

Endlich kam der Wagen zum Stehen. Motor abgewürgt. Axel Hagedorn hob den Kopf und guckte über das Lenkrad. Die Leitplanke stand im Lichtkegel der Scheinwerfer.

Was immer das war, was da lag, er hatte es nicht überfahren.

Hastig machte er die Warnblinkanlage an. Das fehlte ihm noch, dass ihm einer hintendrauf fuhr. »Schau, schau, schau mir in die Au…« Scheißlied, dachte Axel Hagedorn und schaltete das Radio aus.

Er öffnete die Wagentür. Die Straßenbeleuchtung schaukelte im Wind und knarrte leise. Kein Laut sonst. Keine Seele weit und breit. Das nächste Haus stand hundert Meter entfernt zwischen Straßendamm und Hafendeich, ein mehrstöckiges Gebäude, die Mauern dunkel vor Nässe. Die Fensterscheiben glänzten schwarz. In einer Küche brannte Neonlicht. Axel Hagedorn stieg aus und strich sich mit dicken Fingern aufgeregt über den blauweiß gestreiften Arbeitsanzug.

Neben dem Wagen lag es. Im An und Aus des Warnblinkers. Wenn es ein Tier ist, dann muss es tot sein, dachte Axel Hagedorn. Mit Tieren kannte er sich aus. Kein Tier liegt lebendig so ruhig auf der Straße. Er bückte sich und betrachtete das unförmige Etwas. Ein Wildschwein in Wilhelmsburg? Die sollte es ja neuerdings hier geben. Dann sah er die verdrehten Gliedmaßen. Er beugte sich tiefer runter und schaute sich das an, was einmal der Kopf eines Menschen gewesen war. Verschmierte Radspuren in dem zerstörten Gesicht, das linke Auge unversehrt, von langen Wimpern umrandet, klar, hell, kindlich. Am Hals ein schmales Lederband, an dem ein polierter Stein hing. Der im Entsetzensschrei erstarrte Mund war ein blutverkrustetes Loch, eine klaffende Wunde, aus der im Takt der gelben Warnblinklichter immer noch Blut zu tropfen schien.

Der Schlachter schnaufte hörbar durch die Nase. Er kriegte den Blick nicht weg von dem Grauen. Endlich richtete er sich auf und schaute Hilfe suchend um sich. Er machte einen Schritt zur Seite und trat auf etwas Weiches, Glitschiges. Benommen lehnte er sich an die Leitplanke und hob den Fuß. In der Profilsohle seines Gummistiefels klebte eine gallertartige Masse aus Haut, Blut und Haaren – das andere Auge.

Von Ekel gepackt wich er zurück, stürzte über die Leitplanke, stolperte und rutschte den Straßendamm runter. Ihm drehte sich der Magen um. Gegen einen Betonbogen gestützt erbrach er sich. Nach dem vierten Würgen spuckte er nur noch Speichel. Erschöpft schaute er auf ein Graffiti, das vom fahlen Licht der gegenüberliegenden Straßenlaterne angestrahlt wurde.

MONKEY FACE WAS HERE.

Ich wache auf und habe höllische Kopfschmerzen. Das Tageslicht sticht mir grell in die Augen. Ich brauche dringend eine Alka-Seltzer.

Ich torkle in die Küche, fülle ein Glas mit Mineralwasser und werfe eine Brausetablette rein. Ich brauche zwei, denke ich und werfe die nächste hinterher. Ich lege mich auf die kühlen Küchenfliesen und warte. Das Zischen im Glas hat was Tröstliches. Eine Fliege umrundet unermüdlich die Küchenlampe, als ginge es um einen Eintrag ins Guinness-Buch der Insektenrekorde. Ich folge ihr mit den Augen. Mir wird ganz schwindelig dabei. Ich horche auf das leiser werdende Zischen.

Ich denke an Anglistik-Andreas, der mich von der Party nach Hause gefahren hat, Anglistik-Andreas, der Anglistik studiert, obwohl es ihn eigentlich zur Philosophie drängt. Während der Fahrt berichtete er mir empört vom Vortrag seines Kommilitonen Michael: *Hin zur erzählerischen Vielfalt*, weg *von der Ideologie der Moderne*. Anschließend führte er mich in die Definition des Schuldgefühls von Sigmund Freud ein. Dabei sind wir mit 80 Sachen auf der Grindelallee über eine rote Ampel gebrettert. Der Idiot hätte glatt jemanden überfahren können.

Die Fliege setzt sich ungeniert auf meine Pyjamahose und spaziert über mein rechtes Schienbein.

Das Zischen hat aufgehört. Ich kippe das Zeug runter. Jetzt muss ich nur noch auf die Wirkung warten.

Julia taucht in meinem Kopf auf. Meine Fresse, verdammt schönes Mädchen. Dieser Nacken. Und die blonden Haare. Aber dann fällt mir die Balkonszene ein, mein Stammeln, mein Torkeln, die hilflose Umklammerung des Geländers, das affektierte Grinsen. Mein Gesicht ist ja immer noch völlig verspannt davon. Mit einem heftigen Schlag gegen die Stirn sabotiere ich die schmerzlindernden Ansätze der Alka-Seltzer. Welch armseliger Anblick. Ich habe mich aufgespielt als Detektivin, spezialisiert auf tödliche Verkehrsunfälle mit Fahrerflucht. Ich muss mich bis auf die Knochen blamiert haben. Wie viele Longdrinks hatte ich da schon intus? Mindestens vier. Ich war zweifellos total besoffen, sonst hätte ich nicht mit dem Zählen aufgehört und irgendwelche Tipps gegeben, an die ich selber nicht glaube.

Hat ihn total geplättet, verstehst du, kaum zu identifizieren, weil er mit dem Kopf unter die Räder geraten ist, hat Ole gesagt. *Das Ganze ist draußen im Hafen passiert. Zwischen Veddel und Wilhelmsburg. Um zwei Uhr morgens. Da gibt es keine Zeugen.*

Völlig chancenlos, die Sache aufzuklären. Ich aber habe ihr großspurige Versprechungen gemacht. Warum bin ich nicht über die verdammte Balkonbrüstung in die Tiefe gestürzt? Dann hätte ich die Welt in trunkener Euphorie verlassen und läge nicht ernüchtert auf den Fliesen meiner Küche.

Die Fliege marschiert von meinem Schienbein zur Wade und putzt sich emsig mit den Hinterbeinchen die seidigen Flügel. Dann fliegt sie zielsicher, als hätte sie es sich bei der Morgentoilette vorgenommen, das am Boden stehende Glas an. Ich sehe zu, wie sie ihren schwarzen Rüssel in einen milchigen Tropfen am Glasrand tunkt. So ein hübsches und interessantes Tierchen, seine Facettenaugen setzen ein Bild seiner Umgebung aus einzelnen Punkten zusammen. Eigentlich schade, dass wir immer gleich mit der Fliegenklatsche kommen.

Ich will Julia wiedersehen. Und ich will sie kriegen. So ein Mädchen läuft nicht lang alleine herum – das Fenster ist gerade offen. So benebelt ich auf dem Balkon auch war, die Idee, die ich da hatte, ist gar nicht so schlecht.

Ich springe mit einem Satz auf die Füße. Sie ist sogar genial.

Mein Masterplan: Ich recherchiere, ich rufe sie an, ich recherchiere, ich rufe sie an, ich erkläre ein bisschen, ich beruhige ein bisschen, ich recherchiere, und schon kommen wir uns näher.

Ich hebe das Glas auf und trage es zur Spüle. Die Fliege flüchtet zum Herd und sieht mich vorwurfsvoll an. Ich werde Taxi-Christian von der Sache erzählen und ihn bitten, sich bei seinen Kollegen umzuhören. Außerdem frage ich Asphalt-Wilfried, ob er in seinen Archiven etwas findet über den mysteriösen Unfall. Muss mich sowieso mal wieder bei ihm melden. Ich platze vor Tatendrang. Trotzdem zwinge ich mich zur Ruhe, spüle das Glas unter laufendem Wasser. Zurück auf Eins, denke ich. Wann hat die Geschichte eigentlich angefangen?

Vor anderthalb Monaten. Am Mittwoch, den 10. Mai um 22 Uhr. 22 Uhr 02, um genau zu sein. Exakt zu dieser Zeit schlug ich die Physikbücher zu und machte mich auf zu meinem Stammlokal.

Die lückenhafte Lampenkette, die das Schild mit dem Schriftzug DENNIS SWING CLUB einrahmt, leuchtete mir schon von weitem entgegen. Ich sprang die kurze Treppe des Lokals runter und öffnete die Tür. Die Tiefe des Raums verschwand in einem diffusen Braun. Zwei Typen hockten auf den durchgesessenen Sitzpolstern, hielten sich an ihren Biergläsern fest und schauten angestrengt aneinander vorbei. Auf der winzigen Bühne spielten vier Musiker, unbeeindruckt von der geringen Anzahl ihrer Zuhörer. Es klang nach Miles Davis aus Melvilles *Fahrstuhl zum Schafott*. Dennis, der schwarze Besitzer des Clubs, saß wie immer am Piano. Er warf mir zur Begrüßung neben ein paar Doppelterzen sein breites Grinsen zu. Aus seinem schokoladenfarbigen Gesicht strahlten die Zähne, deren Lücken mich an die Lampenkette draußen erinnerten. Ich schlängelte mich an leeren Tischen vorbei zum Tresen. In einer Ecke sah ich ein junges Pärchen, im frühlingshaften Liebesspiel nur mit sich beschäftigt. Schön anzusehen, aber was hab ich davon. Am Tresen lehnten zwei Hanseaten in Tweedjacketts, begleitet von zwei jüngeren Damen, die auf ihren Hockern saßen wie Hühner auf der Leiter. *Typische Pfeffersäcke*, hätte Edu, mein Großvater, in seinem niederrheinischen Tonfall gesagt. Die Frauen waren bei näherer Betrachtung gar nicht mal so übel. Erstaunlich, dachte ich, wie die Alten an solche Mädchen kommen.

Der Kellner stellte mir wie gewohnt meinen Martini hin und lächelte. Ich hatte gehofft, er hätte heute seinen freien Tag. Ich wich seinem Blick aus und schaute zur Decke. Da hingen Kochtöpfe und andere Küchengefäße, um das Kondenswasser eines unverputzten Wasserrohrs aufzufangen. Dennis improvisierte nicht nur auf musikalischem Gebiet.

Das *Hamburger Abendblatt* lag achtlos auf dem Tresen. Ich schnappte mir die Zeitung und überflog die Nachrichten. An der Meldung über eine Hausbesetzung in Ottensen blieb ich hängen:

Krawalle in der Klausstraße

Am gestrigen Morgen besetzte eine Gruppe von etwa fünfzig Jugendlichen aus dem autonomen Umfeld die leerstehenden Wohnungen und Gewerberäume in einem Gebäude in der Klausstraße. Hausmeister Erwin S. (64), der sich in seiner Mansardenwohnung verbarrikadieren konnte, benachrichtigte die Polizei, die kurz darauf mit einer Hundertschaft am Tatort eintraf. Nach dreimaliger Aufforderung durch die Ordnungshüter verließen die Hausbesetzer freiwillig das Gebäude. Anschließend zogen die Chaoten randalierend durch Ottensen. Dabei wurden Straßen mit Müllcontainern blockiert und Polizeibeamte mit Gegenständen beworfen. Drei Personen wurden vorübergehend festgenommen.

Der Artikel zeigte ein Archivbild der Klausstraße. Ein schwarzer Pfeil markierte das Haus, das von den Autonomen besetzt worden war. Es stand mit brettervernagelten Fenstern zwischen dreigeschossigen Wohnbauten und sah verloren aus. Ich erinnerte mich an eine Bemerkung meines Kommilitonen Jan N Punkt. Unter dem Siegel der Verschwiegenheit hatte er mir vor ein paar Tagen in der Mensa von der bevorstehenden Hausbesetzung berichtet.

»Können wir das hier irgendwo aufhängen?«, fragte jemand leise. Am Tresen standen zwei Mädchen. Ich hatte sie nicht kommen sehen. Mit ihren Bomberjacken und zerrissenen Jeans passten sie nicht ins Bild. Jede hatte einen Stapel Plakate unterm Arm.

Piano, Bass, Gitarre und Schlagzeug beendeten ihr Spiel mit einem heftigen Doppelschlag, das junge Pärchen wurde kurz aus seiner Umarmung gerissen, die Typen auf den durchgesessenen Sitzen applaudierten mit ausdruckslosen Gesichtern, die beiden Damen auch, und die Tweedjacken ließen sich nicht stören.

Der Kellner kam näher und fragte: »Wie bitte?«

»Können wir ein Plakat bei euch aufhängen?«, wiederholte das Mädchen ein bisschen lauter. Sie war schön. Verdammt schön. So schön wie die Mädchen mit den flachsblonden Haaren und den goldbraunen Beinen, die mit blauen Augen von den Werbeplakaten runterlachen. Dann dachte ich nichts mehr, denn die Luft blieb mir weg, kein Sauerstoff, Kopf völlig leer. Ein *coup de foudre* könnte man sagen, aber ein einseitiger. Das Mädchen nahm mich nicht wahr.

Sie breitete eins der Plakate auf dem Tresen aus: AKTIONSTAGE GEGEN WOHNUNGSNOT, SOZIALE AUSGRENZUNG UND RASSISMUS.

»Na, ich weiß nicht recht«, murmelte der Kellner misstrauisch, sah bedeutungsvoll in die Runde und sparte die Mädchen dabei aus. »Wir sind nicht politisch.«

»Unpolitisch zu sein heißt, politisch zu sein, ohne es zu merken«, bemerkte das andere Mädchen sachlich, aber freundlich. Sie war kleiner als die Blonde, hatte ihr braunes Haar mit einem Gummiband zum Pferdeschwanz gebunden und trug eine runde Brille.

Dennis kam und nickte den Mädchen freundlich zu. Er schien, ohne den Text des Plakats gelesen zu haben, einverstanden mit der Aktion. So war Dennis eben.

Die Kleine mit dem Pferdeschwanz wandte sich direkt an ihn. »Es ist also okay?«, fragte sie.

»No problem«, erwiderte Dennis mit seinem breiten Grinsen. »Something to drink?« Es klang fast nach Einladung. Dennis war über jeden jungen Menschen begeistert, der sich in seinen Laden verirrte, und dann auch noch so hübsche.

»Nein, danke. Wir müssen heute noch bis nach Winterhude«, erwiderte das Zauberwesen, das zweifellos einer *Vogue* entstiegen war. Der Stapel Plakate sah tatsächlich nach Arbeit aus. Ich war bemüht, aus meiner Betäubung zu erwachen. Zu spät. Sie verabschiedeten sich. An der Tür drehten sie sich noch einmal um und sagten: »Auf Wiedersehen.« Weg waren sie. Kein einziger Blick für mich.

Dennis rief lachend: »Crazy kids«, zerknüllte das Plakat und warf es in den Mülleimer. So war Dennis eben auch. Dann drückte er, um die Pause der Musiker zu überbrücken, auf den Kassettenrecorder: *I love Paris in the springtime*.

Ein Engel im Vorüberwehn, dachte ich.

Man begegnet ihm manchmal flüchtig
im Treppenhaus.
Es kann aber auch ein
Luftzug gewesen sein.

Wer hat das mal gesagt? Cyros Atabay?

»Die sollen arbeiten gehen, wie jeder andere Bürger auch!«, rief mich eins der Tweedjacketts in die Wirklichkeit zurück.

»Sollen doch rübermachen, wenn's ihnen hier nicht passt!«, lallte sein Gegenstück.

»Den Chaotenhaufen auf eine Insel setzen und das Problem ist gelöst«, riet eine der Frauen.

Die andere wollte nun auch was sagen. »Genau«, fiel ihr ein.

Der Bassist tippte mich freundschaftlich an. »Warum so finster? Keine Ruhe vor ihm?« Mit dem Kinn zeigte er rüber zum Kellner.

»Quatsch«, wehrte ich schnell ab. »War eine nette Zeit mit ihm. Aber er weiß, wie ich bin. Wenn am Straßenrand ein Junge und ein Mädchen stehen, und ich muss mich entscheiden, wen von beiden ich im Auto mitnehme, dann das Mädchen.«

»Nur, dass du kein Auto hast«, sagte der Bassist.

Wir lachten.

»Was mich nervt, das ist die Viererbande da drüben«, sagte ich dann.

»Solche Leute ...«, setzte er an, verlor aber sofort das Interesse, den Gedanken weiter zu verfolgen. Stattdessen kippte er den Rest vom Whisky-Soda runter und guckte in die vor mir ausgebreitete Zeitung. »Das Haus da«, er tippte auf das Foto, »da war ich mal drin.« Er wedelte dem Kellner mit dem leeren Glas zu.

»Bist du sicher?«

»But sure. Unheimliches Haus. Stand schon damals leer. Bis auf die Gewerberäume.«

Der Kellner brachte ihm einen neuen Drink. Ich schaute in eine andere Richtung, um den Blickkontakt zu vermeiden.

»Ein Kumpel von mir hat da vor Jahren gearbeitet. Ziemlich guter Saxophonist. Aufregende Zeit. Nachts zusammen

Bebop als *Blank Brothers*, tagsüber getrennt unterwegs, ich als Handlanger, er im Vertrieb.« Der Bassist zeigte auf das Foto. »In dem Haus da. Aber von einem Tag auf den anderen stand er vor verschlossenen Türen.« Mit einem kräftigen Schluck Whisky-Soda spülte er seine vom vielen Reden trocken gewordene Kehle. »Die Vertriebsfirma«, sagte er dann, »war plötzlich pleite. Blieb ihm einen Haufen Geld schuldig.«

»Warum hat er die Firma nicht angezeigt?«

»Nichts zu machen. Schwarzarbeit«, erwiderte er und betrachtete bekümmert den reduzierten Pegel seines Getränks. »Wochen später sind wir nachts mal rein. Übern Seiteneingang. Umsonst. Alles leergeräumt. Nichts zu holen.« Der Bassist schob das Glas von einer Hand in die andere. »Aber etwas war merkwürdig. Sehr merkwürdig.«

»Was?«

Er schaute mich an, als suchte er nach den richtigen Worten. »Wie gesagt, das Haus stand leer.«

»Und?«

»Ein eigenartiger Geruch hing in den Räumen. Nach Schweiß. Wie von Kindern in der Turnhalle beim Schulsport vielleicht. Schwitzig, weißt du, was ich meine? Very strange.«

»Eigenartig.«

»Genau, eigenartig. Ein unauslöschlicher Geruch von Verzweiflung.«

Wir schwiegen.

»Anyway. This was«, sagte der Bassist und lächelte plötzlich wieder, »meine Short Story von dem unheimlichen Haus in der Klausstraße.«

»Was macht dein Saxophonist heute so?«

»Joey? Hat alles an den Nagel gehängt. Kaum noch Kontakt, wir beide. Die *Blank Brothers* blank«, er zeigte mir sein zusammengezogenes Lächeln, »aber jeder für sich.«

»Das ist schade.«

»Ja, sehr schade«, erwiderte der Bassist, und ich war nicht sicher, ob er das Ende der Freundschaft meinte oder die leeren Geldbeutel oder beides. »Ein wirklich guter Musiker. Vertreter der reinen Lehre. Bebop und Modern Jazz. Harmonik, Soli, Improvisationen und die Blue Note. Aber verdammt, damit ist doch kein Geld zu machen.«

»Gar nicht so einfach, sich seine Ideale zu bewahren«, pflichtete ich ihm artig bei. »Manchmal muss man sich eben verkaufen, oder?«

Der Blick des Kellners traf meinen, und ich kam nicht umhin, ihm kurz zuzulächeln.

Der Bassist legte freundschaftlich seine Hand auf meine Schulter. Einen Tick zu lang, fand ich. »Manchmal. Aber nicht immer. Du studierst. Dir stehen alle Türen offen. Das Leben voller Möglichkeiten. Die Erfüllung deiner Träume …«, sein Lächeln wurde breiter, »… vielleicht morgen schon. Wer weiß?«

Ich trank meinen Martini und versuchte mich an meine Jugendträume zu erinnern. Das Zauberwesen schob sich dazwischen und strahlte mich an.

Die Erfüllung meiner Träume.

Vielleicht morgen schon.

Wer weiß.

Am nächsten Tag schlenderte ich gegen Mittag über den Campus der Universität. In Gedanken war ich noch bei der Vorlesung über die *Kinematik starrer Körper* und fragte mich, warum ich in den vorangegangenen anderthalb Stunden so wenig verstanden hatte und ob mich das nicht beunruhigen müsste.

Die Sonne schien, als wäre sie nie hinter dunklen Wolken gewesen. Die Studenten saßen in Grüppchen zusammen, sonnten sich, lasen oder diskutierten miteinander. Zwischen dem Philosophenturm und den brutalistischen Vorlesungsgebäuden der Betriebswirtschaft spuckte in der Mitte eines steinernen Bassins ein Springbrunnen seinen Wasserstrahl kaum einen Meter hoch in die Luft. Seerosen und hohes Schilf vermittelten einen Rest Naturbelassenheit. Am Rand des Bassins kauerte Jan N Punkt. Als er mich sah, unterbrach er den Vortrag, den er gerade einem kleinen Kreis Zuhörer hielt. »Ah, da kommt der liebe Nikolaus!«, rief er freundlich und strich sich über den schwarzen Spitzbart. Und mit leisem Spott in der Stimme: »Dabei haben wir erst Mai.« Seine kleinen, scharf blickenden Augen hinter der Nickelbrille funkelten.

Ich lächelte müde. Sprüche dieser Art höre ich, seit ich denken kann. »Tag, Jan N Punkt, alter Trotzkist«, konterte ich. »Du genießt die Mittagssonne und vergisst darüber total das politische Weltgeschehen?«

»Nicht ganz, meine Liebe«, erwiderte er, setzte ein ernstes Gesicht auf und kramte umständlich in seiner abgewetzten Ledertasche. »Im Anschluss an unser Seminar im Philturm findet heute in der HWP eine öffentliche Veranstaltung zu dem Prozess gegen Frida und Gerd statt, du weißt sicher davon.«

»Ja, ja, natürlich«, log ich und fragte vorsichtig: »Gehst du hin?«

»Na klar. Die anderen kommen auch.« Er fand endlich das, wonach er gesucht hatte, ein zerknittertes Flugblatt. »Hier, lies das zu dem Schauprozess«, sagte er und reichte es mir.

Ich überflog den Zettel. Krause Formulierungen in typischer Kleinschreibweise. Soweit ich verstand, wurden zwei Leute aus der autonomen Szene nach § 129a StGB der Mitgliedschaft in einer terroristischen Vereinigung bezichtigt.

»Ein repressiver Akt des kapitalistischen Systems, das Ganze«, kommentierte Jan N Punkt entrüstet.

Und wenn schon. »Okay, ich komme mit. Aber nur, wenn du jetzt mit mir essen gehst.«

Jan N Punkt ignorierte meinen erpresserischen Nachsatz und nickte.

Ich sah auf meine Armbanduhr. »In der Annahme, dass die Schlange vor der Mensa-Kasse nicht zu lang ist und wir nicht länger als 5 Minuten anstehen, haben wir für unser Mittagessen 31 Minuten, für den Nachtisch 5 Minuten und für das Zurückbringen der Tabletts 2 Minuten. Summa summarum sind das maximal 43 Minuten. Wenn wir sofort starten, können wir um 14 Uhr sine tempore im Seminar sein.«

Jan N Punkt nickte wieder ernst. Er ist meine Zahlenspiele gewöhnt und vertraut meinen Berechnungen blind. Wir schlossen uns dem Strom hungriger Studenten an, die sich Richtung Mensa bewegten wie die von den Sirenen der Morlocks hypnotisierten Eloi in H. G. Wells' *Zeitmaschine*.

Nach exakt 5 Minuten – ich stellte die Übereinstimmung mit meiner Zeitplanung nicht ohne eine gewisse Genugtuung fest – balancierten wir unsere Tabletts von der Kasse in den Speisesaal, wo wir beim dritten Anlauf im Slalom einen Tischplatz ergatterten. Mit genau 1 Minute Verspätung – wir hatten ärgerlicherweise für den Verzehr des Nachtischs länger gebraucht als eingeplant – brachen wir schließlich zum Philosophenturm auf.

Unser Seminarraum befindet sich im dreizehnten Stockwerk des Gebäudes, ganz oben, und bietet einen beeindruckenden Blick über die Stadt. Eine willkommene Ablenkung, wenn die Vorträge der Kommilitonen zu langweilen beginnen. Auch heute genoss ich die Aussicht.

Nach der Veranstaltung machten wir uns sogleich auf den Weg zur HWP. In dem überfüllten Fahrstuhl wurde ich von Andreas angesprochen: »Hör mal, Nik.«

»Ja? Ah ja«, murmelte ich und schaute auf meine Schuhspitzen. Andreas ist Anglist im neunten Semester, Mitglied der Grünen und hat die lästige Angewohnheit, das philosophische Seminar stets im Fahrstuhl fortzusetzen.

»Also, Michael verherrlicht die Postmoderne. Er proklamiert einfach das Ende der großen Erzählungen im Christentum, Humanismus, Liberalismus und Sozialismus …«

Du lieber Himmel, und wir waren noch nicht mal am achten Stock vorbei.

»Und erklärt sämtliche Ideologien für überholt. Rechts oder links, demokratisch oder totalitär, religiös oder atheistisch – alles scheißegal, ja? Michael behauptet ernsthaft«, sein empörter Rundblick bezog die unfreiwillig Zuhörenden mit ein, »in Wahrheit hätten wir ein Entwöhnungstrauma.«

Noch 7 Stockwerke.

»Deshalb falle es uns angeblich so schwer, souverän in ein neues Zeitalter einzutreten.«

Der Fahrstuhl hielt im sechsten Stock. Ein übergewichtiges Mädchen quetschte sich dazu. Auch das noch.

»Damit verhöhnt Michael alle traditionellen Vorstellungen von Wahrheit, Freiheit und Sinngebung.« Andreas war der Verzweiflung nahe. Ich auch. »Im Ernst, Nik, wo bleibt denn da der Glaube an die Sache?« Seine Stimme kippte um vor Entrüstung, während ich dem Mädchen höflich begreiflich zu machen versuchte, dass sie auf meinem Fuß stand.

Der Fahrstuhl erreichte das Parterre. Endlich. Meine Kommilitonen eilten über den Campus zur HWP – ich humpelnd hinterher.

Wir betraten den Vorlesungssaal. Stimmengewirr und Gelächter, Geruch nach lackiertem Holz, schwarzgekleidete Gestalten – Demonstration der politischen Zugehörigkeit zu autonomen, libertären oder antiimperialistischen Gruppierungen. Wir schoben uns in eine der hinteren Reihen und weichten den revolutionären Charakter der Versammlung optisch ein wenig auf.

Jan N Punkt stieß mich mit dem Ellenbogen an. »Da kommt Sönke.«

Ein spargeldünner Junge mit einem Gesicht wie ein Spaten lief an der Spitze einer kleinen Gruppe. Sein autonomes Outfit – Palästinensertuch, schwarze Lederjacke und Jeans – kaschierte leidlich seine biedere Ausstrahlung. Ich kenne Sönke schon lange, bin mit ihm zur Schule gegangen. Ein braver Junge damals. Seine universitäre Laufbahn begann er mit einem Mathematikstudium, nach ein paar Semestern dann Wechsel zur Philosophie. Schon als Schüler erging er sich bis zum Erbrechen in der Rezitation von Hegel, Lenins Prämisse folgend, man könne *Das Kapital* von Marx nicht verstehen, ohne zuvor Hegels *Logik* gelesen zu haben. Inzwischen hat er sein Engagement auf den Häuserkampf verlegt. Offensichtlich recht erfolgreich. In der Szene jedenfalls ist er kein Unbekannter.

Sönkes Gruppe steuerte die freien Plätze in der Reihe vor uns an. »Tag zusammen«, grüßte er und fügte betont erstaunt hinzu: »Nikola, du auch hier?«

Noch ehe ich mich über seine Bemerkung ärgern konnte, traf mich der Blitz. Unfassbar: Das Mädchen vom Werbeplakat, das Zauberwesen aus der *Vogue*, der Engel im Vorüberwehn. *Hier!* Sie schob sich an Sönke vorbei und setzte sich auf den einzigen noch freien Platz direkt vor mir.

Ich saß wie festgenagelt auf meinem Klappstuhl. Jan N Punkt fragte mich was, aber ich konnte nur stumm die Lippen bewegen. Mein Mund war trocken, und ich starrte auf ihren Nacken, an dem goldblonde, feuchte Löckchen klebten. Sie wischte mit der Hand darüber, als kitzelten sie die winzigen Schweißperlen.

Unbarmherzig knallte die Nachmittagssonne in den Hörsaal. Es war heiß. Und mir war so heiß, dass ich nicht atmen konnte. Der Engel wandte das Gesicht Sönke zu und machte eine Bemerkung. Sie lachten. Ihr Gesicht wurde beim Lachen ganz hell. Sie lehnte sich zurück, und ich roch den Duft ihrer Haut. Limonen, glaube ich. Sie grub die Zähne, starke Zähne und sehr weiß, in die Unterlippe und schien nachzudenken. Dann warf sie sich herum und flüsterte mit dem Jungen an ihrer rechten Seite. Wieder verstand ich kein Wort. Ihre Lippen waren so dicht an seinem Ohr, dass ihr Atem seine Haare bewegte. Ihre Brust drückte sich gegen seinen Arm. Sie hatte wunderschöne kleine runde Brüste unter ihrem schwarzen, gespannten T-Shirt und schlanke Beine, die in unverschämt aufreizenden Leggins steckten. Ein Traum von einem Mädchen. Und offensichtlich liiert mit dem Jungen, der so dicht neben ihr saß. Ich kannte den Typen. Flüchtig. Aus der Streikzeit. Er hieß Kai Orn. Er hatte langes, nach hinten geworfenes Haar und blaue, eindringliche Augen. Sein fein gezeichnetes Gesicht war wach und ausdrucksvoll. Seine Stimme war dunkel und warm. Und trotzdem mochte ich ihn nicht. Irgendwie habe ich ihm seinen Kampf in der Stadtguerilla nicht einen Moment lang geglaubt.

Die Veranstaltung schien zu beginnen, vorne tat sich etwas. Mich beschäftigte aber nur ein Gedanke: Was faszinierte das Zauberwesen an diesem Freizeitkämpfer? Mir schien alles an ihm Theater zu sein, gespielt, auf Wirkung bedacht. Das Pärchen flüsterte sich etwas zu, ich spitzte die Ohren und beugte mich so weit vor, dass meine Nase fast zwischen die beiden geriet.

Jan N Punkt zupfte mich am Ärmel und hielt mir seinen Schreibblock mit einer hastig gekritzelten politischen Notiz hin, ich aber legte, ohne meine Haltung zu verändern, den Finger auf die Lippen und tat so, als sei ich völlig gebannt von dem turbulenten Geschehen auf dem Podium. Dort bahnte sich eine heftige Diskussion an, an der sich Vereinzelte aus dem Publikum mit lauten Zwischenrufen beteiligten. Es ging um die Besucherdelegation, die Frida und Gerd betreuen sollte. Die bisherige Zusammensetzung aus fünf Männern und einer Frau hatte Missmut bei einem Teil der Anwesenden hervorgerufen.

»An Alibifunktionen sind wir nicht interessiert!«

»Frida und Gerd, ist doch logisch: 50:50!«

»Genossinnen, der revolutionäre Fortschritt darf nicht bedeuten, zwei Schritte vor und drei zurück.«

Auch Sönke beteiligte sich mit Eifer. Allerdings kam sein politischer Beitrag über ein »So ist es!« und »Freiheit für Frida und Gerd!« nicht hinaus.

»Hör doch mal«, versuchte Kai über den Kopf seiner Freundin hinweg Sönkes Aufmerksamkeit auf sich zu lenken. »Ich wollte es dir vorhin schon sagen, aber es standen zu viele Leute drum rum.«

»Was denn?«, fragte Sönke gereizt, ohne seinen Blick vom Podium abzuwenden. Der Streit unter den Diskussionsteilnehmern eskalierte. Der Moderator, ein hageres Männchen, lief beschwichtigend von einem zum anderen. Schließlich trat er ans Mikrofon und stellte den Ständer runter auf seine Größe.

»Halt dich fest: Ich habe bei der Aktion vorgestern eine sensationelle Entdeckung gemacht«, beharrte Kai. »Du kannst dir nicht vorstellen, was in dem Haus in Wirklichkeit abgelaufen ist. Ein unglaublicher Skandal.«

Sönke sprang nicht drauf an. Mit einem knappen »Nicht jetzt!« ließ er Kai abfahren. Inzwischen hatte der Moderator ein Manuskript hervorgeholt, dem Umfang nach für eine mehrstündige Rede.

»Um was geht es denn?«, flüsterte das Mädchen ein bisschen beleidigt.

Kai drehte sich zu ihr. Dabei wäre er fast mit meinem Kopf zusammengestoßen, wenn ich nicht blitzschnell zurückgewichen wäre. Irritiert starrte er mich an.

Ich duckte mich, zog ein Taschentuch aus meiner Mappe und putzte mir demonstrativ die Nase.

»Ich war mit Salzstange im dritten Stock«, murmelte Kai. »Später mehr.«

»Okay.« Sie kraulte ihm den Kopf. Ihre Nägel waren rosa lackiert und der Lack an den Spitzen abgeblättert.

Ich lehnte mich zurück und schaute scheinbar unbeteiligt in eine andere Richtung. Der Moderator hatte sich und sein Manuskript sortiert und begann seine Sprechprobe: »Eins, zwei, Test, Test.« Er hüstelte: »Also dann kann es ja endlich losgehen. Ich begrüße – äh – die GenossInnen zu der Solidaritätsveranstaltung für Frida und Gerd.« Sein Redemanuskript erwies sich tatsächlich als *Zauberberg*. Im Anschluss an den endlos langen Vortrag trat ein Hungerstreikkomitee der RAF auf die Bühne, das die sofortige Beendigung der Isolationshaft, das Zusammenkommen der Gefangenen in Gruppen und die Freilassung haftunfähiger Gefangener aus politischen und humanitären Gründen forderte. Dann wurden die Haftbedingungen von Frida und Gerd erörtert und noch einmal die Frage aufgegriffen, wer die beiden besuchen durfte.

Nach einer weiteren Ewigkeit war auch das geklärt, und die Ellenbogenspitze von Jan N Punkt forderte mich auf, meine Hand für irgendeine Abstimmung emporzustrecken (ich glaube, jemand hatte zur Solidarisierung mit den chinesischen Studenten auf dem Platz des Himmlischen Friedens aufgerufen, was von einigen lautstark niedergemacht wurde: »Keine Solidarität mit Revanchisten!«). Im anschließenden Tumult verlor ich das Mädchen aus den Augen. Mit dem Gefühl, den Schluss eines Kinofilms verschlafen zu haben, verließ ich den Hörsaal.

»Mach doch nicht so ein Gesicht, Niko«, versuchte mich Jan N Punkt beim Rausgehen aufzuheitern. »Die GenossInnen werden bald wieder rauskommen.«

Ich lächelte wehmütig.

Ich sollte recht behalten. Die nächsten Tage waren grau. Schlimmer noch: schwarz. Eigentlich hätte ich mich auf die *Theoretische Mechanik* konzentrieren müssen. Stattdessen strich ich auf dem Campus rum, getrieben von der Hoffnung, dem Mädchen noch einmal zu begegnen. Tatsächlich traf ich Gott und die Welt, und am Ende grüßte mich sogar der Hausmeister, aber das Mädchen traf ich natürlich nicht. Dann kam der Regen. Im strömenden Regen harrte ich am Rand des Wasserbassins aus und wartete auf die Erlösung. Die kam nicht, schickte mir aber in Vertretung eine Erkältung. Zwei Tage lag ich mit Fieber, Schnupfen und Husten im Bett. Danach beschäftigte ich mich wieder – zögerlich zuerst – mit der *Kinematik starrer Körper*. Zu meiner Überraschung war sie alles andere als langweilig. Und so fand ich schließlich zurück in meinen studentischen Alltag.

Anderthalb Monate später, am 23. Juni, um genau zu sein, gaben meine Kommilitonen Sabine, Ole und Michael in ihrer WG eine Party. Ich wollte unbedingt hin. Ich brauchte Abwechslung. Ich wollte endlich den Hauch Wehmut loswerden, der wegen des Engels im Vorüberwehn immer noch an mir haftete.

Um 21 Uhr 58 verließ ich – *gestiefelt und gespornt*, wie Edu zu sagen pflegte – die Wohnung. Die Straßen waren nass, aber keine Wolke mehr am Himmel.

Sabine wohnte in Eimsbüttel in der Eichenstraße. Das wusste ich nur vom Hörensagen, denn weiter als bis zur Straßenecke hatte ich sie nie begleiten dürfen. Irgendwann hatte sie mir mal erklärt, dass ich ihr nicht kaputt genug sei. Im Nachhinein finde ich das ganz in Ordnung.

Die kopfsteingepflasterte Straße mit ihren großbürgerlichen Häusern der Jahrhundertwende ist von alten Bäumen gesäumt und hat noch etwas von ihrem ursprünglichen Charme, obwohl ein paar lieblose Neubauten und ein Luftschutzbunker an die Zäsur des Zweiten Weltkriegs erinnern.

Als ich vor dem Haus stand und mich gerade vergewissern wollte, dass dies die richtige Adresse war, stürzte ein schlaksiger Typ aus der Eingangstür. »Was habe ich gemacht? Nichts habe ich gemacht. Von mir hatten die nur den Namen. Für den Rest sind die verantwortlich«, zischte er und warf mir einen wilden Blick zu. Er rempelte sich an mir vorbei und verschwand zwischen den Eichen.

»Blöder Kerl, mach doch die Augen auf«, rief ich ihm nach und rieb mir die Schulter. Ich war sicher, dass er von Sabines Party kam. Die war hörbar im Gange. Ich brauchte nur noch dem Lärm zu folgen. Das Licht im Hausflur ging aus. Vorsichtig tastete ich nach einem Schalter. Das Licht ging wieder an, und ich erschrak. Vor mir stand jemand und blickte mich finster an. Ich brauchte einen Moment, bis ich kapierte: ich selber. Kurzhaarig und kantig in einem trüben Jugendstilspiegel.

Ich stieg die Treppen rauf. Der Schreck, den mein Gesicht mit den kurzen, widerspenstigen Haaren in mir ausgelöst hatte, steckte mir noch in den Knochen. In der zweiten Etage klopfte ich gegen die Tür, hinter der die Party tobte.

»Treten Sie näher, Frau Nikola, es sind schöne Damen da!«, rief mir Anglistik-Andreas entgegen und freute sich diebisch an seiner spontanen Dichtung. Zu den anderen gewandt brüllte er: »Leutchen, die liebe Nikolaus mit ihren milden Gaben!«

Immer noch besser als gar keine Ankündigung, dachte ich und betrat eine Wohnung, in der sich die Gäste drängten wie Sardinen in der Büchse. Im Wohnzimmer, dessen Teppich aufgerollt war, wurde wild getanzt. In den Zimmerecken und entlang der Wände ließen sich knutschende Pärchen von dicken

Rauchwolken verschlucken, aus denen ein paar Herumstehende wie Wolkenkratzer emporstachen. Das sah vielversprechend aus. Im Hintergrund spielten die Beatles ihr *Revolution*; den Kratzern nach eine Erstpressung des Weißen Albums.

»Sag mal, Nik«, quengelte die Stimme von Anglistik-Andreas dicht an meinem Ohr, »habe ich dir schon von der neusten Frechheit erzählt, die sich Michael mit seiner postmodernen These erlaubt hat? Die Wirklichkeit müsse dekonstruiert werden, hat er behauptet. Die Utopien der Weltverbesserer könnten vor den realen Verhältnissen nicht bestehen.« Ich spürte, wie sein emsig vor- und zurückzuckender Kopf die Luft in Schwingung versetzte.

Sabine kam aus der Küche getaumelt und begrüßte mich überschwänglich. Hatte ich derart abgebaut, dass ich interessant für sie geworden war? »Schön, dass du gekommen bist, Niko. Wie du siehst, is hier schon sümmlich viel lo-os«, hickste sie.

»Unten an der Haustür ist mir gerade einer in die Arme gelaufen. War schlecht drauf. Hat der hier versehentlich Kartoffelsalat auf den Boden geschmissen?«

»Kartollelsalat? Kannste haben. In der Kü-üche.« Sabine klammerte sich an mich, um das Gleichgewicht nicht zu verlieren.

»Ich meine den Kameraden, der mir eben vor der Haustür entgegengestolpert ist.«

»Dir ist jemand kameradschaftlich entgegengestol-stolbert? Du, das passiert nicht jedem.« Sie verzog den Mund zu einem anzüglichen Grinsen.

»Du meinst sicher Jörg, der ist gerade gegangen«, meldete Anglistik-Andreas feucht in meinem Nacken.

»Jörg, den mag ich nich. Lass die Finger von dem! Es gibt andere schöne Jungs, Ni-iko.« Sabine hatte mit der Party offensichtlich früh begonnen.

»Halt mal für mich, A-A!«, sagte ich und reichte die Schnapsdrossel an ihn weiter.

Anglistik-Andreas, einen guten Kopf kleiner als Sabine, schnaufte hörbar an der Hinterlassenschaft. Ich ließ beide stehen und schlängelte mich in Richtung Küche. Ein Song von Jona Lewie und Keith Trussell dröhnte durch die Räume:

I'm no good at chatting up and I always get rebuffed.
Enough to drive a man to drink I don't do no washing up.
I always reached the stuff piled up a-piled up in the sink.
But you will always find him in the kitchen at parties.

Jemand zog an meinem Hosenbein. »Nikolaus!« Jan N Punkt sah freundlich zu mir hoch und forderte mich auf, neben ihm Platz zu nehmen. Ich klopfte ihm auf die Schulter.

»Richtig familiär hier. Ich hol mir nur schnell was zu trinken, hinke sonst zu sehr hinterher.« Ich stieg über ein heftig knutschendes Pärchen und erkannte an der verschossenen Baskenmütze Michael. Die Küche war brechend voll. Der Esstisch drohte unter Schüsseln mit Kartoffelsalat, Snacks und Tofu zusammenzubrechen. In der Spüle stapelte sich das Geschirr. Ein Bügelbrett war zur Bar umfunktioniert, an der Wand hing das Poster ›Hafenstraße viel Gut!‹

Dank meiner langjährigen Mensa-Erfahrung erreichte ich in kürzester Zeit den von mir anvisierten Platz bei den Spirituosen. In aller Ruhe mixte ich mir einen Wodka-Kirsch und genoss das Chaos.

»Zwei zu eins. Bravo. Die richtige Mischung«, lobte mich ein Sommersprossiger und nahm mir die Wodkaflasche ab. »Du verstehst was von Drinks. Und die hier sind sogar für umsonst.« Er machte sich daran, sein eigenes Glas in der gleichen Dosierung zu füllen. »Es geht eben nichts über einen gewissenhaften Umgang mit Alkohol.«

»Karotten-Rambo, gib Gummi!«, erwiderte ich, aber ich sagte es mit einem gutmütigen Lachen, und Sommersprosse nahm es nicht übel.

Wir stießen an, ich setzte das Glas an die Lippen, und der Blitz traf mich zum dritten Mal. Da saß sie. In der Küchenecke. *Sie!*

Wir schauten uns an. Ich wollte ihren Blick festhalten, aber ihre Augen schweiften gleichgültig ab. Ich rang um Fassung. Schweiß trat mir auf die Stirn. Ich hätte nie damit gerechnet, dass ich sie hier wiedersehen könnte. Meine Ohren glühten. Ich hielt mich an meinem Longdrink fest und ließ mich auf eine harmlose Plauderei mit Sommersprosse ein, um wieder zu mir zu kommen. Der Adrenalinschub machte mir sehr zu schaffen.

»Schon als Junge verstand ich mich auf Drinks«, erzählte Sommersprosse. »Dabei hat mich eine Mutter großgezogen, die 'ne Aquaholikerin ist. Kerli, du wirst mal Barkeeper, sagte sie immer.« Er malte eifrig seine Telefonnummer auf eine Papierserviette. »Ruf mich mal an. Wenn du willst, gebe ich dir ein paar starke Rezepte durch.«

Ich suchte im Küchengewühl nach dem Freund des Mädchens. Ich fand ihn nicht.

Ole, Sabines Mitbewohner, zog aus einer Ecke ein Sechserpack Bier. »Ole greift 'n Träger ab«, grölte es hinter ihm, und fünf Hände rissen die Verpackung runter und griffen nach den Flaschen.

Ole rettete eine für sich, öffnete sie geschickt mit seinem Feuerzeug und nahm einen kräftigen Schluck, bevor er mich begrüßte: »Ah, unsere Literaturpäpstin ist da. Niko, die Frau mit einem Spruch für jede Situation.« Er deutete freundlich lächelnd auf meinen Drink. »Na, haste was gefunden?«

»Ja, klar. Schmeckt bestens.«

Inzwischen drängten weitere Gäste in die Küche. Eine

Wasserstoffblonde fegte mit ihrem ausladenden blauen Kleid die Hälfte des Geschirrs vom Tisch.

»Ach du Scheiße, denn man tau«, kommentierte Ole den auf die roten und weißen Jugendstilfliesen geklatschten Vanillepudding. Zu meinem Entsetzen entschwand mein Mädchen im Kielwasser der Wasserstoffblonden aus der Küche. Ole bemerkte, dass ich ihr nachblickte. »Arme Julia. Es hat sie ganz schön mitgenommen.«

»Wen meinst du?«, fragte ich.

»Na, das Tausendschönchen, das gerade rausgegangen ist. Ich hoffe nur, dass die Party sie aufheitern kann.« Er setzte die Bierflasche an und nahm wieder einen Schluck.

»Wieso denn, ist sie krank?«

»Du weißt nichts davon?« Oles wässrige Augen schauten erstaunt. »Ich dachte, du hättest es mitgekriegt. Kai war schließlich ein Freund von Sönke.« Er hob die Flasche wieder in die Horizontale.

»Ich weiß was nicht? Was sollte ich mitgekriegt haben?« Ich war beunruhigt, weil Julia nicht in die Küche zurückkam.

»Er ist tot. Mausetot.«

»Tot? Ihr Freund?«

»Ja, tot und begraben, der Verwesung überlassen.«

Also deshalb ist er nicht hier, dachte ich mit leerem Kopf.

»Hier haste meine Nummer«, sagte Sommersprosse und steckte die Serviette in meine Jeansjacke.

»Woran ist er denn gestorben?«, fragte ich mit belegter Stimme und klopfte nervös gegen die ausgebeulte Tasche.

Ole reduzierte seine Flasche auf ihren Pfandwert. Dann wiederholte er genüsslich: »Tot, mausetot.«

»Ja, aber … er war doch, soweit ich unterrichtet bin, völlig gesund?«, sagte ich und wunderte mich über meine gestelzte Ausdrucksweise.

»Immer schön cremig bleiben«, riet uns Sommersprosse, bevor er sich in die Menschenmenge stürzte. »Das ist 'ne voll böse Party hier, die sollten wir uns nicht vermiesen lassen. Verlier meine Nummer nich.«

Ole sah ihm nach und meinte dann lakonisch: »Pkw- oder sogar Lkw-Crash, so genau weiß man das nicht.«

»Was heißt, so genau weiß man das nicht?«

Ole zog mit dem Fuß ein hinter dem Mülleimer verstecktes Dosenbier hervor. »Hat ihn total geplättet, verstehst du, kaum zu identifizieren, weil er mit dem Kopf unter die Räder geraten ist.« Für Sekunden sah ich das feine Gesicht vor mir und das lange, zurückgeworfene Haar. Ole raunte, und dabei wurden seine schwimmenden Augen größer: »Und der Fahrer hat Unfallflucht begangen. Damit bleibt die Geschichte ungeklärt.« Er öffnete das Dosenbier und verschoss einen schaumigen Spritzer auf die umstehenden Gäste.

»Gab es denn keine Zeugen? Niemanden, der den Unfall beobachtet hat?«

Ole zuckte die Schultern. »Ich habe ihn an dem Tag noch gemeinsam mit Sönke gesehen. Das Ganze ist draußen im Hafen passiert. Zwischen Veddel und«, bei der Ortsbeschreibung ruderte er wild mit den Armen, und nun kamen auch die weiter hinten stehenden Gäste in den Genuss seines Bieres, »und Wilhelmsburg. Um zwei Uhr morgens. Da gibt es keine Zeugen.«

»Höchstens ein paar Besoffene«, meinte anzüglich ein Mädchen mit einem Papierschmetterling im aufgetürmten roten Haar. Mit einem strafenden Blick auf Ole wischte sie sich ein paar Biertropfen aus dem Ausschnitt.

Eine makabre Geschichte. Traurig. Kai tödlich verunglückt. Offensicht hatte er im Verkehrsunterricht nicht richtig aufgepasst. Ich dachte an Julia. »Was macht sie, wo er nun tot ist?«

»Julia?« Ole grinste und seine Zähne leuchteten gelb. »Sie welkt so vor sich hin – wie eine Blume, die nicht mehr begossen wird.«

Ohne auf seine Anspielung einzugehen, wandte ich mich ab und zwängte mich aus der Küche. Im dunklen Flur hockte immer noch Jan N Punkt, vertieft in ein Gespräch mit einer Asiatin im hochgeschlossenen Kimono.

»Ich wusste nicht, dass Kai tödlich verunglückt ist«, unterbrach ich die beiden.

Jan N Punkt schaute mich ernst an. »Ja, tragisch. Sehr, sehr tragisch«, seufzte er. »Jetzt liegt er in Ohlsdorf«, fügte er nach einer kleinen Pause hinzu und ließ seinen Blick gedankenvoll in die Ferne schweifen, als könnte er das Grab von hier aus sehen. Nach einem abschließenden freundlichen Kopfnicken in meine Richtung nahm er den Dialog mit seiner Checkerbraut über die Architektur der dritten Ming-Dynastie wieder auf.

Wo war Julia? Ich drängelte mich in ein Zimmer, in dessen Mitte ein knappes Dutzend Leute zu den Klängen von New Model Army hüpfte, umringt von einigen, die den Tanzenden auf die Füße schauten.

Here in the land of no opportunities,
Watch us revel in our liberty.
You can say what you like but it doesn't change anything.
Because the corridors of power, they are an ocean away.
We're the 51st state of America.

Wo war Julia?

Da. Sie stand am Fenster.

Wieder schoss mir das Adrenalin in die Adern, wieder glühten die Ohren. Möglichst lässig lehnte ich mich an die Wand, die gespickt war mit Fotografien von Sabines zahlreichen Studienreisen. Das Herunterfallen eines Bildes – Sabine umringt von nackten Indios – konnte ich durch geschicktes Anheben der linken Schulter unauffällig verhindern. Ich ließ die rosafarbene Flüssigkeit in meinem Glas kreisen und nutzte jeden Schluck, um Julia verstohlene Blicke zuzuwerfen. Ihre langen Beine steckten in schwarzen Jeans. Der ovale Ausschnitt ihres roten T-Shirts betonte die wundervoll runden Schultern. Ich musste sie kennenlernen, heute noch. Ich holte tief Luft und stieß mich von der Wand ab.

Entschlossen durchquerte ich den Raum und blieb direkt vor ihr stehen. Sie schaute gedankenverloren den Tanzenden zu. Eine blonde Strähne fiel ihr ins Gesicht. *Naturblondes Schnecksche*, hätte Edu anerkennend gesagt.

»Tut mir leid, das mit Kai«, sagte ich und versuchte, ein betroffenes Gesicht zu machen.

Sie drehte sich um. »Du kanntest ihn?«

Ich hatte auf den richtigen Knopf gedrückt. »Scheißverkehrsunfall«, sagte ich und mischte Mitgefühl in meine Stimme. Mein Herz klopfte so schnell und stark, dass ich fürchtete, sie könnte es an der Vibration meines T-Shirts sehen.

»Ja«, erwiderte sie nur und wandte sich mit abwesendem Lächeln einem Jungen zu, der mit nackten Füßen tanzte.

»Ich habe ihn beim Uni-Streik kennengelernt«, brüllte ich. Bei der Lautstärke würde gleich die Polizei kommen. Der Freizeit-Sannyasin tanzte immer ausgelassener. »Er war doch auch gut mit Sönke befreundet, nicht wahr?«, rief ich.

»Sönke? Ein Freund von Kai?«, fragte sie, ohne den Blick von dem Jungen zu lassen. »Keine Ahnung. Sie hingen manchmal zusammen ab.«

»Es ist ziemlich stickig hier, hast du vielleicht Lust, mit mir raus auf den Balkon zu kommen?«, wollte ich möglichst forsch fragen, aber am Ende des Satzes ging mir die Luft aus und ich krächzte was wie »raus auf 'n Balkomm?«.

»Nö, mir gefällt es ganz gut hier«, antwortete sie flach. Ihr Blick klebte weiter an dem ekstatisch tanzenden Jungen.

»Ähm«, stammelte ich und wäre am liebsten auf Staubkorngröße geschrumpft. Ein neues Lied röhrte aus den Lautsprechern: Siouxsie and The Banshees mit *Switch*. Ich schaute auf die wilden Verrenkungen des Jungen und wartete auf den Spagat, mit dem er sich für alle Zeiten zeugungsunfähig machen würde.

Julia begann zu tanzen. Ihr schmaler Körper bewegte sich traurig im Rhythmus der Musik.

Wie ein begossener Pudel schlich ich aus dem Zimmer. Was für ein Desaster. Ich drängelte mich zurück in die Küche und mixte mir am Bügelbrett einen Seelentröster.

»Du hast ja schon 'ne Menge intus, Niko«, raunzte mich Jan N Punkt mit Blick in mein aufgelöstes Gesicht besorgt an. Er war dabei, sich einen Whisky mit Zucker zu panschen.

Seine winzige Asiatin ließ sich, ein Tablett mit Wan-Tan-Teigtäschchen über dem Kopf balancierend, zu uns rüberspülen. »Für mich auch einen Whisky bitte«, wisperte sie lächelnd.

»Deinen auch mit zwei Löffel Zucker?«, fragte ich ungläubig, wartete die Antwort aber nicht ab. Wenigstens die beiden haben sich gefunden, dachte ich melancholisch und leerte mein Glas in einem Zug. Ich mixte mir sofort den nächsten Drink. Nur keine dummen Gedanken aufkommen lassen. Nach dem – vierten? – Glas sank ich angeschlagen auf die rotweißen Fliesen neben den leeren Bierkästen nieder.

»Oh, Niko, was machsten du da unten?« Sabine blinzelte angestrengt.

»Ich komme von alleine nicht mehr hoch, na und?«

»Dann helf ich dir ei-einfach«, lallte sie. Geübt in der Solidarität mit Betrunkenen, beugte sie sich zu mir runter. Leider mit dem Glas in der Hand. Der halbe Cocktail ergoss sich über meinen linken Ärmel. Sie zerrte an meiner Jacke, um mich aufzurichten. »Hmm«, stöhnte sie. Sie quälte sich erfolglos mit der Last meines Körpers und verteilte den Rest ihres Getränks auf meinem rechten Ärmel. Erschöpft sank sie schließlich neben mir zu Boden. »Na, macht nix. Is doch auch hier unten gemü-t-lich.«

»Ungemein gemü-t-lich«, bestätigte ich und betupfte die schmierigen Flecken mit der Serviette, die ich in meiner Brusttasche fand. Aus der Froschperspektive erinnerte mich die Küche an die Menschenmenge im Berliner KaDeWe, in das mich meine Mutter an jedem freien Tag gezerrt hatte, als ich ein Kind war: alle so groß – und ich so klein.

Sabine starrte in ihr leeres Glas und wunderte sich. »Das war doch eben noch voll?«

»Wie viele hast du schon?«

»Acht«, gab sie etwas verlegen zu.

»Eine zuverlässige Zahl, steht im Wort: acht, achtzehn, Achtel, achtzig und selbst achtundsechzig. Einmal acht, immer acht. Dagegen die Sieben: sieben, siebzehn, Siebtel, immerhin, aber dann: siebzig, oder siebenundsechzig, um nur ein paar Beispiele zu nennen. Völlig unzuverlässig, die Sieben. Und noch dazu eine Primzahl.« Ich machte Anstalten, aufzustehen.

»Wo willste denn hin?«, fragte Sabine ängstlich, als dürfte ich sie nicht alleine zurücklassen.

»In die Kinderabteilung, Barbie-Puppen kaufen.«

Das ausladende blaue Kleid wischte an meinem Gesicht vorbei. Ich schnappte danach und zog mich in die Vertikale.

»Hey, Finger weg!«, schimpfte ein Typ, der zur Wasserstoffblonden gehörte. Er war baumlang und kräftig und beruhigte sich sofort, als er sah, dass ich eine Frau war.

Ich lächelte entschuldigend und warf die Serviette, die mir an den Fingern klebte, in den Mülleimer. Dann versuchte ich loszugehen. Zu den Barbies oder sonst wohin. Hauptsache weg. Im endlos langen Flur – Hamburger Altbauwohnungen haben endlos lange Flure – tastete ich mich an der Wand entlang zur Ostseite der Wohnung. Ich guckte wie durch zwei Strohhalme, die in verschiedene Richtungen zeigten.

Völlig erschöpft landete ich in einem Erkerzimmer, in dem sich Mäntel, Schirme und Taschen der Gäste türmten. Zum Erker gehörte ein Balkon, von dem aus ich auf die vertrauten Bäume der Eichenstraße blickte. Ein dicker schwarzer Kater sprang von dem Mantelberg und strich mir schnurrend um die Beine. »Na, was machst du denn schon hier? Ich erwarte dich eigentlich erst morgen.« Ich zog die frische Nachtluft durch die Nase. Die Eichen rauschten. Mir war etwas schwindelig, und mein Magen drückte.

»Eine schöne Nacht.«

Ich drehte mich um. Es traf mich wie ein sanfter Schlag. Julia!

Sie trat neben mich an das Balkongeländer und schaute rauf in den klaren Sternenhimmel. Der Kater wechselte den Schmusepartner und strich nun um ihre Beine. Das konnte ich gut nachvollziehen. Aber ich war betrunken, und die frische Luft gab mir den Rest. Mir wurde schwindelig.

»Wenn du genau hinsiehst, kannst du sogar den Großen Bären erkennen.«

»Ja, den Großen Bären. Da«, nuschelte ich, »ich sehe ihn. Ich bin oft im Planetarium und ...« Erschöpft brach ich ab, ich war nicht im Planetarium, ich stand an der Reling der *Amerigo Vespucci*, und das bei Windstärke 9. »Wohnst du da?«, fragte ich und bemühte mich, nicht zu lallen.

Sie löste den Blick vom Großen Bären und sah mich aus runden Augen an.

»Äh ... ich meine: Wo wohnst du?«, verbesserte ich mich und nahm die Brüstung des Balkons fest in den Griff. Die in

Seenot geratene *Amerigo Vespucci* musste unbedingt wieder auf Kurs gebracht werden.

»Im Karoviertel. Mit einer Freundin. Kai kam später dazu.« Sie machte eine Pause. »Seltsam, wie sich alles verändert.«

Das fand ich leider gar nicht. Mein Schiff rollte gewaltig von einer Seite zur anderen. Ich war in großer Sorge, dass es kentern könnte. Da war ich nun unverhofft ein zweites Mal mit Julia im Gespräch, aber außerstande, einen klaren Gedanken zu fassen. Ein Alptraum.

Nach einem Moment, der mir wie eine Ewigkeit erschien, fragte sie: »Woher kennst du ihn?«

»Ähm ... von Demos im Schanzenviertel?«, fragte ich mehr mich selber und hielt das Geländer fest umklammert. Wen meinte sie? Kai Orn? Klar, den kannte ich vom Streik an der Uni, hatte ich doch vorhin erzählt. Später war er mir bei Stadtteilaktionen über den Weg gelaufen. »Kai war ein feiner Kerl«, sagte ich und lehnte mich über das Geländer, als wäre er gerade über Bord gegangen. »Schreckliches Schicksal.« Zu komisch, dass ausgerechnet ich eine Totenrede auf ihn hielt. »Haben die Bullen denn nicht rausgekriegt, wer den Unfall verursacht hat?«, fragte ich und konzentrierte mich ganz auf meine Artikulation.

Sie seufzte. Jetzt bitte keine lästigen Sentimentalitäten.

»Ich weiß nur das, was mir seine Mutter sagte, als sie seine Sachen aus der Wohnung holte. Und das, was später in der Presse stand. War ja nicht besonders viel. In der BILD stand noch das meiste ...«

Mit einer ausholenden Geste ermunterte ich sie, mehr zu erzählen. Offensichtlich wollte sie darüber reden.

»Alles, was die Polizei festgestellt hat, ist, dass Kai am frühen Morgen des 16. Mai von einem Kraftfahrzeug in der Hafenrandstraße auf der Veddel überfahren worden ist. Er muss sofort tot gewesen sein. Der Fahrer beging Fahrerflucht.«

Wer weiß, wie lange seine Leiche auf der Straße gelegen hat. In so einer einsamen Gegend. Mir wurde schlecht.

»Dieses Schwein. Einfach abzuhauen«, sagte sie.

»Die Hafenrandstraße auf der Veddel«, murmelte ich und versuchte, die Straße zu lokalisieren. »Liegt die nicht irgendwo zwischen Freihafen und Wilhelmsburg?«

»Ja, irgendwo da.«

Ich zog die Luft tief ein. Lag es an den Endorphinen, die mein Körper in Julias Gegenwart ausschüttete? Die Wogen unter der *Amerigo Vespucci* schienen sich jedenfalls zu glätten. Das Denken fiel mir leichter. »Das ist doch mehr oder weniger Industriegebiet da unten?«, fragte ich. »Was hat er denn um diese Zeit in dieser gottverlassenen Gegend gemacht?« Ich unterdrückte einen Rülpser.

»Er hatte einen Job auf dem Schrottplatz am alten Gaswerk in Harburg.«

»Mitten in der Nacht?«, fragte ich erstaunt.

»Na ja, es kam schon mal vor, dass er länger gearbeitet hat. An dem Abend hat er wohl den Nachtbus verpasst und war zu Fuß auf dem Nachhauseweg.«

Während Julia redete, überlegte ich fieberhaft, was ich tun könnte, damit der dünne Draht zwischen uns nicht sofort wieder abriss. Ich fragte: »Hast du schon mal erwogen, selber was rauszukriegen, ich meine, selber in der Sache zu recherchieren?«

»Na, ich glaube, die Polizei ist in so was besser.«

»Nein, nein«, sagte ich aufgeregt, »manchmal legen die ungeklärte Fälle viel zu schnell zu den Akten.«

Sie schüttelte den Kopf. »Und wenn schon. Das macht ihn auch nicht wieder lebendig.«

Das sollte es auch nicht. Aber interessant war sie schon, diese Idee, deshalb fuhr ich fort: »Julia, ich habe einen guten Bekannten, der ist Fahritaxer.« Sie schaute skeptisch, und ich verbesserte schnell: »Taxifahrer! Die Kutscher kriegen von der Straße mehr mit als jede andere Spezies des Straßenverkehrs. An den wende ich mich«, triumphierte ich. »Dann habe ich da noch einen Freund, einen richtigen Asphalt-Cowboy. Der hängt für seine Magisterarbeit in diversen Archiven rum. Der könnte alles, was über den Unfall berichtet wurde, für uns zusammentragen. Und darüber hinaus«, mein letzter Trumpf, »habe ich einen Onkel in Niendorf, der ist Rechtsanwalt und hat enge Verbindungen zur Polizei. Eventuell lassen sich über ihn weitere Informationen beschaffen.« Mein Onkel ist seit Jahren pensioniert und hochbetagt, möglicherweise ist er selbst sogar der Gesuchte, aber das musste ich ihr ja nicht auf die Nase binden.

Ton, Steine, Scherben rissen mich hoch mit ihrem rebellischen *Denn wenn die Nacht am tiefsten ist, ist der Tag am nächsten* und nahmen mich mit auf ihren Gipfel. »Komm, lass uns das zusammen anpacken, Julia«, drängte ich.

Sie sah mich an. Sie sagte: »Gut. Probier's.« Und dann ging sie.

Der Kater zog sich hinter die Kisten zurück. Ich war wieder allein.

Ich sah auf die ruhige, dunkle Straße und dachte: Früher oder später wird sie Kai vergessen. Die Lebenden sind nicht die Freunde der Toten.

Dies- und jenseits der Elbe

Samstag, der 24. Juni, 9:53 Uhr

Das ist meine Geschichte mit dem Engel im Vorüberwehn. Hoffentlich fand sie gestern auf der Party nicht ihr frühes Ende. Ich spüle das Glas unter laufendem Wasser, trockne es sorgfältig ab, halte es gegen das Licht, ob es blank ist, und stelle es zurück ins Regal.

Ich laufe in mein Zimmer, reiße das Fenster weit auf und fliege davon, nein, ziehe tief die frische Luft ein. Es duftet nach gemähtem Gras und nach den hochstämmigen Rosen von meinem Hauswirt, die artig die schmalen Kieswege seines Gartens begleiten. Die Katze Mutz pinkelt in den Kies und wirft beim Scharren weiße Steinchen auf den Englischen Rasen. So was sieht mein Hauswirt gar nicht gern.

Als ich aus der Dusche komme, ist es 10 Uhr 16.

»Wo ist das Telefon?« Ich folge dem Kabel und finde es in der Küche neben der Spüle. Ich wähle Wilfrieds Nummer.

Nach kurzem Läuten meldet sich eine kühle weibliche Stimme: »Ja, bitte!«

»Guten Morgen. Nikola Rührmann hier. Könnte ich Wilfried bitte sprechen?«

Das Telefon wird wortlos weitergereicht, aber ich sehe förmlich das Fragezeichen auf der Stirn seiner neuen Tussi.

»Ja.«

»Tag, ich bin es, Nikolaus.«

»Es ist Samstagmorgen, Sput-Nik. Die ganze Welt schläft noch. Was liegt an?«, sagt er zickig. »Ich habe wieder meinen Stiefel nicht vor die Tür gestellt, stimmt's?«, hängt er versöhnlich hinten dran.

Sehr komisch, hätte ich fast erwidert, schlucke es aber runter, weil ich was von ihm will. Ich räuspere mich. »Könntest du mir einen Gefallen tun?«

»Im Moment nicht, Sput-Nik.« Ich sehe förmlich sein vielsagendes Grinsen.

»Ja, ich merke schon. Herzlichen Glückwunsch zur neuen Flamme. Kenne ich sie?«, frage ich höflich, warte die Antwort aber nicht ab, weil mir das verliebte Geklingel in seiner Stimme unerträglich ist. »Wilfried, zurück auf Eins: Hast du von dem Verkehrsunfall mit Fahrerflucht gehört? Mitte Mai? Dabei ist ein Student ums Leben gekommen.«

Längere Pause. Wilfried denkt nach. Dann sagt er: »Mitte Mai war meine Kiste in der Reparatur. Ich kann es also nicht gewesen sein.«

Ich bin genervt. »Du könntest mir weiterhelfen, wenn du mir in deinen Archiven ein paar Zeitungsartikel darüber rauskramen würdest. Ich spendier dir 'ne Flasche Rotwein. Ist das in Ordnung?«

»Ist in Ordnung«, schlägt Wilfried ein und erwartet nicht einmal eine nähere Erklärung.

Ich bedanke mich, wünsche ihm einen schönen Tag mit seiner puschigen Lady, lege auf und wähle die nächste Nummer: »Ja, Rührmann am Apparat. Könnten Sie mir eine Taxe in die Papenhuder Straße schicken? Aber ich möchte einen bestimmten Fahrer.« Ich nenne Christians Nachnamen und habe Glück. Er ist auf Schicht. Und frei. Und um halb 11 bei mir.

Ich schaue auf meine Armbanduhr. 10 Uhr 20. Die Scheiben Weißbrot brauchen im Toaster 3½ Minuten, Butter und Käse aufs Brot kostet 1 Minute, parallel dazu läuft die Zubereitung des Kaffees, zuzüglich Planung und Koordination von 30 Sekunden bleiben 5 Minuten Frühstückszeit. Fein.

Ich habe gerade noch Zeit, Teller und Kaffeetasse in die Spüle zu stellen, da klingelt er schon. Ich stürze mich in meine Jeansjacke und dann die Treppe runter.

»Hallo, Niko. Liegt was Besonderes an, dass du dich von mir persönlich chauffieren lässt?« Christian lehnt an der offenen Tür seiner Taxe. Er wischt sich mit einem Lederläppchen die Brille sauber und zuckt entschuldigend die Achseln. »Sorry, habe seit vierundzwanzig Stunden nicht geschlafen, da wird alles etwas spakig.«

Ich klopfe ihm zur Begrüßung auf die Schulter. »Lass uns eine Spritztour auf die Veddel machen. Warum, weshalb, das erzähle ich dir im Auto. Und ich bezahle sogar.«

»Das ist ja beruhigend«, erwidert Christian trocken. Er setzt seine Brille auf, blinzelt und scheint sich kurz an der klaren Durchsicht zu freuen. »Dann wollen wir mal. Das Taxameter läuft.« Mit einer knappen Geste komplimentiert er mich auf den Beifahrersitz. »Wohin genau soll die Reise gehen?«

»In die Hafenrandstraße bitte.«

»Wilhelmsburg? Na, soll mir recht sein.«

Wir fahren über den Mundsburger Damm, biegen ein in die Sechslingspforte Richtung Elbbrücken, und ich erzähle ihm von dem Verkehrsunfall und der Fahrerflucht.

»Davon habe ich gehört«, sagt er. »Ist im Mai passiert. Da, wo die Hafenrandstraße die Ernastraße quert. Gruselige Gegend. Gehst du auf Jagd nach Verkehrsrowdies? Dann muss ich mich ja richtig vorsehen.« Er lacht, und der Adamsapfel an seinem dünnen Hals hüpft mit.

»Der Unfall geschah in der Nacht vom 15. auf den 16. Mai«, fahre ich unbeirrt fort. »Den flüchtigen Fahrer hat man nicht ausfindig machen können und den Fall offensichtlich ad acta gelegt. Hör dich mal ein bisschen um bei deinen Kollegen! Vielleicht gibt es Hinweise, die mich auf eine Spur bringen.«

Christian bläst die Backen auf und seufzt. »Du hast 'n sonniges Gemüt. Wo schon unsre tüchtigen Kommissare nix rausbekommen haben und das Ganze übern Monat her ist?

Mensch, seitdem ist viel Elbwasser in die Nordsee geflossen. Und noch manch anderer unter die Räder gekommen. Was fesselt dich so an dem Fall?«

»Ich kannte den Typen. Ich habe da was gutzumachen.« Christian schaut wenig überzeugt. »Krischaan«, bedränge ich ihn, »du hast doch immer ein Ohr auf der Straße. Und außerdem wohnst du in der Nähe vom Tatort.«

Wir nehmen die achtspurige Schnellstraße über die Elbbrücken. »In der Nähe? So 'n Quatsch. Ich wohne in Harburg. Das hat mit der Veddel so viel zu tun wie Blankenese mit St. Pauli.« Er streicht sich mit der Hand durch den dünnen Bart.

»Wo ist das Problem, Krischaan? Du sollst doch nur deine Lauscher ein bisschen aufstellen.«

An den Dalben in der Mitte der Elbe liegen zwei Frachtschiffe wie abgestellt und vergessen. Hinter den Elbbrücken biegen wir rechts ab und fahren auf der Harburger Chaussee in die Hafenrandstraße. Der Himmel hat sich bezogen.

Die Hafenrandstraße verläuft parallel zu einem grasbewachsenen Deich, auf dem ein Stacheldrahtzaun den Freihafen von der Stadt trennt. Die Straße führt auf der Kuppe eines hohen Damms in einer langgezogenen Kurve weiter. Links und rechts stehen vereinzelt Häuser, Reste der Gründerzeit, die der Krieg übrig gelassen hat. Darunter ein mehrstöckiges Haus, so heruntergekommen, dass ihm bestimmt bald die Konfrontation mit einer Abrissbirne bevorsteht. Im Parterre eine Gaststätte.

»Das hier muss die Stelle sein.« Christian zeigt mit seinem bärtigen Kinn in Richtung Ernastraße, die den Wall unterquert. Die kleine Straße ist von hier oben so unscheinbar, dass man sie leicht übersieht.

»Krischaan, versuch was rauszubekommen, bitte!«

»Jaja, ich tu, was ich kann.« Er nickt wie zur Bekräftigung

seines Versprechens und atmet tief durch, als ich das Fahrgeld auf einen stattlichen Betrag aufrunde. »Beeil dich, ich darf hier eigentlich nicht halten.«

Ich springe aus dem Taxi. Christian hupt zweimal kurz und fährt davon.

Weit und breit kein Mensch. Es beginnt zu nieseln. Ein schwerer Lkw dieselt an mir vorbei. Der Boden vibriert. Ich stelle mir vor, wie Kai hier irgendwo auf der Straße gelegen hat. Ich suche nach Kreidezeichen, nach einer Blutlache, dabei liegt der Unfall über einen Monat zurück. Alle Spuren sind längst von der zuständigen Straßenmeisterei weggespült, und wenn nicht von der, dann vom allgegenwärtigen Hamburger Regen.

Auf einem Trampelpfad klettere ich über den Damm und gehe rüber zur Gaststätte. Die Rollläden sind heruntergelassen. Der orangefarbene Putz des Hauses scheint mit dem Nieselregen abzublättern. Ich öffne die Tür, die mich in eine düstere, abgetakelte Wirtschaft führt.

»Guten Tag zusammen«, sage ich höflich und sehe mich um. Hochgestellte Stühle und der Geruch nach schalem Bier und scharfen Putzmitteln. Die Kneipe ist genauso menschenleer wie die ganze Gegend hier. Ich gehe zum Tresen. Ein krebsroter Kopf kommt dahinter zum Vorschein und guckt mich verdutzt an. »Guten Tag«, wiederhole ich im gleichen höflichen Ton und denke: Nicht gerade eine Mariannenwirtschaft.

»Moin«, kommt es von unten, wohin der Kopf ungeachtet meiner Anwesenheit wieder abgetaucht ist. »Momang! Momang! *Moment*!« Eine Weile höre ich nur helles Klirren, begleitet von Ächzen und Stöhnen. Biergläser werden eingeräumt. Ich ziehe mir einen Hocker ran. Endlich taucht der rote Kopf hinter der Zapfanlage wieder auf.

»So, wat kann ik för Se doon?«, schnauft er und streicht sich über seinen weizenblonden Rotzstopper.

Auf dem hellbraunen Kunstleder des Hockers entdecke ich glänzende Bierspuren. Ich setze mich trotzdem. »Könnten Sie mir bitte einen Kaffee machen? Mit einem kräftigen Schuss Milch?«

Er zeigt mit dem Daumen auf die Kaffeemaschine hinter sich. »Jüst dörlopen.« Er mustert mich neugierig. »Op de Dörchreis?« Fremde Gesichter ist er in seinem Laden nicht gewöhnt.

»Ich bin Journalistin«, erwidere ich möglichst selbstbewusst. »Ich schreibe an einem Artikel über die Hamburger Verkehrspolitik.«

Der Wirt verzieht übertrieben andächtig das Gesicht. Dann schiebt er mir eine Tasse Kaffee hin und holt ein Kännchen mit Sahne.

»Hier auf der Ecke ist doch neulich dieser schreckliche Unfall passiert, oder?«, frage ich beiläufig und gieße etwas Sahne in den Kaffee, obwohl ich Sahne zum Kaffee nicht mag, rühre in meiner Tasse und hebe irritiert den Kopf, weil der Wirt lauthals loslacht.

»Dat heff ik mi dacht«, prustet er mit Triumph in der Stimme, »dat heff ik mi dacht, dat se mi dat frogt. *Journalistin.* Dor kaamt se aver laat mit rut.« Sein Lachen geht in einen bellenden Raucherhusten über, der ihm die Tränen in die Augen treibt.

Mir liegt eine scharfe Antwort auf der Zunge. Ich spüle sie mit einem Schluck schalen Kaffees runter und hebe fragend eine Augenbraue.

»Na, wiel al 'n ganzen Barg von Ehr Soort hier weer«, klärt er mich auf und wischt sich mit einem schmuddeligen Lappen über die Augen.

»Es waren viele Reporter hier?«

»Na, dat segg ik doch. Un een weer dummdriester as de anner. Nee, nee, de Journaille.«

Der Kaffee schmeckt mehr als abgestanden. Ich gieße Sahne nach.

Der Wirt hat sich inzwischen von seinem Lachanfall erholt. »Weten Se«, erzählt er leutselig und wienert mit dem Lappen den Tresen, »dat Wekenenn, as de Unfall passeert is, sünd wi güntsiet west – also in 'n Osten, bi de Familie von mien Fro.«

»Sie waren gar nicht hier?«

»Na, dat segg ik doch. Wi weeren dat Wekenenn 'n de DDR. Rostock. Mann, is dor allens afsleten. De Hüüs un allens. Trurig, trurig …« Er stützt sich mit beiden Ellenbogen auf den Tresen und hängt seinen Gedanken nach. Dann holt er tief Luft, ein untrügliches Zeichen dafür, dass mir das erste Kapitel seiner Biografie droht.

»Von dem Unfall haben Sie, ich meine, Sie persönlich also nichts mitbekommen?«, frage ich schnell. Ich schiebe mit dem rechten Handrücken die volle Kaffeetasse beiseite.

»Aver dat segg ik doch de hele Tiet. Se glöben dat ok nich, wa? As Ehr däämlich Kumpanen.« Er greift nach der Tasse, stellt sie kommentarlos in den Abwasch und poltert los: »De Letzte weer vör twee Weken hier un is mi op de Nerven gahn.«

»Vor zwei Wochen? Ein Journalist?«

»Ach, keen Ahnung. Dat weer so 'n Döösbaddel, hett hier mien Gäst wegen den Unfall ansnackt, sehg nich ut as 'n Blattschriever, mehr as so 'n smeerigen Briet ut de Havenstroot. So 'n Spittelfink. Ganz in Swatt – as 'n afbrennt Striekholt.«

»Sie meinen, ein Autonomer?«

»Na, dat segg ik doch. Heff em glieks wiest, neem de Murmann dat Lock laten hett.«

»Sie haben ihn rausgeschmissen?«

»Na, dat segg ik doch.« Der Wirt sieht mir tief in die Augen, als überlege er, ob ich nicht möglicherweise derselben Kategorie Gast angehöre.

Um einem Rausschmiss vorzubeugen, sage ich mit einer freundlichen Neigung des Kopfes: »Tja, wenn Sie mir weiter nichts zu dem Unfall sagen können, dann will ich mal zahlen.«

»Maakt dree Mark foftig.« Der Wirt wirft den Lappen über die Schulter.

»Drei Mark fünfzig?«, frage ich ungläubig. Nicht gerade fast geschenkt.

»Na, dat segg ik doch. Ümsünst is blots de Dood, man de kost dat Leven«, grinst er.

Ich krame nach Groschen. »Vielen Dank für die weise Bewirtung.« Und weil mir die Abrissbirne in den Sinn kommt, setze ich hinzu: »Alles Gute!« Ich bin schon an der Tür, da klingt ein »Jüst so« hinter mir her. Ich drehe mich um. In seinem Gesicht zuckt kein Muskel.

Draußen hat sich der Nieselregen inzwischen festgebissen. Mit einem Satz springe ich die glitschigen, ausgetretenen Stufen der Kneipe runter auf den Gehsteig. Ich schaue zum Tunnel unter dem Straßendamm der Hafenrandstraße. Ödnis und Stille machen mich ganz aggressiv. Ein Sprayer hat mit blutroter Farbe etwas an den Betonbogen des Tunnels gesprüht. Ich laufe über die Straße, setze über dunkle Pfützen, rufe wütend: »Scheiße.« Atemlos bleibe ich vor dem Graffiti stehen. MONKEY FACE WAS HERE. Wer hat hier seine Duftmarke hinterlassen? Wohl kaum der Fahrer des Unfallautos. Oder doch? Vielleicht eine erste Spur? Und wenn kein Zeichen vom Fahrer, was wirklich zu makaber wäre, dann vielleicht eins von dem Jungen, den der Wirt rausgeschmissen hat? Wer war diese Schmutzwurst?

Ich tippe das M an. Mein Zeigefinger ist nass vom Regen, nicht von frischer Farbe. Die ist alt und bröckelig. Ein halbes Jahr alt. Mindestens. So alt, dass Kai den Spruch noch hätte lesen können: MONKEY FACE WAS HERE. Ich wische den

Finger am Hosenbein ab. Auf einmal tut mir der Kopf wieder so weh, als wäre er in einen Schraubstock gespannt. Ich lege die Stirn gegen den grauen Beton. Meine Augen brennen. Partyschranke für die nächsten Wochen, schwöre ich mir. Ich blicke zurück auf das Haus, das wie ein Alptraum in dieser industriellen Einöde steht. »Ein beschissener Ort zum Sterben«, sage ich laut. Trauer will in mir aufsteigen, aber ich lasse sie nicht zu. Immerhin hat er in seinem Leben ein schönes Mädchen gehabt. Ein wunderschönes Mädchen. Und natürlich haben sie miteinander gevögelt. Zigmal. Die Sau. Ich will es mir nicht vorstellen. Verdammt, sie ist total mein Typ.

In der Vogelhüttenstraße nehme ich den Bus Richtung Harburg. Es gibt da ein paar Schrottplätze, das weiß ich, und einer davon muss Kais alter Arbeitsplatz sein.

Der Bus rumpelt über das schlechte Straßenpflaster. Ich sehe aus dem zerkratzten Fenster auf die vorüberziehenden Häuserreihen. Wilhelmsburg ist ein altes Arbeiterviertel, Ende des 19. Jahrhunderts nach dem Deutsch-Französischen Krieg entstanden. Die roten Backsteinfassaden der Kleinbürgerhäuser und die Kolonialwarenläden erinnern vage an den kraftvollen, imperialistischen Aufschwung der wilhelminischen Zeit. Das von Ausländern, Arbeitslosen und Alten bevölkerte Viertel scheint wie abgetrennt von der pulsierenden Hansestadt jenseits der Elbe. Der Bus passiert die fünfhundert Meter lange Brücke des 17. Juni, die parallel zu der neunzig Jahre alten Harburger Stahlbogenbrücke verläuft. Unter mir die breite, schlammige Süderelbe.

Ich erwische gerade noch den Bus, der mich zur Buxtehuder Straße bringt. Am alten Gaswerk steige ich aus und überquere auf einer Fußgängerbrücke die Bahngleise. Dann stehe ich Am Radeland. Hochgewachsene Pappeln säumen die Straße. Das helle Klirren ihrer Blätter erinnert mich an die Niederrheinpappeln, in deren Schatten ich als Kind mit

Edu saß, wenn wir in der Erft angelten. Am Ende dieser unasphaltierten Straße liegen ein paar Gewerbeplätze.

Ich stoße ein verrostetes Eisentor auf, das zu einem Schrottplatz führt. Lkw-Fahrerhäuschen, Reste von Autobussen und halb verrostete Karosserien liegen dahinter, aufgetürmt zu großen Haufen. Ich gehe zwischen den Schrottbergen hindurch. Ein Mechaniker mit Glatze, ölverschmiertem Gesicht und Bierbauch unterm blauen Overall werkelt an einer Zugmaschine herum, die zu Lebzeiten mal ein stolzer Traktor gewesen ist.

»Sie arbeiten am Wochenende?«

Er blickt auf und mustert mich, als käme ich vom Ordnungsamt. »Was ich hier mache, ist bloß Hobby. Was soll die Frage. Wollen Sie was kaufen? Oder verkaufen?«

Ich seufze. Ich habe heute einfach kein Glück bei der Wahl meiner neuen Bekanntschaften. »Entschuldigen Sie bitte. Ich möchte Sie nicht lange belästigen. Habe nur eine Frage.« Der Mann brummelt etwas, das ich als widerwilliges Einverständnis deute, und ich fahre schnell fort: »Es geht um meinen Freund Kai Orn, wissen Sie? Um den Studenten, der neulich bei einem Verkehrsunfall ums Leben gekommen ist. Er hat doch hier gearbeitet, oder?«

Er greift zu einem Tuch und wischt sich die Hände ab. »Gearbeitet? Unzuverlässig war der wie ein alter Toyota. Mal kam er zur Arbeit, mal kam er nicht. Er war stinkend faul. Wenigstens hat er nicht gesoffen, wenn er hier war.«

»Aber wenn er kam, dann nix wie Füße hoch«, mischt sich ein Junge ein. Er stapelt hinter der Zugmaschine Reifen und ist offensichtlich der Lehrling. Ich bemerke ihn erst jetzt.

Verärgert wirft der Mechaniker das schmutzige Tuch gegen die aufgeklappte Motorhaube. »Erinnern Sie mich bloß nicht an den. Wir waren stinksauer, als er dann gar nicht mehr auftauchte. Blieb einfach weg. Ohne was zu sagen.« Er zieht geräuschvoll die Nase hoch. Eine Pause entsteht, in der er mich mit kleinen, intelligenten Augen mustert. »Neulich«, sagt er dann, und seine ohnehin hohe Stimme steigt ein paar Oktaven höher, »neulich kam jemand vorbei und klärte uns auf.« Er betrachtet seine ölschwarzen Fingernägel und gähnt. »Na ja«, räumt er dann ein, »diesmal konnte er ja nichts dafür, dass er nicht zur Arbeit erschienen ist. Was soll's.«

»Es kam jemand vorbei?«, hake ich nach. »Einer von der Polizei?«

»Nö, so ein junger Spund. Vor zwei, drei Wochen. Hatte etwa Ihr Alter.«

»So 'n Softwürfel war das«, ruft der Lehrling dazwischen. Ohne Zweifel will er sich bei seinem Chef anschmieren. Ich blinzle zu ihm rüber, um seine Augen zu erkennen. Aber er hat seine Baseball-Kappe zu tief im Gesicht.

»Ein Weichei, ganz in Schwarz. Ziemlich auffällig. St. Pauli-Fan. So ein Chaot aus dem Schanzenviertel eben«, erklärt der Mechaniker und mustert mich von oben bis unten wie vorhin der Wirt. Dabei fällt mir auf, dass er den gleichen Rotzstopper unter der Nase hat. Nur dass seiner größer ist, mehr ein Respektbalken. Aber ich lasse mich nicht einschüchtern. Auch nicht von seinen kleinen intelligenten Augen. Und noch weniger von der Stimme, die so gar nicht zum massigen Körper passt. Er greift wieder zum Lappen und fährt sich damit über die feuchte Glatze. Ein Ölstreifen bleibt zurück. »Kam auf unseren Platz geschlichen und wollte doch tatsächlich wissen, ob Kai in der Nacht vor dem Unfall hier gearbeitet hat.« Der Alte lacht auf.

»An dem Tag hat Kai die Wasserpumpe nich aus dem Audi gekriegt. Dabei waren das nur zwei Handgriffe«, bellt der Lehrling.

»Wie sah der Junge aus?«

Der Mechaniker übergeht meine Frage. »Und wir wussten

bis dato nich mal, dass er tot ist. Na, wenn das nicht komisch ist.« Und wieder lacht er sein hohes Lachen. Der Lehrling hinter der Zugmaschine lacht laut mit.

Der Alte verschluckt sich. Mit tränenblinden Augen sucht er im Overall nach einem Taschentuch. Er findet keins und rotzt ungeniert in seinen Öllappen.

»Wie sah der Junge aus? Ich meine, genauer?«, wiederhole ich und versuche das Dringliche aus meiner Stimme zu lassen.

»Das sagte ich doch. Ganz in Schwarz. Sogar die Haare. Und ziemlich schwach auf der Brust.«

»So 'ne richtige Knochenschleuder in schwarzer Lederjacke«, ergänzt der Lehrling aus dem Off. Der Bengel hat verdammt gute Ohren. Er hat den letzten Reifen auf den Gummiturm gewuchtet und kommt nach vorne. Er nimmt die Baseball-Kappe ab und lässt sie auf dem Zeigefinger kreisen. »Willst 'n Lungenbrötchen?«, fragt er mich gnädig und hält mir mit der anderen Hand eine Packung Camel hin. Ich kann endlich seine Augen sehen. Freundliche Augen.

»Nein, ich rauche nicht. Aber sehr nett. Danke.«

»Trug der nicht eher so einen schwarzen Kapuzenpulli?«, fragt der Chef.

»Schwarze Lederjacke«, sagt der Lehrling bestimmt.

Sein Chef beobachtet mich. »Warum interessiert Sie das alles?«, fragt er schließlich.

Ich schlage die Augen nieder. Der gelbe Sandboden sieht trocken aus. Als hätte es nicht noch vor einer Stunde wie aus Kübeln gegossen. »Kai war ein alter Schulkamerad. Dachte, ich bin's ihm schuldig, in der Sache nachzuhaken. Die Polizei hat ja bisher nichts rausgekriegt.«

Der Chef räuspert sich. Der Lehrling wischt sich die verschwitzten Locken aus der Stirn und setzt die Baseball-Kappe wieder auf, diesmal mit dem Schirm nach hinten.

Auch der Blick des Meisters ruht wohlwollend auf mir. So stehen wir drei zusammen, und es kommt zu einer fast pietätvollen Schweigeminute. »Na denn«, sagt der Chef schließlich. »So isses eben. Wir landen alle auf dem Friedhof.« Er zeigt im Kreis auf die schrottreifen Autos und wendet sich ohne ein weiteres Wort wieder seinen technischen Problemen zu.

Ich laufe die Straße zurück und denke über den schwarzgekleideten Jungen nach. Nicht zu fassen. Noch einer, der sich auf Spurensuche gemacht hat.

Der Regen setzt wieder ein. Ich nehme einen Bus zum Harburger Rathaus und steige in die S-Bahn. Mir gegenüber sitzt ein Junge hinter einer Zeitung des RCDS. *AStA-Skandal in Münster – Die Schlamperei liegt im System – Keine Erhöhung der Arbeitslosensätze – Hochschulpolitik in Bayern bestätigt.*

Wann hatten wir zuletzt einen derart verregneten Sommer?, überlege ich, während ich über den Hachmannplatz gehe und auf den Taxistand zusteuere. Meine Augen schweifen über die gelben Taxidächer und suchen Christian. Ich habe die naive Hoffnung, ihn zwischen seinen Kollegen zu entdecken und ein paar Neuigkeiten zu erfahren. Außerdem brenne ich darauf, ihm zu berichten, dass ganz offensichtlich noch andere Personen Nachforschungen anstellen, Leute, die mit Presse und Polizei absolut nichts am Hut haben. Aber Christian ist natürlich nicht da. Wäre auch zu schön gewesen. Zwischen den Pilastersäulen des Deutschen Schauspielhauses hängt eine riesige Leinwand: *Die Kunst muss leben und wenn wir sterben müssen.*

Ich laufe durch die Lange Reihe. Portugiesische, chinesische und italienische Restaurants neben Cafés und Lederbars, Buchhandlungen, Stundenhotels und Spielzeugläden. Banken, Galerien, Souvenirläden, professionelle Rotlichtschuppen, ehrenamtlich betriebene Teestuben und eine Drogenberatungsstelle, alles da. Die Straße durchquert St. Georg schnurgerade auf einer Länge von ungefähr 625 Metern. Jedes Mal, wenn ich sie entlangschreite, fällt mir auf, dass ich auf der alsterzugewandten Straßenseite im Schnitt 1250 Schritte mache, auf der gegenüberliegenden Seite hingegen im Mittel nur 1240 Schritte, was in absolutem Widerspruch zur euklidischen Geometrie steht und einer eingehenderen Untersuchung bedarf. Aber nicht heute. Heute bin ich fußmüde. Deshalb nehme ich die alsterabgewandte Seite.

Am Ende der Straße kehre ich bei *Frau Möller* ein. Ich habe seit Stunden nichts gegessen. Am Nebentisch rechnet ein Zuhälter mit seinen beiden Mädchen ab. Ich bestelle eine heiße Milch mit ohne Haut und eine Schrippe mit Butter und Marmelade.

Ich ziehe Bilanz:

1. Ich bin sehr verliebt in Julia.

2. Die Analyse des Unfalls macht es mir möglich, mich unauffällig an sie ranzumachen.

3. Es ist irritierend, dass ich nicht die Einzige bin, die sich für Kais Unfall interessiert.

Nun zu den offenen Fragen.

1. Wer war der aufdringliche Junge in der Gaststätte? Ein Halbstarker aus der Hafenstraße?

2. Wer war die Knochenschleuder auf dem Schrottplatz? Ein Chaot aus dem Schanzenviertel?

3. Warum haben ein Halbstarker und ein Chaot die Recherche in einem Fall aufgenommen, der bereits Wochen zurückliegt?

Der Kellner schlurft an meinen Tisch. »Heiße Milch und Rundstück, bitte sehr, die Dame.«

»Wieso Rundstück? Ich habe doch eine Schrippe bestellt.«

»Schrippe und Rundstück ist eins«, sagt der Kellner, schaut mich genauer an, hängt ein »Mein Herr« an und schlurft wieder weg.

Ich trinke von der heißen Milch und breche die Schrippe auf. Ich tunke das Rundstück in den Rest der Milch. Rundstück und Schrippe, denke ich, das sind zwei Begriffe für ein und dasselbe. Der Halbstarke und der Chaot, das ist ein und dieselbe Person.

Ich fege ein paar Krümel von der runden Marmorplatte und lasse sie in das geleerte Milchglas fallen. Ich wische mir den Mund mit einer Papierserviette sauber, zerknülle sie, lege sie auf den Teller und stehe auf. Entweder, überlege ich, ist er der von Gewissensbissen geplagte Unfallfahrer oder er recherchiert wie ich, aus welchen Gründen auch immer. Oder, ein neuer Gedanke, er hat Kai absichtlich überfahren. Dann ist es Mord. Ein Mörder, denke ich, als ich zum Bezahlen zur Theke gehe, kann sich der Magie des Tatorts nicht entziehen. Er muss immer wieder hin. Und jetzt zurück auf Eins: Ich bin sehr verliebt in Julia.

Ich verlasse *Frau Möller* und gehe durch strömenden Regen nach Hause.

Auf der Alster

Sonntag, der 25. Juni, 10:07 Uhr

Es klingelt. Neuigkeiten von Taxi-Christian? Ich stürze mit Zahnpasta im Mund aus dem Bad. »Wo ist das Telefon?«

Das Klingeln kommt von der Wohnungstür. Mein Hauswirt. Er betrachtet mich von Kopf bis Fuß in meinem Bademantel. »Bei Mietabschluss hatten wir vereinbart, dass Sie jeden Samstag den Hausflur und die Treppen putzen. Wie das aussieht. Bei dem Regen gestern.«

»Wird sofort erledigt, ist doch klar«, rufe ich und wische einen Rest Zahnpasta an meinem Ärmel ab. »Hatte gestern gewissermaßen einen Notfall. Musste nämlich meinem Großvater Zigarren bringen. Er hat keine mehr. Nicht zu fassen, wie die alten Leute in den Heimen beklaut werden.« Armer Edu. Nun ist er schon seit sieben Jahren tot und muss immer noch für billige Ausreden herhalten.

Mein Hauswirt ist sofort beschwichtigt. »Vielleicht sollte er das Heim wechseln«, meint er nachdenklich, ohne seinen Blick von mir zu lassen. »Meine Mutter hat es sehr gut in ihrem Heim an der Elbchaussee.« Er kehrt schnell zu seinem Anliegen zurück: »Na, nu kommen Sie mal in die Puschen. Putzeimer und Schrubber habe ich Ihnen schon rausgestellt.«

»Das ist sehr nett von Ihnen. Und einen schönen Sonntag noch«, rufe ich ihm artig hinterher.

Schlecht gelaunt wische ich die Treppen der Jugendstilvilla. Ich will das Verhältnis zu meinem Vermieter nicht überstrapazieren, darum putze ich auch die gedrechselten Säulen des Geländers. Meine Wohnungstür habe ich offen gelassen und lausche immer mal hin. Da bleibt es aber still. Wer sollte mich auch anrufen? Meine Mutter vielleicht, die sich ewig Sorgen macht wegen meiner unregelmäßigen Essgewohnheiten und es sogar fertigbringt, plötzlich mit einem Topf Linsensuppe vor der Tür zu stehen.

Mit einem Anruf von Christian kann ich noch nicht rechnen. Und Wilfried löffelt das Wochenende sowieso erst mal mit seiner neuen Flamme rum. Im Moment bleibt mir also nichts weiter übrig als abzuwarten. Das fällt mir schwer. Geduld war noch nie meine Stärke.

Ich gehe mit meinem Putzeimer in den Vorgarten und verteile das schmutzige Wasser über die liebevoll angepflanzten Rosen meines Hauswirts. Das ist mir ausdrücklich verboten worden. Die Rosen leiden wegen des Putzmittels. Mir ist das in diesem Moment egal. Ich leide auch, verdammt. Wegen Julia. Ich wringe den Feudel aus und werfe ihn in den Eimer.

Eigentlich müsste ich noch den Eingangsbereich des Flures wischen, aber ich habe absolut keinen Bock mehr, Parkettkosmetik zu betreiben. Schließlich habe ich diesmal das Geländer nicht vergessen, das muss reichen. Mein lieber Herr Hauswirt wird mich schon nicht rausschmeißen. Er mag mein plötzliches Lächeln und findet immer neue Erklärungen, warum er mir nicht kündigen kann. Aber wie gesagt, ich sollte es nicht zu weit treiben.

Ich verschließe das Putzzeug in einem schmalen Wandschrank im Souterrain und steige wieder rauf in meine Wohnung. Im engen Flur meines Appartements ziehe ich die Schuhe aus. An der Tür liegt das Feuilleton der FAZ von vor zwei Wochen. Ich stelle meine Schuhe drauf. »Ich werde sie sofort anrufen«, sage ich entschlossen. »Wo ist das Telefon?«

Ich finde es auf dem alten Sekretär. Aus einem seiner kleinen Schubfächer ziehe ich ein sorgfältig gefaltetes Papierchen: Julias Telefonnummer, der Schlüssel zu ihrer weichen, dunklen Stimme. Unter Mobilisierung meiner letzten kommunikativen Reserven habe ich Sabine die Nummer entlockt. Ich weiß sie längst auswendig. Trotzdem falte ich das Papier auseinander, glätte es und lese mir die Zahlen langsam vor. Sie hat das Recht auf einen ersten Zwischenbericht, sage ich mir, und außerdem lege ich damit den Grundstein zu meiner Heldenfigur.

Die Sonne stiehlt sich durch watteweiße Wölkchen, ein Strahl fällt direkt auf das Telefon. Ein Zeichen, ein Zeichen, denke ich und finde es absolut albern. Aber bei aller Liebe, das herrliche Wetter ist nicht zu leugnen. Das reinste Segelwetter. Wozu habe ich eigentlich eine Jolle? Hey, Julia, wie wär's mit einem Alstertörn? Dabei kann ich dir von meinen Erlebnissen in Wilhelmsburg und auf dem Schrottplatz erzählen und erfahre vielleicht weitere wichtige Details über Kai und bin nicht mehr allein für heute. Ich führe ja schon Selbstgespräche. Das liegt am Sonntag. Ich hasse Sonntage. Ich will heute unbedingt eine andere Stimme als meine eigene hören, ich will ihre Stimme hören, verdammt. Entschlossen greife ich zum Hörer und wähle ihre Nummer. Das Tuten des Telefons. Kein Zurück.

»Hallo?« Am Telefon klingen Stimmen anders.

»Guten Morgen. Julia? Ich bin's, Nikola.«

Stille.

Peinlich.

»Wir haben uns auf Sabines Party kennengelernt«, quäle ich mich langsam vor. Jesus, sie kann sich nicht erinnern. Vielleicht sollte ich mich darüber freuen, so besoffen wie ich war. »Wir waren zu dritt auf dem Balkon, du und ich und der schwarze Tiger.« War die Katze schwarz? »Oder grau. Nachts sind alle Katzen …«

»Ja?«, sagt sie mit Fragezeichen dahinter. Meint sie nun mich? Oder dass alle Katzen grau sind?

»Wir sprachen über Kai. Über seinen Unfall. Ich habe zwischenzeitlich meine Nase in die Sache gesteckt.« Ich muss aufpassen, dass ich die Interpunktion nicht mitspreche. »Und bin tatsächlich auf etwas gestoßen.«

»Ach«, antwortet sie, ohne dass es erstaunt klingt.

Jetzt werde ich ärgerlich. »Ich habe was rausgekriegt. Ziemlich rätselhaft. Möglicherweise eine heiße Spur.«

»Das hätte ich nicht gedacht, dass du was unternehmen würdest.«

»Warum nicht? Nur weil ich ein bisschen betrunken war?«

»Ein bisschen?« Sie lacht.

Ich finde das gar nicht komisch. »Wie gesagt, ich habe inzwischen was in Erfahrung bringen können. Aber um weiterzukommen, brauche ich mehr Informationen. Über Kais Umfeld und so.«

»Über Kais Umfeld?«

»Ja, über sein Umfeld. So schnell wie möglich.«

»Sofort?«, fragt sie und auf einmal klingt ihre Stimme gespannt.

»Ja, sofort. Aber nicht am Telefon. Ich kann am Telefon nicht darüber sprechen.«

»Okay. Aber nicht lange. Ich muss eigentlich ein Referat für morgen vorbereiten.«

»Klar«, sage ich und bin verblüfft, wie leicht plötzlich alles läuft. Ich räuspere mich. »Wir treffen uns am besten an der Alster. An einem Bootsanleger in der Nähe der Kennedy-Brücke.«

»Okay, aber sofort. Nachmittags muss ich nämlich ...«

»Ist in Ordnung«, unterbreche ich sie. Von Referaten will ich heute nichts hören. Ich fühle mich leicht und frei. Ich freue mich irrsinnig auf sie. »In einer halben Stunde?«, frage ich.

»In einer halben Stunde«, sagt sie.

Eine halbe Stunde später habe ich am Anleger mein Boot klargemacht. Kurz darauf kommt Julia angeradelt. Ihr honigblondes Haar umweht das erhitzte Gesicht. »Hallo, Nikola«, ruft sie von weitem, fährt im großzügigen Bogen auf den

Platz, lässt die Bremsen quietschen und springt vom Rad. Dann mustert sie meine Jolle und begreift. »Eine Segeltour?« Sie lehnt ihr klappriges Fahrrad an eine Birke. »Hatten wir das abgemacht? Außerdem muss ich heute Nachmittag …« Eine leichte Röte fliegt über ihr gebräuntes Gesicht.

»Hey, kein Problem«, unterbreche ich sie, »in einer Stunde müssen wir sowieso wieder an Land. Siehst du die Wolken? Bildung von Stratocumulus. Ein Hinweis auf veränderliches Wetter. Aber der Wind ist ideal zum Segeln. Komm ins Boot. Ich erzähle dir, was ich rausgefunden habe.«

Julia pustet sich eine Haarsträhne aus der Stirn. Das Fahrradschloss schnappt zu. Sie stopft den Schlüssel fürsorglich in ihre Hosentasche. »Ich bin noch nie gesegelt«, sagt sie.

»Hauptsache, du kannst schwimmen«, grinse ich.

Sie trägt Shorts, dazu ein rotweiß gestreiftes T-Shirt und um den Hals ein kleines Seidentuch. Wie die blonden Niveamädchen auf den Plakaten. Sie tippt auf das V auf meinem T-Shirt. »Das Victory-Zeichen?«

»Das physikalische Zeichen für Geschwindigkeit.«

Ich helfe ihr in die Jolle. Dann setze ich die Segel und löse die Vorleine. Nachdem wir abgelegt haben, lasse ich sie an die Pinne.

»Wie kannst du dir denn an der Alster ein Boot leisten?«

»Den Plastikbomber habe ich gemeinsam mit Freunden gekauft. Ein lukratives Angebot.« Kritisch beäuge ich die Segel und Takelage. Das Fockfall ist nicht richtig durchgesetzt. »Liegeplätze an der Alster sind in der Tat teuer«, höre ich mich sagen, als ich es am Mast ein zweites Mal durchsetze, »aber wir teilen uns die Betriebskosten.« Was rede ich da für einen Scheiß, denke ich und rutsche neben sie auf das Waschbord.

Sie schaut lächelnd über das Wasser. Ich spüre, dass sie sich wohlfühlt. Ich erkläre, was unter Anluven und Abfallen zu verstehen ist, und zeige ihr, wie man die Schoten der Segel dicht holt und fiert. Wir schauen auf die prachtvollen weißen Villen am Ufer.

»Was für ein Reichtum. Wirklich paradiesisch«, sagt Julia.

»Die Armut hat ihre Freiheiten, der Reichtum seine Zwänge.«

Julia lacht. »Das sagen immer die, die Geld haben.«

»In diesem besonderen Fall sagt das Denis Diderot.«

Die Wolken werden länglich, treiben in Fasern und Streifen mit dem stärker werdenden Wind. Die Manöver werden anspruchsvoller. Julia hat großen Spaß. Und ich bin überglücklich. Nicht einmal das Ramming mit einer Fahrwassertonne kann meine Stimmung trüben. Julia sitzt neben mir, so dicht, dass ich die Wärme ihres Körpers spüre.

»Seit wann segelst du?«

»Seit meinem dreizehnten Lebensjahr. Christliche Seefahrt. Im Ruhrgebiet.«

»Im Ruhrgebiet?« Sie lacht.

»Im Ruhrgebiet. Bochum. Jeden Sommer ging es mit unserm Pastor nach Friesland ins Zeltlager.« Ich zeige auf ein Dutzend kleiner Segelboote, die wie Nussschalen auf den silbrigen, unruhigen Wellen tanzen. »Das sind Optimisten, Einstieg für die Kleinsten. So habe ich auch angefangen. In Friesland wurden wir hart rangenommen. Gesegelt wird bei jedem Wetter und so. Wir haben 'ne Menge gelernt.«

»Ist irgendwie komisch, dass du als Bochumerin segelst, während ich als Hamburgerin heute zum ersten Mal ...«

»Ich bin keine Bochumerin«, unterbreche ich sie.

»Aus Hamburg?«

»Berlin«, erwidere ich. Ich halte die Hand wie ein Sonnensegel über die Augen und schaue über die Alster. Wie schnell das Wetter umschlägt. Der Wind treibt mehr und mehr Wolken zusammen. Über unseren Köpfen ist der Himmel inzwischen wie ein taubenfedergraues Tuch ausgespannt. »Aber das ist eine andere Geschichte.« Ich habe keine Lust, über mein Leben zu plaudern, lieber will ich auf meine Recherchen zu sprechen kommen. Ich frage unvermittelt: »Hast du den Unfall einigermaßen verkraftet?«, und denke: Jetzt aber keinen Roman.

Doch sie sagt nur: »Ja.«

»Das ist gut.« Ich mache eine Pause. »Lass uns darüber reden. Du weißt, dass ich an der Klärung der Umstände seines ...«, ich zögere, »... Todes genauso interessiert bin wie du.«

Sie sieht mich erwartungsvoll an.

»Ich habe nichts Konkretes rausbekommen«, gebe ich zu, »aber gestern habe ich mich in der Hafenrandstraße, gleich in der Nähe des ...«, ich suche nach dem richtigen Begriff, »... Tatorts, in einer Gaststätte umgehört. Anschließend bin ich zu dem Schrottplatz gefahren, auf dem Kai gearbeitet hat. Ich kannte den Platz von früher. Ich habe da mit zwei Typen gesprochen, die an seinem letzten Abend mit ihm gearbeitet haben. Ich meine, bevor er ...« Ich breche ab. Ich sehe sein aufgeplatztes Gesicht auf dem Straßenpflaster, das nach hinten gekämmte Haar in einer Blutlache.

»Und?«, ruft Julia.

Das Bild lässt sich nicht verscheuchen. Ich warte eine Bö ab, ehe ich antworte: »Ich bin auf was Bemerkenswertes gestoßen. Es könnte sein, dass ich eine Spur gefunden habe.«

Erneut fällt eine Windbö in die Segel. Aber Julia hat die Jolle überraschend gut im Griff. Ich werfe einen Blick achteraus. Das Boot zieht eine quirlende Welle wie eine Hochzeitsschleppe hinter sich her.

»Nach dem Unfall«, sage ich, »müssen scharenweise Reporter in die Hafenrandstraße eingefallen sein. Das erzählte man mir in der Gaststätte. Die Geschichte hat wohl ziemlich groß in der Presse gestanden.«

»Ja, stimmt. Aber letztlich nur das übliche Blabla.«

»Okay, ich werde das mit Wilfrieds Hilfe überprüfen. Allerdings«, ich denke an seine neue Freundin, »kann das dauern. Verkehrsunfall mit Fahrerflucht, das ist für die Presse eine gute Schlagzeile, aber spätestens nach einem Monat ist so ein Vorfall begraben und vergessen. Nichts ist älter als die Zeitung von gestern. Umso erstaunlicher«, ich mache eine bedeutungsvolle Pause, »dass neulich jemand in der Hafenrandstraße aufgetaucht ist, der sich für den Fall brennend zu interessieren schien.«

»Und?«, drängt Julia.

»Nach Aussage des Wirts ein junger Mann.« Der Wind frischt weiter auf. Ich hole die Schoten dichter. »Aber es wird noch mysteriöser. Dieser Typ«, ein korrigierender Griff zur Pinne erlaubt mir, noch näher an Julia heranzurücken, »dieser Typ war außerdem auf dem Schrottplatz. Wollte von den Mechanikern wissen, ob Kai am Tag des Unfalls da gearbeitet hat. Julia, bis zum Schrottplatz ist nicht mal die Polizei gekommen.«

Julia sieht mich gebannt an. »Das ist wirklich eigenartig«, sagt sie. »In den Zeitungen stand von dem Schrottplatz kein Wort.«

Ich fixiere die Vorschot des Vorsegels in einer Kammklemme und knote am freien Ende des Tampens einen Henkersknoten. »Laut Beschreibung war er auffällig schwarz gekleidet, St. Pauli-Fan oder so. Sehr jung und ziemlich aufdringlich. Aber kein Journalist. Und noch weniger ein Polizist. Möglicherweise einer aus der Szene.«

Eine Welle wuchtet mit dumpfem Schlag gegen das Boot. Wasser spritzt über das Vordeck. Wir kriegen beide eine Dusche ab. Julia wischt sich mit dem Ärmel über das nasse Gesicht.

»Wenn nichts von Schrottplätzen in der Presse stand«,

überlege ich laut, »wie kann der Unbekannte dann davon gewusst haben? Und warum wollte er wissen, ob Kai am Abend vor dem Unfall dort gearbeitet hat? Warum überhaupt interessiert ihn der Fall? Was wollte er rausbekommen? Julia, ich sage dir, diese Fragen stehen ganz oben auf der Liste.«

»Vielleicht will er nichts anderes rausbekommen als wir auch?«

»Dann hätte er sich doch längst mit dir kurzgeschlossen. Nein, der scheint mir eher was mit dem Unfall zu tun zu haben.«

Wieder ein Wasserspritzer, der über das Vordeck schießt. Wir ziehen die Köpfe ein.

»Es könnte ein Bekannter von Kai sein, dem die Ermittlungen der Polizei nicht genügen«, beharrt Julia. »Kai war in der Politszene bekannt wie ein bunter Hund. Und er hatte viele Freunde.« Eine Welle wuchtet gegen das Boot und drückt es mit Geschäum und Gebrodel von unten in die Höhe, was Julia nicht davon abhält, eifrig die Arbeitsgruppen aufzuzählen, in denen Kai gesteckt hatte: Antifa Kleiner Schäferkamp, MigrantInnen-Workshop St. Pauli, Antirassismus-AG in der Brigittenstraße 5. Julia nennt noch ein autonomes Seminar an der Uni zur politischen Entwicklung Schweiz–Kolumbien und erzählt von Kais langjährigem Engagement beim Bund für Umwelt und Naturschutz. Der Nachruf wächst sich zur Heiligsprechung aus. Wäre mir Kai Orn nie persönlich begegnet, hätten mir Julias Schilderungen glatt die Tränen in die Augen getrieben. Aber dann wieder die trostlose Straße und der zerschmetterte Kopf in der Blutlache. Ich löse den Henkersknoten.

»Angenommen, der Typ ist tatsächlich ein Bekannter von Kai. Wäre das eine Erklärung für die verspätete Schnüffelei?«

Der Wind hetzt schnittige, silbergraue Flammen über den dunklen See.

»In letzter Zeit war Kai viel mit Sönke zusammen«, sagt sie.

Sönke! Klar, der war es! Dass wir erst jetzt drauf kommen. Spindeldürr und immer in schwarzer Kluft. Die Beschreibung passt wie die Faust aufs Auge. Oder vielleicht Rüde, Henners trinkfreudigster Gast im *Dschungel*? Der ist auch spindeldürr und auch immer in Schwarz. »Julia, ehrlich, die Beschreibung *jung, schwarz bekleidet und schwach auf der Brust* trifft in der Szene auf jeden zweiten Macker zu.«

Wir müssen lachen. Julia nimmt ihr Halstuch ab, um sich das Haar aufzubinden. Ein paar Strähnen lösen sich und fliegen ihr in Mund und Augen.

»Ich fürchte, ohne weitere Informationen geraten wir in flaches Gewässer«, sage ich.

Eine Sturmbö knallt in die Segel. Gerade noch rechtzeitig löse ich die Schoten aus ihrer Verankerung, sie rauschen durch die Ösen. Das Boot krängt. Die Segel killen. Für einen Augenblick ist das Vordeck unter Wasser. Julia und ich klettern auf die äußerste Kante des Waschbords, um ein Kentern des Bootes zu verhindern.

»Lass mich ran! Jetzt wird es ernst!«, rufe ich. Eilig rückt sie nach vorn und übernimmt die Fockschot. Ich greife zur Pinne und falle auf raumen Wind ab. Die Jolle schlägt schäumende Heckwellen. Plötzlich steuerbord querab in Lee unseres Bootes verzweifelte Hilferufe.

»Da ist was passiert«, rufe ich.

Nach einer hastigen Halse taucht voraus ein Zugvogel auf.

»Elsbeth, Elsbeth! Um Himmels willen, meine Frau. Mann über Bord!« Ein Mann mit graumelierten Haaren läuft im Cockpit hin und her. Etwas entfernt vom Boot schwimmt eine Frau im Wasser.

Ich ziehe mit gefierten Schoten in Luv an dem Havaristen vorbei. Dann fahre ich ein klassisches Mann-Überbord-Manöver, das mir – dies sei in aller Bescheidenheit angemerkt – auf grandiose Weise gelingt, und halte mit einem Aufschießer bei der Frau, die sich im Auf und Nieder der Wellen äußerst tapfer hält. Mit vereinten Kräften ziehen Julia und ich sie an Bord.

»Mir ist das alles furchtbar peinlich. Ich kann gar nicht sagen, wie peinlich mir das ist«, stößt die Frau mit vor Kälte schlotternder Stimme hervor, als sie endlich in der Plicht unseres Bootes sitzt. Ich weiß nicht, ob sie ihre Situation meint oder das Geschrei ihres Mannes, das unverdrossen vom Zugvogel rüberschallt.

»Hilfe! Mann über Bord! Meine Frau! Elsbeth! Elsbeth!«

»Es ist wohl das Beste, wir bringen Sie zu Ihrem Anlieger zurück?«, frage ich mitfühlend. Die Frau nickt dankbar. Wir fahren an den Zugvogel heran, Julia macht unsere Vorleine klar, ich eine Achterleine, beides werfen wir rüber zum Graumelierten. Zwei Fender schützen die Boote, die nun nebeneinander in den Wellen schaukeln. Wir holen die wild flatternden Segel runter. Es stellt sich heraus, dass das Ehepaar zum gleichen Bootssteg zurück muss wie Julia und ich. »Schnell, ehe das Unwetter richtig losgeht«, sage ich. Wir klaren den Zugvogel auf, und Julia geht für die Rückfahrt an die Pinne, unsere kleine Jolle mit dicht geholtem Schwert und Ruderblatt im Schlepp.

Der graumelierte Freizeitkapitän gewinnt langsam seine Fassung zurück. Umständlich hüllt er seine Frau in eine Decke, die er aus dem Schapp des Bootes gezogen hat. »Darf ich mich – auch im Namen meiner Frau – für Ihren beherzten Einsatz bedanken. Mein Name ist Köhler, Hans-Jörg Köhler. Und dies ist meine liebe Frau, deren Vornamen Sie mich sicher haben rufen hören.«

»Mehrmals«, bemerkt Elsbeth trocken und greift nach einem Badetuch, um sich die Haare abzurubbeln.

Julia und ich beeilen uns, uns ebenfalls vorzustellen.

»Sie müssen wissen«, sagt Frau Köhler, »dass wir bei Hans-Jörgs Suche nach einem gemeinsamen Hobby seit Jahren in Misslichkeiten geraten.«

»Aber gemeinsame Hobbys verbinden«, erklärt Hans-Jörg mehr ihr als uns.

»Wir sind doch eh den ganzen Tag zusammen«, ereifert sie sich. Und an uns gewandt: »Wir haben nämlich den gleichen Beruf, müssen Sie wissen.« Dann wieder zu ihrem Mann: »Es muss doch endlich mal gesagt werden, Hans-Jörg, egal, was wir bisher in Angriff genommen haben, vom Fallschirmspringen bis hin zur Bergsteigerei, es endete immer mit Abstürzen, Untergängen, Explosionen.« Ihr Mann versucht abzuwiegeln, aber sie fährt unbeirrt fort. »Denk bloß an den Motorschaden in der Sahara. Als wir drei Tage auf Hilfe gewartet und nur dank meiner reichhaltigen Proviantvorsorge überlebt haben.«

»Ohne dich überlebe ich eh nicht«, sagt er.

»Schauen Sie sich den Blick an!«, ruft Elsbeth und lacht.

»Elsbeth, mein Schätzchen, genug davon.« Hans-Jörg schaut rüber zu Julia. »Was machen Sie denn beruflich, wenn ich fragen darf, oder sind Sie noch in der Ausbildung?«

»Ich studiere Germanistik und Philosophie«, sagt Julia. »Und was Nikola studiert, steht gewissermaßen auf ihrem T-Shirt.« Sie grinst mich an. »Das physikalische Zeichen für Geschwindigkeit.« Ich bin verblüfft, dass sie von meinem T-Shirt gleich auf mein Studium geschlossen hat.

»Physik«, ruft Herr Köhler. »Ach, wie bei uns damals. Wir haben uns an der Hamburger Uni kennengelernt.«

»Nikola und ich kennen uns nur flüchtig«, sagt Julia.

Wenn sie wenigstens *erst* gesagt hätte. Wir kennen uns *erst* flüchtig. Ich merke, wie ich ganz traurig werde.

»Wie können wir uns Ihnen gegenüber erkenntlich zeigen?«, fragt die praktische Elsbeth.

»Ja, wie können wir uns erkenntlich zeigen?«, fragt Hans-Jörg.

Julia lacht ihr strahlendes Lachen. »Sie können uns ja später mal aus der Wüste Gobi erretten – so als Gegenleistung.«

Ihre heitere Ironie wirft mich um. Mehr noch das Wort *später*. Hey, das klingt nach Zukunft.

Am Anleger bergen wir die Segel und vertäuen die Jollen in ihren Boxen. Frau Köhler verschwindet in einer der Umkleidekabinen. Herr Köhler tritt auf uns zu und sagt herzlich: »Ich möchte mich nochmals bei Ihnen bedanken. Sie haben uns wirklich vor großem Malheur bewahrt.«

»Die Heldin des Tages ist Nikola«, bestimmt Julia. Ich beuge mich runter und nestle am Spint.

»Eine tolle Freundin haben Sie!«, höre ich Herrn Köhler zu Julia sagen.

Darauf antwortet sie nicht, aber als ich mich wieder aufrichte, ruft sie lachend: »Da sehen Sie, was Sie mit Ihrer Bemerkung angerichtet haben, Herr Köhler. Ganz rot ist sie geworden.«

»Quatsch«, erwidere ich cool, »das kommt vom Bücken.«

Hinter uns öffnet sich die hölzerne Kabinentür. »Hier, nehmen Sie bitte! Ich weiß doch, dass Studenten immer knapp bei Kasse sind.« Damit drückt Frau Köhler mir zwei blaue Scheine in die Hand. »Sie haben es sich wirklich verdient. Vielleicht gehen Sie und Ihre Freundin heute groß essen.«

Wir stehen auf dem Bootssteg und schauen auf die aufgewühlte Alster mit ihren zerzausten Büschen und Bäumen und den spitzen Kirchtürmen am gegenüberliegenden Ufer. Der Himmel ist bedrohlich und düster. Plötzlich reißen Wolken auseinander, und die Sonne bricht kurz durch.

»Seht ihr den Regenbogen?«, fragt Herr Köhler. »Wie ein funkelndes Versprechen.«

»Dahinten regnet es schon«, antwortet Frau Köhler. »Lasst uns beeilen, bevor es hier rüberkommt.«

Mit vielen Hallos und Dankeschöns verabschieden wir uns. Winkend zieht das Ärztepaar ab.

»200 Mark«, sage ich dann und zeige Julia die Scheine. »Die Hälfte davon gehört dir. Wir könnten essen gehen, wie Frau Köhler vorgeschlagen hat.«

Sie antwortet nicht gleich, weil der Schnürsenkel ihres rechten Turnschuhs aufgegangen ist. Sie bückt sich und macht eine Schleife, langsam und konzentriert wie ein Kind. Sie denkt an Kai, glaube ich. Sie hat ein schlechtes Gewissen, weil sie ihn eine ganze Stunde lang vergessen hat. Schließlich richtet sie sich auf. »Tut mir leid, Nikola, aber ich habe keine Zeit mehr. Das Referat. Ich muss los.« Sie tätschelt kameradschaftlich meinen Arm. »Wir telefonieren auf jeden Fall. Du klemmst dich doch weiter hinter die Geschichte?«

»Ja, sicher«, murmele ich. Aber wenn ich ehrlich bin, ist mir Kais Unfall im Moment scheißegal.

»Das Geld steht übrigens dir zu. Wie gesagt, du warst die Heldin des Tages. Nimm es als Anzahlung für den Auftrag.«

Das ist ein Satz, mit dem ich überhaupt nicht gerechnet habe. Vielleicht hat sie ihn gar nicht gesagt? Betäubt sehe ich zu, wie sie den Schlüssel aus der Hosentasche zieht, das Fahrradschloss öffnet und sich auf den Sattel schwingt.

»Tschüs, Nikola«, sagt sie mit ihrer Samtstimme. Ich bin mir sicher, dass ich mich eben verhört habe.

»Tschüs, Julia.«

Sie fährt los. Ich sehe ihr nach. Ich hoffe, dass sie sich noch einmal umdreht. Aber sie dreht sich nicht um.

Gratisfahrt nach Ottensen

Montag, der 26. Juni, 11:42 Uhr

»Es gibt keinen Zweifel mehr am menschengemachten Klimawandel«, sagt Professor Rindeck. Er blickt von seinem Manuskript auf und schaut kurz ins Publikum, das seinem Vortrag hochkonzentriert folgt. *Meteorologie II für Fortgeschrittene.* Der Hörsaal ist bis auf den letzten Platz besetzt. Rindeck könnte zufrieden sein. Aber angesichts der düsteren Aussichten bleibt sein Gesicht finster. »Der Klimawandel ist für große Teile der Wissenschaft längst eine Tatsache, die leider immer noch nicht ins Bewusstsein eines großen Teils der Gesellschaft gelangt ist.«

So isses eben, hat der Meister auf dem Schrottplatz gesagt. *Wir landen alle auf dem Friedhof.*

»Die Menschheit«, sagt Rindeck, »sitzt in einem Fahrstuhl, dessen Tragseile gerissen sind, und während der Fahrstuhl im freien Fall nach unten saust, beruhigt sie sich mit den Worten: Bis hierher ging's noch gut, bis hierher ging's noch gut.«

Ein Weichei, ganz in Schwarz. Ziemlich auffällig. St. Pauli-Fan. So ein Chaot aus dem Schanzenviertel eben.

Dat weer so 'n Döösbaddel, hett hier mien Gäst wegen den Unfall ansnackt.

Sie können uns ja später mal aus der Wüste Gobi erretten – so als Gegenleistung.

»Aber entscheidend ist nicht der freie Fall«, sagt Rindeck, schiebt die Manuskriptseiten zu einem ordentlichen Stapel zusammen, klopft ihn auf das Pult und sagt abschließend: »Entscheidend ist die Landung.«

Als ich nach der Vorlesung nach Hause komme, jagen Sturmböen durch die Papenhuder Straße. In der Ferne grollt Donner. Es droht ein wolkenbruchartiges Unwetter. Von wegen Klimaerwärmung. Ich will gerade die vier Steinstufen zum Haus hoch, da bleibe ich wie angewurzelt stehen. Am Treppenabsatz steht mein Hauswirt. Als hätte er auf mich gewartet. Ach, Gottchen, ja, der Vorflur.

Die ersten schweren Tropfen klatschen mir auf den Kopf.

»Vorgestern«, beginnt mein Hauswirt mit eher bekümmerter als empörter Stimme, »haben Sie wieder mal den Vorflur nicht geputzt.«

»Wie konnte mir das nur passieren?«, frage ich betroffen.

»Nun tun Sie nicht so verwundert. Es ist Ihnen schon oft passiert, seit Sie hier vor drei Jahren eingezogen sind und diese kleine Pflicht übernommen haben.«

»Vor vier Jahren«, verbessere ich höflich. »Genau genommen am 10.6.1985.«

»Der Vorflur«, klärt mich mein Hauswirt auf, ohne auf meinen Einwurf einzugehen, »der Vorflur ist die Visitenkarte des Hauses.« Er macht mir ein Zeichen raufzukommen, denn es regnet inzwischen in Strömen. Wir treten gemeinsam vor die Visitenkarte und schauen sie uns an. Große Schuhspuren, kleine Schuhspuren, Gummistiefelspuren, Kinderschuhspuren, Hundepfotenspuren.

»Ich bin gespannt, mit welcher Ausrede Sie mir heute kommen«, sagt mein Hauswirt.

»Mit gar keiner«, erwidere ich ehrlich. Ich hebe den Kopf und sehe ihn offen an. Der Regen rinnt mir aus den Haaren in den Nacken. »Sie haben völlig recht. So geht das nicht weiter. Ich kann verstehen, dass Sie mich nun rausschmeißen. Aber erlauben Sie mir bitte, dass ich erst morgen früh packe. Morgen tut mir vielleicht der linke Arm nicht mehr so weh.«

»Was ist mit Ihrem linken Arm?«, fragt er erschrocken.

»Er ist der Grund, weshalb ich mit dem Putzen aufhören musste«, erwidere ich mit einem leisen Stöhnen. »Höllische

Schmerzen. Und dann wollte ich nicht, dass es durch das Schmutzwasser zu einer Infektion kommt.«

»Höllische Schmerzen? Infektion? Mädchen, nun reden Sie schon!«

»Eine Infektion könnte das Kunstwerk zerstören.« Ich sehe ihn ernst an. Aber plötzlich strahle ich über das ganze Gesicht und platze raus mit der sensationellen Neuigkeit: »Die Tätowierung! Ich habe sie machen lassen!«

»Die Tätowierung! Sie haben sie machen lassen«, ruft er. »Endlich. Ich kann Ihnen gar nicht sagen, wie schick ich das finde.«

»Das erzählen Sie mir seit Monaten.«

»Natürlich nicht an mir, aber so ein junges Mädchen wie Sie ... wo sitzt sie denn?«

Ich klopfe zart auf den Ärmel meiner Jeansjacke. »Hier auf dem Unterarm.«

»Auf dem Unterarm? Was ist es? Ein *Tim und Struppi*-Motiv?«

Ich muss lachen. »Sosehr ich Hergé liebe, aber das wäre zu viel der Ehre. Es ist ein Rabe.«

»Ein Rabe? Ist das Motiv nicht etwas dunkel? Für ein so hübsches Mädchen wie Sie.« Natürlich will er ihn sofort sehen.

»Geht nicht«, wehre ich ab. »Ist doch noch ein Pflaster drauf. Wegen der Infektionsgefahr.«

Das sieht mein Hauswirt ein. »Eine Tätowierung«, freut er sich. »Das ist mal eine tolle Idee, meine Kleine. Und wirklich kein Abziehbild?«

»Na, bin ich feige? Ein Tattoo, ist doch Ehrensache.«

»Nun haben wir also ein Haustier mehr in der Papenhuder. Und jetzt erholen Sie sich erst mal! Und machen Sie sich keine Gedanken wegen des Flurs. Bei dem Regen wäre er inzwischen eh wieder dreckig. Einen schönen Nachmittag, meine

Kleine. Wie werden Sie ihn verbringen? Mit Ihrem Frank sind Sie ja wohl auseinander?«

»Ihnen auch einen schönen Nachmittag«, erwidere ich herzlich, ohne auf seine Frage einzugehen. »Und grüßen Sie Ihre Mutter von mir.« Wir nicken uns liebenswürdig zu.

Oben in meinem Zimmer betrachte ich meinen linken Unterarm. Vielleicht gar keine so schlechte Idee, das mit dem Raben.

Am Abend rufe ich Wilfried an, und wir verabreden uns für Dienstag in der *Bar Centrale*, einer Kneipe auf St. Pauli. Er wird bis dahin, verspricht er mir zu meiner großen Überraschung, das Zeitungsmaterial über den Unfall zusammentragen. Aus Höflichkeit erkundige ich mich nach seiner neuen Freundin und stelle mich innerlich darauf ein, in einem Erguss von heißer Liebeslava zu ertrinken. Und tatsächlich: »Es ist die reinste Pattexbeziehung«, gluckst er. »Wir können nicht eine Minute getrennt sein.«

Aus dem Hintergrund ruft eine Stimme wie gegossener Beton: »Wilfried!«

Er legt mit einem gemurmelten »Bis morgen also« hastig auf.

Dienstag, der 27. Juni, 9:45 Uhr

Am nächsten Tag entwerfe ich während der Vorlesung Rabenskizzen. »Welcher Rabe gefällt dir am besten?«, frage ich Jan N Punkt.

Er tippt auf die letzte Zeichnung. Das ist das Angenehme an Jan N Punkt, dass er nie weiter nachfragt. Er berichtet mir begeistert von dem Buch *Einführung in die Sinologie*, das er seit der Begegnung mit der chinesischen Checkerbraut liest. Aus »reinem Interesse an Land und Leuten« natürlich.

Natürlich.

Obwohl es ungerecht ist, aber der Lange Marsch von Jan N Punkt zu dem chinesischen Mädchen nervt. Wie Wilfrieds Gesülze gestern am Telefon. Am meisten aber nerven mich die Überredungsversuche von Anglistik-Andreas, der mich für ein autonomes Seminar zu Michel Foucaults *Die Ordnung der Dinge* gewinnen will. Dabei habe ich genug damit zu tun, meine eigenen Dinge in Ordnung zu bringen. Ich bin total frustriert. Ich weiß nicht, wie es im Fall Kai weitergehen soll – und vor allem mit Julia und mir.

Am Nachmittag setze ich mich von der Lernfabrik ab. Am Museum für Völkerkunde, unweit der Universität, finde ich eine Telefonzelle. Ich bestelle Christian als Fahrer in die Rothenbaumchaussee. Während ich seinen Namen durchgebe, spüre ich, wie sich der eiserne Ring, der sich um meinen Kopf gelegt hat, löst. Meine Entschlusskraft kehrt zurück.

»Hast Glück, dass ich in der Nähe war«, brummelt Christian und stellt den Motor seines Daimlers ab, um erst mal seine beschlagene Brille zu putzen.

»Ohne dein Gestell auf der Nase siehst du aus wie ein Maulwurf.« Ich krame in meiner Hosentasche. »Da. Habe ich gestern in einer Apotheke geschenkt bekommen.«

»Eine Rentnerbravo?«, wehrt er unwillig ab.

»Quatsch, Antibeschlagtücher.«

Ein Lächeln fliegt über sein schmales Gesicht. »Danke, Nik«, sagt er und zupft gerührt an seinen Bartfusseln. Er öffnet eins der zerknitterten Päckchen, zieht das kleine feuchte Tuch raus und wischt damit langsam und sorgfältig über die Gläser.

Ich sehe ihm zu. Dann frage ich: »Hast du ein bisschen Zeit? Ich lade dich auf einen Kaffee ein.«

Sofort nimmt Christian Chauffeurshaltung an. »Und wohin darf ich die Dame kutschieren?«

»Ins *Treibeis*?«, überlege ich. »Da ist es um diese Zeit nicht so voll.«

»Das ist doch in Ottensen. Halbe Weltreise«, stöhnt Christian. »Aber bitte! Wie die Dame befiehlt.«

Wir steigen ins Taxi, er lässt den Motor wieder an, und der Wagen rollt langsam auf die rote Ampel zu.

»Wollten wir nicht alle mal Eisbär sein im kalten Polar?«, fragt Christian.

»Spielst du auf Grauzone an oder auf meine eigene Gruppe?«, frage ich misstrauisch. »Da mach dir mal keine Sorgen, mein Schlagzeug ruht sich nur aus.«

»Nu gifte doch nicht gleich los«, versucht Christian zu beschwichtigen. Ich erwidere nichts, und damit ist das Thema vom Tisch. Die Ampel springt auf Rotgelb, dann auf Grün. Christian blinzelt liebevoll zu mir rüber, und ich registriere dankbar, dass er das Taxameter nicht eingeschaltet hat. »Nik, ich muss dir gestehen, dass ich bisher nichts rausgekriegt habe«, seufzt er. »Über den Unfall ist zwar unter den Kollegen heiß palavert worden. Es gab Pressemeldungen, in denen wurde gemutmaßt, der Unfallwagen sei ein Taxi gewesen, aber ... na ja, außer ein paar Gerüchten habe ich nicht viel rausbekommen.«

Das überrascht mich nicht. Trotzdem bin ich enttäuscht.

»Ein Kollege glaubt, dass die Geschichte was mit dem Militärputsch im Februar in Paraguay zu tun hat«, nuschelt Christian und wird verlegen, als stamme die Vermutung von ihm selber. Ich rolle mit den Augen. »Ein anderer«, berichtet er weiter, »erzählte von einem Unfall, der sich vor siebzehn Jahren in Billbrook ereignet hat und angeblich Parallelen aufweist.«

»Welche denn?«, frage ich, ohne die Antwort wirklich hören zu wollen. Unser Dialog schleppt sich dahin wie der Autoverkehr.

»Auf was hast du denn gehofft?«, fragt Christian und klingt etwas genervt.

»Auf konkretere Hinweise. Wie … wie beispielsweise die Marke des Unfallwagens. Oder die Haarfarbe des Fahrers.« Ungeduldig zerre ich an meinem Sicherheitsgurt. »Aber das ist offensichtlich zu viel verlangt.«

»Wie ungerecht du sein kannst«, sagt Christian mit echter Verwunderung in der Stimme. »Und wie unlogisch. Wo nichts ist, da ist halt nichts.«

Ich antworte nicht und schaue düster vor mich hin. Über die Innenseite der Frontscheibe krabbelt eine Ameise.

»Hey, Gesichtselfmeter!«, sagt Christian und stößt mir versöhnlich den Ellenbogen in die Rippen.

Wenn sie am Museum für Völkerkunde zugestiegen ist, denke ich, dann findet sie am *Café Treibeis* nicht zurück zu ihrem Ameisenbau. »Hey, Getreidekauer!«, kontere ich gezielt, aber lustlos.

Wieder schweigen wir. Ich rezitiere im Geiste ein Gedicht von Joachim Ringelnatz.

In Hamburg lebten zwei Ameisen,
Die wollten nach Australien reisen.
Bei Altona auf der Chaussee,
Da taten ihnen die Beine weh,
Und da verzichteten sie weise
Denn auf den letzten Teil der Reise.

Auf einmal wirft Christian seine Arme aufs Lenkrad und lacht los. »Da fällt mir eine Kollegin aus Harburg ein, die in der Angelegenheit eine verunglückte Pressekampagne gegen das Taxigewerbe vermutet.« Er schnappt nach Luft und sieht zu mir rüber. »Das glaubt die wirklich.«

Ärgerlich blase ich die staatenlose Ameise weg. Rote Ampel. Neben unserem Daimler steht ein alter VW. Der Mann am Steuer schaut wie ich aus dem Seitenfenster. Wir sehen uns müde an.

»Krischaan«, sage ich ernst und blicke weiter in die gleichgültigen Augen vom VW-Mann, »jemand ist auf nacktem Asphalt unter die Räder gekommen und jämmerlich verblutet, und du und deine Kollegen, ihr schwatzt von Militärputsch, Billbrooker Parallelen und PR-Kampagnen!«

»Mensch, Nik«, windet Christian sich hinter seinem Steuer, »bisher hatte ich zu wenig Zeit, da mehr rauszuholen, verdammt.« Auf unserer Spur geht es weiter. Das Taxi ruckt an. Der VW gleitet leise aus meinem Blickfeld.

»Nenn mir eine Zahl mit drei Buchstaben«, sage ich.

»Neues Zahlenspiel?«, fragt Christian und kann einen Seufzer nicht unterdrücken.

»Keine Gegenfragen. Damit willst du nur Zeit schinden.«

»Elf«, sagt Christian.

»Jetzt eine mit fünf Buchstaben.«

»Sechs«, ruft Christian mit Stolz in der Stimme.

»Zahl mit elf Buchstaben?«

Nun dauert es schon länger. Christian nimmt eine Hand vom Steuer und zählt.

»Mach hinne, Krischaan, gleich sind wir da.«

»Hunderteins«, sagt Christian und nimmt die Kurve mit links.

»Jetzt wird es schwer: Zahl mit neun Buchstaben.«

Christian kommt nicht drauf.

»Es gibt keine Zahl mit neun Buchstaben«, triumphiere ich.

Christian ist ein schlechter Verlierer. Er macht ein störrisches Gesicht und murmelt: »Glaub ich nicht.« Den Rest der Fahrt bringen wir schweigend zu. Christian scheint in Gedanken sämtliche Zahlen durchzugehen.

Wenigstens haben wir kein Problem bei der Parkplatzsuche: In der Gaußstraße finden wir einen, nur ein paar Meter vom *Treibeis* entfernt. Ein echter Glücksfall in dieser Gegend. Noch in den 70er Jahren war der verwinkelte Stadtteil ein Industrie- und Arbeiterviertel, in dem mehr als die Hälfte der Menschen mit Ofenheizung und Außentoilette lebte. Auf die Tristesse des wirtschaftlichen Niedergangs am Ende des Industriezeitalters reagierte die Stadt mit einem umfangreichen Sanierungsprogramm. Seitdem verwandelt sich Ottensen langsam, aber sicher in einen Szenestadtteil gutbürgerlicher Prägung – jung, dynamisch, kreativ. Das *Treibeis* teilt sich das ehemalige Werksgelände einer Fabrik mit einer ABM-Werkstatt und einem Jugendzentrum.

Auf dem Weg zum Café rempelt Christian auf dem engen Bürgersteig mit einem Anzugträger zusammen. »Wo sind sie geblieben, die kleinen Leute von Ottensen?«, knurrt er.

Im *Treibeis* schlängeln wir uns durch die Stuhlreihen und setzen uns an einen freien Tisch.

»Solche Typen habe ich besonders gerne als Gäste in meiner Taxe. Die Fahrt über reden die kein Wort. Und am Schluss dann fünfzig Pfennig Trinkgeld.« Er greift zur Karte und studiert penibel das Angebot. Ich ziehe die Augenbrauen hoch und kürze ab.

»Zwei Espresso!«, sage ich zum Kellner.

Als der kurz darauf mit den Getränken zurückkommt, hat sich Christian beruhigt. Er streicht sich durch den dünnen Bart und sagt: »Eine Sache hätte ich noch zur Hafenrandstraße.«

Ich nehme einen Schluck von meinem Espresso, um einen kleinen Seufzer zu verstecken, und bereite mich darauf vor, dass mein lieber Freund einen weiteren phantasievollen Kollegen zitiert, diesmal vielleicht einen, der den Verkehrsunfall als Begegnung der dritten Art interpretiert?

Christian lässt drei Würfel Zucker in seine kleine Tasse plumpsen, rührt sachte viermal um und nippt dann an dem süßen Trank. Mit einem genüsslichen Schmatzer lehnt er sich in seinem Korbstuhl zurück, sieht konzentriert zur kalkfarbenen Decke empor und bemerkt schließlich: »Eigentlich nichts Besonderes. So was passiert uns Kutschern öfter. Ist nur komisch, dass der genau da eingestiegen ist, wo sich der Unfall ereignet hat.«

»Komm, Krischaan, lass sie raus, die Hypothese von Erich von Däniken«, rufe ich ärgerlich und nehme ihm die Zuckerdose weg, in der er tatsächlich nach weiteren Würfeln fingert.

»Dänen … was? Nein. Es ist so: Neulich hat ein Kollege von mir beinahe jemanden überfahren. Ein junger Mann stand mitten auf der Straße. Und zwar exakt dort, wo der Unfall passiert ist. Du weißt, da am Tunnel, wo ich dich rausgelassen habe am Sonntag.« Er schiebt umständlich die kleine Tasse auf dem Unterteller zurecht. »Der junge Mann wollte in die Innenstadt. Er ist dann in den Wagen meines Kollegen gestiegen.«

»Wann war das?«

»Vor etwa zwei Wochen.« Christian sieht mich durch seine blanke Brille unsicher an, bevor er fortfährt: »Der Kollege hat ihn wie gewünscht in die Stadt gebracht.«

»Und?«

»Bis nach St. Georg. Da ist ihm sein Fahrgast an einer roten Ampel aus dem Wagen gesprungen, und weg war er …«

»Warum brichst du ab?«, frage ich ungeduldig.

»Weil du so gespannt guckst. Ich kann deine Erwartungen nicht erfüllen. Das Ganze hat bestimmt nichts mit dem Unfall zu tun.«

»Warten wir's ab. Erzähl weiter.«

»Weiter gibt's nichts. Der Junge verschwand in einem Café,

und das war's.« Christian bewegt voller Unbehagen die knochigen Schultern. Er hätte zu gern mehr zu berichten. »Mein Kollege rannte hinterher. Tut man nicht gerne. Das Taxi steht mit laufendem Motor mitten auf der Straße und dahinter eine Autoschlange und Gehupe.« Sein Blick wandert umher und bleibt an der Zuckerdose kleben. »Aber der Junge war weg. Im Lokal hat ihn angeblich niemand gesehen. Was blieb dem Kollegen übrig als Leine ziehen. Der war natürlich stinksauer, ist ja schließlich keine kleine Tour von Wilhelmsburg in die Lange Reihe. Und ausgerechnet wieder so ein Autonomer.«

»Ein Autonomer?«

»Na, von der Kleidung her. Der Typ war angezogen … na, wie die halt so rumlaufen. Ich habe meinem Kollegen gesagt, er soll die Vorurteile lassen. Vielleicht hat der Bengel sich in Schwarz geworfen, weil sein Wellensittich gestorben ist.« Ein meckerndes Lachen schüttelt Christians Körper. »Der Kollege meint sich aber zu erinnern, dass der Junge einen schwarzen Stern trug. Bei der nächsten Wahl«, Christian krümmt sich auf seinem Stuhl, »bei der nächsten Wahl kreuzt der vor Wut die DVU an.«

»In welches Café ist der Junge gerannt?«, frage ich knapp.

»Ins *Gnosa*«, schnauft er und reißt sich zusammen. »Der Knabe hat übrigens ein Kleidungsstück im Taxi liegen lassen. Ein Palästinenser-Halstuch, glaub ich.« Dann prustet er los: »Als Wertausgleich sozusagen.«

Blitzschnell fasse ich einen Plan. »Ist es möglich, dass ich das Tuch bekomme?« Ich winke dem Kellner und mache eine schreibende Bewegung.

Christian reckt sich erleichtert, sichtlich zufrieden mit dem, was seine scheinbar bedeutungslose Bemerkung bei mir ausgelöst hat. »Du glaubst, dass der was mit dem Verkehrsunfall zu tun hat?«

»Ich glaube es nicht nur, ich weiß es.«

Der Kellner zückt eilfertig Block und Bleistift, aber ich habe den Betrag plus Trinkgeld natürlich längst im Kopf, zahle ihn und stecke Christian einen Zehner zu.

»Ist es möglich, dass ich das Tuch bald bekomme?«

»Wann brauchst du es?«

»Am liebsten heute. Spätestens morgen.«

»Morgen hast du es«, verspricht Christian mit breiter Stimme. Aus seinen Augen leuchtet die Freude, dass er zu meiner kriminalistischen Arbeit einen wichtigen Beitrag geleistet hat.

»Sobald ich im Besitz des Tuches bin, begebe ich mich damit ins *Gnosa* und lege meinen Köder aus«, vertraue ich ihm an.

»Pass auf, dass du nicht ins Stolpern kommst, Nick Knatterton!«

Ich kann darüber nicht lachen, Christian aber hat so viel Spaß an seiner kleinen Anspielung, dass der Adamsapfel in seinem langen dünnen Hals hüpft wie ein aufgeregtes Tennisbällchen. Ich warte geduldig, bis er sich wieder beruhigt hat. Dann überlege ich laut weiter: »Und mit ein bisschen Glück wird die Falle zuschnappen, und ich habe den Mann, den ich suche.«

»Mir fällt ein, warum ich als Kind Nick Knatterton so gern gelesen habe«, ruft Christian mir über das Taxidach zu, während er das Auto aufschließt.

»Warum?«, frage ich höflich und bin in Gedanken im *Gnosa*.

»Weil er am Schluss jeden Fall gelöst hat«, sagt Christian.

»Weißte was, Krischaan«, erwidere ich erfreut, »du bist wirklich ein Freund.« Und dann brausen wir los.

An der Holstenstraße schmeißt er mich raus. 27 Minuten später steige ich in der U-Bahn-Station Uhlandstraße aus. Ich laufe die Armgartstraße runter und am Kanal entlang.

Ich fühle mich richtig gut. Ich bin ein ganzes Stück weitergekommen mit meiner Recherche. Ich hebe einen abgebrochenen Ast auf und lasse ihn an den Gitterstäben des eisernen Zauns entlangklappern, der die Straße vom abschüssigen Ufer trennt. Gutes wilhelminisches Eisen, denke ich, hundert Jahre alt.

Bis zur Verabredung mit Wilfried habe ich noch Zeit. Und weil sich das beschwingte Gefühl sofort verflüchtigt, sobald ich an mein vernachlässigtes Studium denke, beschließe ich, die nächsten Stunden im Dachgeschoss über den Büchern zu verbringen.

Nachts auf St. Pauli

Dienstag, der 27. Juni, 21:21 Uhr

Ich komme aus dem S-Bahn-Schacht Reeperbahn und sehe auf meine Armbanduhr. 21 Uhr 21. Ich bin nicht abergläubisch, aber die doppelte 21 sieht verdammt vielversprechend aus. Vielleicht hat Wilfried Neuigkeiten. Ich knöpfe meine Jeansjacke zu, denn es ist kühler geworden. Ich atme tief durch und mache mich auf den Weg Richtung Davidwache. Auf der Sündenmeile Hamburgs ist noch nicht viel los.

»Guck mal rin in die Rammelbude. Hier steppt der Bär«, will mich ein Türsteher für den Besuch seines Etablissements ankobern. Schrille Lichterketten. Nackte Frauen, dilettantisch auf die metallene Verkleidung des Eingangs gemalt, mit spitzen Brüsten und wollüstig geöffneten Mündern. Touristen schlendern vorbei. Das Angebot, dass ein Bier nur fünf Mark kostet, lockt den einen oder anderen in den Sündenpfuhl. Und vielleicht wird später sogar – nach etlichen Bierchen und schwülstiger Animation – eine Flasche Champagner geköpft. Was die dann kostet – na, ich will es lieber nicht wissen. An der Straßenecke gegenüber der Davidwache stehen die Prostituierten und warten auf Freier. Ein paar Saufbrüder sitzen am Bordstein. Einer von ihnen wälzt sich im Delirium auf dem Boden und putzt mit seinem Mantel das Pflaster.

Ich laufe die Große Freiheit lang. In der Nummer 36 spielen heute Nick Cave and the Bad Seeds. Vor dem Eingang steht eine Menschentraube. Unglaublich, wie die Mädchen auf meinen Namensvetter fliegen. Ich denke voll Wehmut an mein Schlagzeug, das in irgendeinem Proberaum vor sich hin gammelt. Mensch, waren das Zeiten, als wir uns jede Woche trafen und spielten. Alles eingeschlafen, ehe wir es recht bemerkt haben. Ich überquere die Simon-von-Utrecht-Straße und biege ab in die Clemens-Schulz-Straße. Als ich am *Grünspan* vorbeilaufe, fällt mir Udo Lindenberg ein, der Anfang der 70er Schlagzeuger von Passport war. Das weiß heute kaum noch einer, dass der mal ein hervorragender Jazzdrummer war. Aber tröstet mich das?

An der Ecke Wohlwillstraße betrete ich die *Bar Centrale* und sehe mich nach Wilfried um. Er ist noch nicht da. Ich setze mich an einen Tisch am Fenster und bestelle mir einen Martini. Die Gäste in dieser Kneipe gehen auf die dreißig zu und sind das, was man weitläufig gut situiert nennt. Mann trägt schwarzes oder braunes Jackett zur Cordhose, Typ Kiez-Intellektueller mit Gespür fürs Marketing, Frau tritt trotz des morbiden Umfelds im schmalen schwarzen Hosenanzug auf, gibt sich betont emanzipiert und beantwortet jeden männlichen Blick mit blasierter Langeweile.

Eine ist anders. Ihr Blick gleitet nicht gleichgültig über mich hinweg, sondern bleibt an mir hängen. Sie und ein zweites Mädchen – Asphalt-Wilfried nennt solche Frauen wegen ihrer breiten Hüften erbarmungslos Porkie – sitzen auf hohen Hockern an der einsamen Bar und schlürfen Prosecco. Die Breithüftige schaut vor jedem Schluck in ihr langstieliges Glas und lässt den Sekt langsam und genüsslich über die Zunge perlen, während die mit dem nagelnden Blick zu schnell trinkt und zu schnell redet. Wenn sie mal schweigt, weil die Freundin was sagt, bleiben ihre kühlen, herausfordernden Augen auf mich gerichtet. Ein Lächeln umspielt ihre schmalen, entschlossenen Lippen, ein sehr kleines Lächeln, aber so persönlich, dass ich mich verpflichtet fühle, es kurz und freundlich zu erwidern.

Ich sehe zum Eingang, den ein dicker Vorhang verdeckt. Er teilt sich und Wilfried weht herein. Schulterlanges Haar, Koteletten bis runter zur Kinnlade, geknickter Filzhut,

Cowboy-Stiefel, das ist Wilfried, eine Art Buffalo Bill der Großstadt.

Oh Gott, Asphalt-Wilfried, fehlen nur noch Lederüberwurf und klirrende Sporen, denke ich.

»Oh Gott, Sherlock Holmes, fehlen nur noch Inverness-Mantel und Deerstalker-Hut«, ruft Wilfried. Viel zu laut.

Er wirft seinen langen Mantel über den Stuhl. Ich spüre, wie der nagelnde Blick sich verlagert. Wilfried setzt sich und streckt die Beine ins Lokal. Er zieht erst das Nackentuch vom Hals, um sich die Stirn zu trocknen, dann ein Päckchen Zigaretten aus der Brusttasche seines karierten Wollhemds, schnippt der Bedienung zu und deutet mit dem Zeigefinger auf ein Bierglas am Nebentisch. »Give me drinks and light!«, ruft er Richtung Theke und fummelt nach einer Zigarette. »Muss erst mal eine knörzen.«

»Hey«, sage ich, »beim letzten Treff hast du mir Stein und Bein geschworen, dass du nicht mehr rauchst.«

»Klaro gewöhn ich mir die Lungenbräuner ab«, versichert er, »du erwischst mich gerade bei der letzten.«

»Wir haben alle unsere Schwächen«, antworte ich und überlege, wo ich meine habe.

»Hey, was haste denn da?«, staunt Wilfried und tippt auf mein Pflaster am linken Unterarm.

»Ich habe mir einen Raben stechen lassen. Wollte ich schon lange. Gewisse Umstände zwangen mich endlich dazu.« Ich sage das so überzeugend, dass ich fast selber dran glaube.

»Wirklich!« Wilfried ist begeistert. »Wow! Ein Rabe? Kein schlechtes Motiv. Zeig mal her!«

»Geht nicht. Heilt noch ab. Komm morgen bloß nicht auch mit einem Raben an«, warne ich ihn, »auf meinem ist Copyright drauf.«

Wilfried nimmt das ganz ernst. »Alle deutschen Rechte vorbehalten, klaro«, nickt er und nimmt der Kellnerin, die mit seinem Getränk an unseren Tisch tritt, das Glas aus der Hand. »Moment«, sagt er, trinkt auf einen Zug aus, gibt ihr das leere Glas zurück und murmelt mit viel Schaum auf der Oberlippe: »Bringen Sie mir noch eins! Und Streichhölzer.«

Eigentlich brenne ich darauf zu erfahren, ob Wilfried bei seiner Recherche fündig geworden ist. Aber weil ich mir denken kann, dass ich ihm damit mächtig viel Arbeit aufgebürdet habe, will ich nicht gleich mit der Tür ins Haus fallen. Ich erkundige mich höflich nach seiner Freundin.

»Hör mir auf mit der!«, ruft Wilfried und kaut die unangezündete Camel von einem Mundwinkel zum anderen. »Das war ja die reinste Pattexbeziehung. Nix konnte ich mehr alleine unternehmen. Mann, bin ich froh, wieder frei zu sein.«

»Das war aber keine sehr lange Geschichte«, sage ich und nippe an meinem Martini.

»Na, du bist doch auch nicht besser. Wenn ich daran denke, wie Frank nach seinem Abschuss gelitten hat.«

»Sechs Monate waren einfach genug. Er fing an, sein Leben völlig nach mir zu richten. Das kann ich nun überhaupt nicht ertragen.«

»Na siehste«, sagt Wilfried und grinst zufrieden.

Die Kellnerin stellt wortlos sein zweites Pils auf den Tisch und legt eine Streichholzschachtel daneben mit dem Schriftzug BAR CENTRALE.

Wilfried deutet mit langem Kinn Richtung Bar, wo die beiden Mädchen auf ihren Hockern sitzen wie einsame Elstern. »Sput-Nik, das ist hier ja die reinste Aufrisszone«, schmunzelt er. »Nix gegen die Kleine mit den Büffelhüften, aber die mit den kurzen Haaren! Wie eine schwarze glänzende Kappe.« Er zündet sich die Zigarette an. Aus seinem zu einem großen O geformten Mund entströmt dichter Qualm, durch den er genüsslich seine Zunge stößt. Wir sehen beide den grauen Kringeln nach, die Richtung Bar entschweben und sich kurz vorm Ziel sanft auflösen. »Die weiße Haut«, seufzt Wilfried.

»Wie Alabaster«, setze ich noch einen drauf und werde allmählich ungeduldig.

»Die ideale Frau«, philosophiert Wilfried tiefsinnig, »ist im Alltagsleben zuverlässig, zärtlich und treu und im Bett eine Hure.« Er bastelt erneut an einem Kringel. Nachdem er den qualmigen Lockvogel auf den Weg gebracht hat, meint er: »Eine Frau, rein wie eine Lilie und schmutzig, wenn's zur Sache geht, ah, wunderbar.«

Zur Sache!, sagte Edu immer streng, wenn ich beim Erzählen kein Ende fand. »Zur Sache!«, sage ich zu Wilfried.

Wilfried greift unverzüglich zum Mantel, zieht aus der Innentasche einen dicken, mit einer rotweiß geflochtenen Kordel umschnürten Packen Zeitungskopien und knallt ihn hart auf den Tisch. Eine graue Wolke stiebt aus dem Aschenbecher auf. »Die liebe kleine Nikolaus spielt Sherlock Holmes. War ganz schön mühselig, den Dr. Watson für dich zu machen. Was denkste, wie viele Stunden ich in zwei vermieften Archiven zubringen musste, um in diesem perversen Verkehrsunfall zu recherchieren.«

»Zwei Stunden?«, frage ich vorsichtig und lege Mitgefühl in meine Stimme. Ganz schön dick, der Packen, denke ich. Hoffentlich ein paar Indizien darunter.

»Drei waren es. Drei volle Stunden!«, ereifert Wilfried sich und vergisst für einen Moment das Mädchen mit dem Kappengesicht. »Wer ist schon so kameradschaftlich wie ich und opfert für eine Freundin *drei volle Stunden*! Nikolaus, wir kennen uns seit 1986, und ich habe dir schon so manchen Gefallen getan …«

»Seit 1987«, korrigiere ich ihn sanft. »Wir kennen uns seit 1987. Seit dem 12.6.1987, um genau zu sein.«

Er geht drüber weg. »Na gut, sagte ich zu mir, das ziehste

volle Kanne durch. Für Sput-Nik machste das. Aber während der gesamten Recherche hab ich mich gefragt, ob du neuerdings Autounfälle von Geisteskranken studierst.«

Geisteskranke? Ein interessantes Stichwort. Hatte Kai eine depressive Phase? War es vielleicht ein Suizid?

»Lies es dir lieber zu Hause in aller Ruhe durch«, höre ich Wilfrieds Stimme so fern, als hätte ich Ohropax in den Ohren. Er schiebt mir den Packen Papier rüber und ruft der Kellnerin ein knappes »Noch eins!« zu, kippelt auf seinem Stuhl vor und zurück und wartet auf sein Getränk. Für ihn ist mit der Übergabe der Kopien der Auftrag erledigt, und er kehrt ganz in die Gegenwart und in die Aufrisszone zurück.

Ich öffne die Verschnürung und blättere in den Kopien.

»Übrigens musst du dich um mich nicht sorgen, nur weil ich wieder alleine lebe«, sagt Wilfried. Er sagt es in einem Ton, als müsste er mich trösten. Ich schaue flüchtig hoch und sehe, dass er intensiven Blickkontakt mit der schwarzen Kappe hat. »I was«, fährt er fort und schnurrt ein bisschen dabei, »I was totally fucked-up by this weekend-kick-ass party, verstehste? Und außerdem«, er kippelt mit seinem Stuhl wieder nach vorne, »andere Mütter haben auch schöne Töchter.«

»Aber ich denke, du hast sie verlassen?«, frage ich abwesend und überfliege die Kurzmeldungen der größeren Zeitungen.

»Die schwarze Kappe textet Porkie voll zu«, lässt Wilfried verlautbaren, ohne auf meine Frage einzugehen.

»Da ist ja allerhand zusammengekommen«, murmele ich. Ich bin jetzt bei den kleineren Zeitungen und Wochenblättern angelangt, die den Unfall sensationslüstern ausschlachten. Julia hat recht, vom Schrottplatz kein Wort.

»Die Farbe ihrer Lippen passt genau zu ihren lackroten Schuhen. Sput-Nik, ich sage dir, die Frau hat Klasse.«

Ich blicke düster auf. »Das wird eine ganze Weile dauern, bis ich mich da durchgelesen habe.«

»Ich merke schon, mein Auftrag ist noch nicht beendet«, grinst Wilfried und schnippt so lange gegen sein geleertes Bierglas, bis die Kellnerin aufsieht. Ihr Gesicht zeigt keine Reaktion, aber sie stellt ein frisches Glas unter den Zapfhahn. »Bevor du dich in das Zeugs eingräbst, gebe ich dir lieber schnell eine Summary.«

Ich nicke dankbar. Die Kellnerin bringt das Bier.

»Danke!«, sagt Wilfried.

Sie sieht ihn überrascht an.

»Schieß los!«, dränge ich ihn, als sie weg ist.

»Also, der Unfall muss so gegen zwei Uhr morgens passiert sein. Am Morgen des 16. Mai.« Wilfried zündet sich die nächste Zigarette an, bläst den Qualm genüsslich in den Raum, aber ohne Kringel diesmal. »Man muss sie zappeln lassen«, raunt er mir zu. »Ich setze sie mal auf Diät und schau 'ne ganze Weile nicht hin.«

»Wilfried«, stöhne ich, »komm zur Sache!«

»Auf den ersten Blick klingt es nach einem normalen Verkehrsunfall, wären da nicht drei Punkte ungeklärt. Der erste Punkt betrifft den Fahrer des Wagens. Der ist unbekannt, weil er nach dem Unfall Fahrerflucht beging und bisher nicht ermittelt werden konnte.«

Na toll. Das ist mir bekannt. Genau den suche ich ja. Aber ich sage nichts, um Wilfrieds Redefluss nicht zu unterbrechen.

»Der zweite Punkt betrifft das Tatwerkzeug, sprich: das Automobil, mit dem der Student ins Jenseits befördert wurde. Es fanden sich keine eindeutigen Hinweise auf das Fahrzeug.«

»Keine Spuren?«, unterbreche ich Wilfried schnell. »Keine Lacksplitter? Keine Plastikteile, Seitenspiegel, Glasscherben, nichts, was auf einen Zusammenprall mit einem Pkw oder Lkw hindeuten könnte? Keine Bremsspuren?«

»Na ja«, Wilfried räuspert sich, »Bremsspuren fand man schon …« Er macht eine kurze Pause. »Auf dem Gesicht des Opfers.«

»Auf dem Gesicht des Opfers?«, wiederhole ich irritiert.

»Sie deuten darauf hin«, fährt Wilfried fort, »dass es ein VW Golf II war, der den Jungen überfahren hat. Der Hinweis war ihm quasi ins Gesicht geschrieben. Und damit sind wir bei dem dritten mysteriösen Punkt der Geschichte, bei der Art und Weise, wie der Student ums Leben gekommen ist.«

»Wieso? Ich denke, er ist überfahren worden?«

»Ja, das ist er. Aber nur sein Kopf. Vom Hals abwärts bis zu seinen Füßen war keine Schramme zu finden.« Wilfried blickt auf seine Zigarette und meint dann sachlich: »Was sich, wie gesagt, von seinem Kopf nicht behaupten lässt. Der sah nicht mehr so gut aus.« Er unterbricht das Stuhlkippeln, um ein Päckchen Kaugummi aus der Hosentasche zu ziehen. »Der Junge war so gut wie nicht mehr zu identifizieren. Glücklicherweise ist er im Verlauf seines politischen Lebens mal erkennungsdienstlich behandelt worden, sonst hätte ihn die Polizei ins Grab des Unbekannten Soldaten legen müssen.«

»Warum«, hake ich nach, »hat die sich nicht an die Öffentlichkeit gewandt, um Zeugen ausfindig zu machen?«

Wilfried beginnt wieder zu kippeln. »Hat sie doch. Ist aber nichts bei rausgekommen. So ein Unfall passiert und ist sofort wieder vergessen. Nichts ist älter als die Zeitung von gestern.« Das erklärt er mir mit einer Wichtigkeit, als hätte er den Spruch erfunden.

»Glaubt denn die Polizei an einen Unfall?«, stoße ich hervor. Ich senke meine Stimme, weil sie ganz schrill geworden ist. »Das hört sich nicht nach einem normalen Verkehrsunfall an!«

»Doch, schon. Laut Bericht war er stockbesoffen. Kann gut sein, dass er sich einfach auf die Straße gelegt hat.«

»Die wissen bestimmt mehr, als sie sagen. Sie verfolgen eine heiße Spur und hüllen sich in Schweigen, um in Ruhe recherchieren zu können.« Ich nehme den letzten Schluck aus meinem Glas und spüle mir den trockenen Mund aus.

»Was immer die Polizei im Geheimen treibt«, sagt Wilfried, »die Klatschblätter sind längst mit neuen Sensationsstorys beschäftigt.« Er löst sorgfältig das Silberpapier vom Kaugummi und schiebt sich den grauen Streifen zwischen die Zähne. Dann beginnt er langsam zu kauen und nimmt höchst interessiert die Deckenlampe in Augenschein, die ihr sanftes Licht auf die Köpfe von Schwarzkappe und Porkie wirft. »Warum interessiert dich die Geschichte eigentlich?«, fragt er schließlich gedehnt und lässt den Blick langsam von der Deckenlampe zurück zu mir wandern.

»Ich war vor Jahren mit dem Typen gut befreundet«, lüge ich. »Ich möchte bitte zahlen!«, rufe ich der Kellnerin zu. »Wir sind dann aber verschiedene Wege gegangen«, erzähle ich weiter. »Das lag hauptsächlich an mir. Ich hätte mich mehr um ihn kümmern müssen. Ich denke, ich bin es ihm schuldig, wenigstens von den Umständen seines Todes richtig Kenntnis zu nehmen.«

»Ich verstehe«, erwidert Wilfried pietätvoll.

»Drei Pils und ein Martini«, sagt die Kellnerin und legt mir die Rechnung hin. Ich lege ein ordentliches Schmerzensgeld für sie drauf.

»Deine Recherche hat mir wirklich weitergeholfen«, lobe ich Wilfried. Ob die Zeitungsartikel mich tatsächlich weiterbringen werden, weiß ich noch nicht. Ich hole eine Flasche Rotwein aus einer Plastiktüte. »Ist nicht die edelste Marke, aber kein schlechter Jahrgang«, sage ich, als verstünde ich was davon.

»Drei Stunden!«, betont er noch einmal und besieht sich das Etikett der Flasche. »Hab meinen R4 in der Hein-Hoyer-Straße geparkt und würd dich gern nach Hause fahren.«

»Das Angebot nehme ich dankend an«, erwidere ich erfreut.

»Vorher hab ich noch was zu erledigen«, sagt Wilfried und zwinkert rüber zur schwarzen Kappe.

»Mach nur, mach nur«, sage ich und verstaue den Packen Kopien sorgfältig in die Plastiktüte. Er steht auf und geht zu den beiden Mädels am Tresen. Ich bleibe sitzen und gucke ihm blind hinterher. Ich sehe Kai auf der Straße und ein Golf fährt über ihn rüber. Wieso war er betrunken? Er kam direkt von der Arbeit.

Wilfried ist vom Tresen zurück. Triumphierend hält er einen Zettel in die Luft. »Die Nummer von der Kleinen. War ein Kinderspiel.« Er grinst von einer Kotelette zur anderen.

»Na toll«, sage ich und klopfe ihm übertrieben anerkennend auf die Schulter. Am Ausgang schenken wir Porkie und Kappe ein freundliches Lächeln, teilen den schweren Vorhang und verschwinden.

In der Hein-Hoyer-Straße steigen wir in Wilfrieds klapprigen R4. Wilfried strahlt immer noch über beide Backen. Bei laufendem Motor leiert die Musik der Sisters of Mercy aus dem Kassettenrekorder. Weltuntergangsstimmung im rotlichtgefärbten St. Pauli. Wieder das Bild von Kai, wie er tot auf der Straße liegt. Alkohol soll das Schmerzempfinden betäuben. Er wird nicht viel gemerkt haben.

Eingezwängt zwischen zwei Lkws, fahren wir mit 70 Sachen auf der mittleren Spur der Ost-West-Straße. Die Aufschrift EVERGREEN des einen Hängers zieht links an uns vorbei, rechts das überdimensionale Lächeln eines RAMA-Mädchens. Vor uns liegt die Altstadt. Dunkel und ausgestorben.

Jagd in St. Georg

Mittwoch, der 28. Juni, 7:24 Uhr

Eine klingelnde Horde Fahrradfahrer verfolgt mich durch die Lange Reihe. Vor dem St. Georg-Krankenhaus flüchte ich in einen Supermarkt, in der Hoffnung, mich irgendwo zwischen den Regalen verstecken zu können. Das Geklingel hört nicht auf. Ich haste durch die Gänge und von der Haushalts- zur Lampenabteilung. Wie aus dem Boden geschossen steht eine schwarze schmale Gestalt vor mir. Ich reiße entsetzt die Augen auf.

Dass ein Traum so echt sein kann.

Es klingelt. »Wo ist das Telefon?« Ich ertaste es unterm Bett.

»Hey, schläfst du etwa noch?«, bellt es in mein Ohr, nachdem ich ein kraftloses »Rührmann« gemurmelt habe.

»Nein, nein, bin schon länger wach.«

»Klingst aber nicht so. Ich bin's, Christian.«

Ich merke, wie die letzten Traumfetzen verfliegen. »Ja, Krischaan?«, frage ich und wälze mich aus dem Bett.

»Ich hab die Mütze bekommen«, frohlockt er. »Stell dir vor, mein Kollege wollte sie gerade wegwerfen.«

»Mütze?«, frage ich. »Was soll ich mit einer Mütze? Ich sammle keine Altkleider.«

»Es geht doch um den Jungen im Taxi. Er hat auf dem Rücksitz seine Mütze vergessen.«

»Also kein Tuch?«

»Kein Tuch. Eine Mütze. Eine ziemlich originelle übrigens. Komm raus aus den Federn und schau sie dir an.« Der hohle Klang verrät mir, dass Christian in einem Telefonhäuschen steht.

Ich hüpfe, das Telefon in der einen Hand, an meinem Kleiderschrank hoch und schnappe mit der anderen Hand nach dem Wecker, um ihn vorzeitig auszustellen. Mit dieser kleinen Gymnastik beginnt für mich gewöhnlich jeder Morgen. »Krischaan«, empöre ich mich, »es ist 7 Uhr 27. Ich habe den Wecker auf 8 Uhr 15 gestellt, ich hätte also noch 48 Minuten schlafen können.«

Als Antwort das hohe Lachen von Christian. »Hörst du das?«, fragt er. Straßenlärm, Autohupen, aufheulende Motoren. Offensichtlich hat er die Tür der Telefonzelle aufgestoßen. »Ganz Hamburg ist schon unterwegs. Nur du nicht«, rügt er mich und hat es plötzlich eilig. »Da kommt Kundschaft. Mit zwei Koffern. Das sieht nach Flughafen und ordentlich Kohle aus. Nik, komm heute um neunzehn Uhr zum Taxistand am Hauptbahnhof und hol dir den Lappen.« Und damit legt er auf.

Typisch für Taxi-Christian, mich früh um 7 Uhr 27 zur Eile anzutreiben, weil er sich um 19 Uhr mit mir treffen will. Ich springe unter die Dusche.

Kein Tuch, denke ich, während ich Wasser aufsetze und gestrichene 3½ Löffel Kaffeepulver in die Filtertüte schütte, kein Tuch, sondern eine *ziemlich originelle* Mütze. Ich gieße den Kaffee auf und schaue zu, wie er langsam in die Glaskanne tropft. In Gedanken bin ich weiter bei der Mütze. Ich nehme das Filterpapier aus der Maschine – Vorsicht, heiß! Und tropft! – und verteile den aufgebrühten Inhalt auf der Erde meiner Topfpflanze. Kaffeesatz soll der beste Dünger für kümmernde Pflanzen sein. Mein Ficus glaubt offensichtlich nicht daran. Ich betrachte seine gelben Blätter. Die Mütze ist der Köder, den ich nur auszuwerfen brauche, um an den Jungen ranzukommen. Das ist wie beim Fliegenfischen: Hatte Edu den richtigen Köder ausgeworfen, zum Beispiel eine der Natur getreu nachgeahmte künstliche Fliege, war der Fisch leicht zu überreden.

Ich spüle ein paar Kekse mit schwarzem Kaffee runter und breche zur Uni auf. Das Semester ist so gut wie gelaufen. Trotzdem steht an diesem Tag noch einiges auf dem Programm. Ich besuche zwei Vorlesungen, treffe mich mit einer Arbeitsgruppe, nehme ein versalzenes Mensamittagessen zu mir, habe ein überraschend konstruktives Gespräch mit Professor Rindeck und sitze sogar ein dreistündiges Seminar ab, dessen Monotonie nur durch eine fünfminütige Kaffeepause unterbrochen wird. Ziemlich angeschlagen vom akademischen Tagesablauf quetsche ich mich am Abend in der Grindelallee in einen überfüllten Bus und fahre zum Hauptbahnhof.

Der Wagen von Christian ist nicht leicht zu finden in der langen gelben Autoschlange, die sich über den gesamten Platz der Kirchenallee bis hin zum Biber-Haus zieht. Ich entdecke ihn, wie er die Fußmatte seines Taxis am Reifen ausklopft. Er schreckt mit schuldbewusstem Gesicht hoch, als ich ihn anspreche.

»Tut man ja eigentlich nicht«, seufzt er statt eines Grußes und legt die Matte zurück. »Aber ich mach gerade eine Abendbrotpause und habe ein bisschen gekrümelt.« Er glättet die Matte sorgfältig unter Gaspedal und Fußbremse und zupft letzte Brotkrümel aus dem grauen Gewebe. Brotkrümel auf seinem Sitz, Brotkrümel in seinem dünnen Bart, Brotkrümel in seinen Fusselhaaren.

»Krischaan, du erinnerst mich an den Emu auf dem Long-Shirt, das meine Mutter sich aus Australien mitgebracht hat.«

»Sagt meine Schwester auch immer«, erwidert er. »Muss das gleiche Long-Shirt sein.« Er bricht in sein jähes Gelächter aus. »Warte, ich mach den Platz für dich frei«, meint er und räumt aufgeschlagene Zeitungsblätter, eine metallicrote Thermosflasche und eine Brotdose aus Aluminium vom Nebensitz. »Du bist pünktlich wie immer«, lobt er mich und gießt heißen Malventee in den Becher der Thermosflasche. »Hier, trink!«

»19 Uhr 01 auf 19 Uhr 02 tendierend«, korrigiere ich ihn und nehme einen Schluck. »Wäre die Taxischlange nicht so lang, wäre ich Punkt 19 Uhr hier gewesen.«

»Nimm!«, ermuntert er mich. »Schinken und Käse. Rosis Brote sind die besten.«

Ich nehme dankend ein Brot aus der Dose, die Christian mir hinhält. »Sogar mit Salatblatt dazwischen«, staune ich und taste mit den Augen die Rücksitze ab. Wo hat er sie hingestopft, die verdammte Mütze? »Bist zu beneiden um deine Schwester, Krischaan. Wo ist die Mütze?«, komme ich unvermittelt zur Sache.

Christian greift ins Seitenfach der Wagentür. Eine Schiebermütze, wie sie in den 20ern mal Mode war, nur dass diese hier beidseitig tragbar ist. Eine Wendemütze. Die eine Seite ist rot-schwarz liniert mit einem gelben Stoffpunkt in der Mitte, die andere schwarz mit einem *FC St. Pauli*-Aufnäher. »Wirst du sie tragen?«, fragt Christian mit breitem Grinsen. »Und was mich noch brennender interessiert: Welche Mützenseite bevorzugst du?«

»Lass die blöden Scherze!«, erwidere ich knapp und zwinge mich, meine Gedanken zu bündeln.

»Nikolaus, glaube mir, du verrennst dich da in was. Wozu diese Verfolgungsjagd? Warst du verliebt in diesen Kai? Biste nicht mehr lesbisch?«

»Endlich hast du es kapiert«, rufe ich. »Dich baggere ich schon seit Jahren an, aber du merkst es einfach nicht.«

Christian schnauft gekränkt durch die Nase und sagt nichts mehr.

Ich lege beruhigend meine Hand auf seinen Arm. »Ich habe einen Grund, weshalb ich die Sache so heiß verfolge, aber ich möchte nicht darüber reden. Jedenfalls noch nicht.« Ich hole eine Flasche Rotwein aus der Plastiktüte, die ich den ganzen Tag mit mir rumgeschleppt habe, und wiederhole mein Sprüchlein von gestern: »Ist nicht die edelste Marke, aber kein schlechter Jahrgang.«

»Ich weiß, dass du mir nie etwas über die Sache erzählen wirst. Du bist und bleibst eine Einzelgängerin«, erwidert Christian und beschaut sich das Etikett der Flasche. »Du bist zuverlässig und unbestechlich, das ist ja schon mal was, aber es gibt Zeiten, da tauchst du einfach unter und man hört wochenlang nichts von dir. Danke dir für den Wein.«

Ich weiß nichts zu erwidern, weil es die Wahrheit ist. Ich stülpe die Mütze um. »Eine originelle Mütze.«

»Wie ich dich kenne, weißt du bald, auf wessen Kopf sie gehört«, lenkt Christian ein. »Du bist eine Frau, die die Fähigkeit besitzt, Zusammenhänge zu erkennen. Und das auf jedem Gebiet.«

»Nimmst du mich auf den Arm?«, frage ich.

Christian sieht mich groß und ernst und liebevoll an. »Mach dich auf den Weg, Spürnase.«

Ich tu es unverzüglich.

Mein Ziel ist das *Café Gnosa*, ein Schwulenlokal am Ende der Langen Reihe. Da bin ich nicht mehr gewesen, seitdem die Sache mit Gitte zu Ende war. Wie ist es möglich, denke ich und vertreibe die Erinnerungen, dass der Junge wie vom Erdboden verschluckt war, nachdem er sich ins *Gnosa* geflüchtet hatte? Entweder hat ihn jemand versteckt, als der Taxifahrer reingelaufen kam, oder er hat den Hinterausgang genommen. So oder so, er scheint den Laden gekannt zu haben. Vielleicht ist er sogar Stammgast. Und ein Stammgast, folgere ich und vergewissere mich mit einem kurzen Griff in die Innentasche der Jeansjacke, dass mein Köder noch da ist, ein Stammgast kommt wieder.

Es ist ein milder Sommerabend. Ein sanfter Wind bringt

die Markise vom *Café Gnosa* zum Flattern. Draußen sind alle Tische besetzt. Vorwiegend von Männern. Ich muss im Lokal Posten beziehen. Aber das ist sowieso mein Plan.

Drinnen empfängt mich liebevoll inszenierte Kaffeehausatmosphäre. Um 1900 haben die Räume eine Konditorei beherbergt, und bis zum heutigen Tag, das ist das Reizvolle, kann man Spuren dieser Zeit entdecken. Ich sehe mich nach einem freien Platz um. Die lederbezogenen Bänke gegenüber der geschwungenen Theke mit der Kuchenvitrine sind alle besetzt. Ebenso die um die messingbeschlagenen Tische gruppierten Thonetstühle. In der Nähe des hölzernen Kleiderständers, an dem verschiedene Tageszeitungen in ihren Stockhalterungen hängen, finde ich einen freien Stuhl, von dem aus ich den Tresen im Auge behalten kann. Erst mal umgucken.

Ich betrachte die alte Wandmalerei, die Sahnetörtchen in der Vitrine und die hell strahlenden Leuchter. Bei einem Kellner ganz in Weiß bestelle ich ein Pils. Ich sehe zum Tresen, wo es sorgfältig gezapft wird, und denke an die Worte, die Christian mir mit auf den Weg gegeben hat. Habe ich wirklich diese besondere Begabung, Begebenheiten und Dinge in Zusammenhang zu bringen?

Der lilienweiße Kellner bringt das Pils. Um jederzeit absprungbereit zu sein, bezahle ich sofort, lege ein hübsches Trinkgeld drauf und bekomme zum Dank ein hübsches Lächeln und eine hochgezogene Augenbraue. Ich stehe auf und gehe mit meinem Bier zum Tresen. »Exakt 7 Minuten«, lobe ich den Wirt und deute auf den Zapfhahn.

»Alles Routine«, wehrt er bescheiden ab und beginnt penibel ein Glas zu polieren.

Ich hole die Mütze aus meiner Jackentasche, schiebe sie wie zufällig auf den Tresen und ziehe mich auf meinen Platz zurück. Halb verdeckt von den Tageszeitungen beobachte ich meinen ausgelegten Köder.

»Ist man Zahlen- oder Genussmensch?«, fragt jemand mit gedehnter, fast singender Stimme. Ich spüre spitze Brüste an meinem Rücken und drehe mich um. Dicht hinter mir steht eine hochgewachsene Frau von Ende dreißig. Ihre Haut ist sonnenstudiogebräunt, und ins kurze aschblonde Haar hat sie sich helle Strähnchen zaubern lassen.

»Wieso?«, frage ich.

»Weil man so genau weiß, wie lange ein gut gezapftes Pils braucht«, erwidert sie und betrachtet mich. *Wohlgefällig*, wie Edu bemerkt hätte.

»Nein, alles nur Spielerei, um Zeit zu überbrücken«, wiegele ich ab und schenke ihr ein höfliches Lächeln, bevor ich schnell wieder zur Mütze schaue.

»Aha, man wartet also auf jemanden?«

»Ja«, sage ich und spiele Vorfreude, »auf meinen Freund.«

»Oh, dieses *Freund* klingt aber eher wie – Freund in Anführungsstrichen«, lässt sie nicht locker. Der Satz gefällt mir. Der Satz gefällt mir so sehr, dass ich laut lache. Mit einem stillen: »Na, dann verzieh ich mich mal«, verschwindet sie im hinteren Teil des Cafés.

»War nett«, rufe ich ihr nach, aber das hört sie nicht mehr.

Die Gäste kommen, die Gäste gehen, und die Mütze liegt unbeachtet auf dem Tresen. Es vergehen mehr als zwei Stunden. Ich arbeite mich durch vier Tageszeitungen, lese sie von vorne bis hinten und von hinten bis vorne und halte mich an dem schal gewordenen Bier fest. Schließlich stehe ich mit meinem leeren Glas auf und gehe steifbeinig zum Tresen.

»Noch eins?«, fragt der Wirt und tut fassungslos. »Mädel, hast du Liebeskummer, dass du dich derart besäufst?«

»Kennst du die Person, der das hier gehört?«, frage ich ganz direkt und führe ihm beide Seiten der Schiebermütze vor.

»Eine lächerliche Kopfbedeckung«, empört er sich. »Wenn du mich fragst, gehört so was weder auf einen Kopf, noch weniger auf diesen Tresen, sondern da drüben rein.« Er weist mit spitzem Zeigefinger auf den grauen Tretmülleimer mit vernickeltem Deckel. »Also was is? Soll's noch eins sein?«

Ich schüttle den Kopf. Für heute habe ich genug vom Detektivspiel, keinen Bock mehr auf Werbeangebote und Todesanzeigen. Für heute will ich nix wie weg. Ich setze mir die lächerliche Kopfbedeckung auf und mache mich auf den Weg nach Hause.

Ohne das Grün der Fußgängerampel abzuwarten, überquere ich die Straße. Zwei blonde Mädchen treten beschwingt aus dem Lokal von Frau Möller. Die leichten Stoffe ihrer Sommerkleider umspielen ihre Knie. Ihre Haut schimmert trotz des Neon-Lichts der Straßenbeleuchtung goldbraun. Ich denke an Julia. An die blonden Härchen auf ihrer Haut. Zarter Flaum. Kaum zu sehen. Die Mädchen beginnen zu kichern, und es dauert eine Weile, bis ich merke, dass es meine Mütze ist, die sie amüsiert. Ich behalte sie trotzdem auf.

Ich laufe am Supermarkt vorbei und erinnere mich an meinen Traum von heute früh. In der Schaufensterreihe sind dickbäuchige Staubsauger und chromblitzende Kochtöpfe ausgestellt und gleich daneben eine Vielzahl von Fernsehern, über deren Mattscheiben das gleiche tonlose Programm flimmert.

Ein Fahrradfahrer flitzt knapp an mir vorbei. »Hey!«, brülle ich hinter ihm her. Er dreht sich nicht einmal um, biegt in rasanter Fahrt rechts ab in die kleine Bülaustraße und lässt sich von der Dunkelheit verschlucken.

In diesem Augenblick verkrallt sich eine Hand in meinem Jeanskragen. Ein verdammt beschissenes Gefühl. Ich bin bekannt für mein gutes Reaktionsvermögen, und mein erster Gedanke ist: Ein blitzschneller Schlag aus der Drehung, und sein Nasenbein ist zertrümmert. Aber irgendwas sagt mir, ich sollte lieber stillstehen, den Hals einziehen und mich langsam umdrehen.

»Salzstange, du schuldest mir Geld. Mehr als …« Vor mir steht ein alter, dicker Mann, der mir genauso entgeistert ins Gesicht starrt wie ich ihm. Er ist so klein, dass der Bund seiner schwarzen Lederhose, die seinen runden Hintern stramm umspannt, bereits drei Hemdknöpfe unterm Hals beginnt. Weiß der Himmel, wie er mich trotz seiner Kleinwüchsigkeit am Hals hat packen können, aber es ist ihm gelungen.

Er tritt einen Schritt zurück. Das breite Kinn seines fleischigen Gesichts liegt direkt auf dem winzigen, schwarzledernen Schlipsknoten. Auch seine Weste ist aus schwarzem Leder. Sie steht offen. Ihre fünf Messingknöpfe konnten die Leibesfülle nicht mehr umschließen.

»Oh, entschuldigen Sie!«, stammelt er. »Ich habe Sie mit jemandem verwechselt. Hier, deswegen.« Er hüpft hoch und tippt mit seinem Zeigefinger, dessen Nagel krallenartig gebogen ist, gegen die Mütze. Dann macht er Anstalten, sich zu verkrümeln.

Ich belle ein scharfes »Halt!«. Er bleibt wie angewurzelt stehen, dreht sich aber nicht um.

»Ich bin auch auf der Suche nach Salzstange. Wo könnte ich ihn treffen?«, frage ich. Meine Stimme klingt etwas zu streng, scheint mir aber für diesen Mann den richtigen Ton zu haben.

»Im *Gnosa*?«, fragt er.

»Da war ich schon.«

»Dann im *Blauen Lotus*. Da hängt er oft rum.« Schon im nächsten Moment bereut er, was ihm da rausgerutscht ist, ich sehe es ihm an.

»Und warum gehen Sie nicht hin und holen sich Ihr Geld?«, frage ich und trete dicht an ihn ran. Er riecht wie ein Aschenbecher mit einem Hauch Moschus. »Wehe, du lügst mich an, Freundchen«, knurre ich durch die Zähne. Ich packe ihn mir kurz. Ich will ihn auf keinen Fall ziehen lassen. Er ist für mich die einzige Verbindung zu dem Jungen.

»Ja, aber«, flüstert er eingeschüchtert, schluckt kurz und ruft dann mit entrüsteter Stimme: »Ich war doch gerade auf dem Weg dorthin. Dann sah ich ihn plötzlich vor dem St. Georg-Krankenhaus, ich meine, ich sah Sie, und ich dachte …«

»Schon gut«, unterbreche ich ihn, »den *Blauen Lotus* kenne ich nicht. Sie führen mich hin. Und dann machen Sie Ihre Sache mit ihm klar. Und ich meine.« Es ist offensichtlich, dass ihm das nicht recht ist. Er sucht nach einem Taschentuch, um sich die Stirn zu trocknen. »Mann, Ihnen läuft der Schweiß ja nur so runter«, bemerke ich kalt. »Angst vor einer Salzstange?«

Er antwortet nicht.

»Wo ist der *Blaue Lotus*?«

»In der Langen Reihe«, antwortet er.

Ich packe ihn am Arm und gehe mit ihm die Straße zurück.

»Es ist nicht viel, was ich von Salzstange zu kriegen habe«, erzählt er, offensichtlich findet er sich mit dem Unabänderlichen ab. »Ich habe ja selber nicht viel. Trotzdem teile ich gern. Onkel Will ist großzügig. Aber ausbeutbar ist Onkel Will nicht.«

»Recht hat er, Ihr Onkel Will«, sage ich abwesend.

»Onkel Will bin ich doch selber«, berichtigt er mich. »Hier in St. Georg kennt mich jeder. Wie viel schuldet er Ihnen denn?« Er sieht fragend zu mir hoch, wartet die Antwort aber nicht ab. »Beim letzten Mal, als ich ihn wegen der Schulden ansprach, sagte er nur: ›Verpiss dich, Nabelküsser!‹ Das ist doch empörend. Gibt mir mein Geld nicht zurück und verhöhnt mich auch noch, nur weil ich nicht einsachtzig bin wie Sie zum Beispiel. Schuldet er Ihnen …«

»1 Meter 76«, werfe ich dazwischen, aber er spricht schon weiter.

»… sehr viel Geld?«

»Ich will ihm nur seine Mütze zurückgeben«, erwidere ich in einem Ton, der ihm signalisiert, dass ich an moralischen Vorträgen im Moment nicht interessiert bin. Er zuckt mit den Schultern, und wir laufen stumm nebeneinander her.

»Wir sind da«, sagt Onkel Will, fingert ein Sturmfeuerzeug aus der rechten Westentasche und zündet sich eine Golden American an. Wir stehen vor einem handtuchschmalen Haus, das so unscheinbar ist, dass ich ohne Onkel Will daran vorbeigelaufen wäre. In den Fenstern im Erdgeschoss, neben der blau gestrichenen schlichten Holztür, hängen Rollos gleicher Farbe, die den Blick ins Innere versperren. Kein Hinweis, dass sich hinter der grauen Fassade eine Bar verbirgt. In der Mitte der Tür entdecke ich ein postkartengroßes Fensterchen. Und neben dem schmiedeeisernen Türknauf einen Klingelknopf.

»Wir bleiben erst mal draußen und gucken, was passiert«, sage ich und schiebe Onkel Will in eine Toreinfahrt. Ich ziehe die Mütze vom Kopf und stecke sie in die Innentasche meiner Jacke.

In der Toreinfahrt sind zwei hübsche Jungs in Motorradkluft damit beschäftigt, ihr Moped anzuketten. Ihre Blicke streifen uns flüchtig, als sie zum Eingang vom *Blauen Lotus* gehen und auf den Klingelknopf drücken. »Detlef, wir sind's«, rufen sie aufgedreht. Der Schieber vom Fensterchen geht auf, schnell wieder zu, die Tür öffnet sich. Detlef füllt groß und breitschultrig den Rahmen des Eingangs. Sein brauner, muskulöser Körper ist nackt bis auf knappe Ledershorts, einen breiten Gürtel darüber und schwarze Schaftstiefel, die seine langen Beine voll zur Geltung bringen. Er verschränkt die

Arme und lässt die Muskeln auf seiner unbehaarten Brust zucken. Dann bückt er sich, um einen achtlos weggeworfenen Flachmann aufzuheben, und sein breiter Rücken gibt für einen Moment den Blick auf Gruppen von Männern hinter Schleiern von Zigarettenrauch frei.

»Eine Lederbar«, stelle ich lakonisch fest. Onkel Will schweigt.

Detlef winkt die beiden Jungs mit einer winzigen Geste rein und sieht aufmerksam nach rechts und nach links, ehe er die Tür wieder schließt.

Onkel Will zündet sich die zweite Golden American an. Der Schein des Sturmfeuerzeugs huscht über seine fleischige, großporige Nase. »Entschuldigung, vielleicht möchten Sie auch eine?«, fragt er und hält mir die Schachtel hin. Die Ärmel seines weißen Hemdes sind aufgekrempelt, und ich sehe, dass er auf dem linken Unterarm eine farbige Tätowierung hat, einen blauen Anker mit einer roten Kette.

»Wo haben Sie sich das stechen lassen?«, frage ich, ohne auf sein Angebot einzugehen. »Ich kann Ihnen nicht sagen, wie schick ich das finde.«

Der Satz meines Hauswirts kommt gut an. Onkel Will strahlt. »Auf der Reeperbahn. Von Mulatten-Udo, Kastanienallee Ecke Taubenstraße.«

In diesem Augenblick öffnet sich die Tür vom *Blauen Lotus*. Detlef lässt einen Mann mittleren Alters raus. Ihm folgt ein schmächtiger, schwarz gekleideter Junge.

»Salzstange!«, zischt Onkel Will.

Ich ziehe ihn in die Toreinfahrt zurück. Die beiden nähern sich, ohne uns zu bemerken.

»Piss off!«, sagt der Ältere. Er hat sehr helle Haut und Haare rotblond wie Kupferdraht. Salzstange versucht ihn zu küssen. Der andere steckt ihm ein Kuvert zu, sagt: »Take the fucking money and keep back!«, und wendet sich unwirsch ab.

Salzstange bleibt verloren auf dem Bürgersteig zurück. Dann reißt er das Kuvert auf, holt ein Bündel Geldscheine raus, knäult den leeren Umschlag zusammen und lässt ihn achtlos fallen.

»Schnell, bevor er das Geld in Stoff umsetzt.« Onkel Will prescht vor.

»Hiergeblieben, verstanden! Drei sind einer zu viel.«

»Ja, aber ...«, sagt Onkel Will mehr verständnislos als empört. Irgendwie tut er mir leid, aber ich muss ihn schleunigst loswerden.

»Nichts da! Salzstange knöpfe ich mir alleine vor.« Ich schubse ihn unsanft gegen das Tor.

Er sieht mich erschrocken an. »Ja, aber ...«, wiederholt er mit leiser Stimme, aber ich hechte schon hinter Salzstange her, der Richtung Hauptbahnhof läuft. Er scheint es eilig zu haben. Nach ein paar Metern drehe ich mich noch mal nach Onkel Will um. Er steht gestikulierend neben Detlef in der offenen Tür vom *Blauen Lotus*. Detlef zuckt nur die Schultern, knufft ihn freundschaftlich in den Bauch und schiebt ihn in die Bar.

Salzstange läuft Scheine zählend die Straße rauf, so zügig, dass ich Mühe habe, Schritt zu halten. Dann steckt er das Geld in seine hintere Hosentasche. Ich habe inzwischen aufgeschlossen und bin ihm so dicht auf den Fersen, dass ich seine schmalen, verspannten Schultern berühren könnte. Als er wegen eines hupenden Autos den Kopf zur Seite dreht, kann ich kurz sein Gesicht sehen. Er hat fahle Haut und hellen Flaum auf der Oberlippe. Es ist ein erschütternd junges, ein erschreckend altes Gesicht. Es ist ein Gesicht, das ich schon einmal gesehen habe. Aber wo? Seine Turnschuhe sind ausgefranst, die Klamotten schmutzig, die schwarzen Haare speckig, die vorstehenden Schulterblätter bewegen sich bei jedem Schritt wie die Flügel eines kranken Vogels.

Auf dem Bahnhofsvorplatz musiziert eine südamerikanische Folkloregruppe ohne Rücksicht auf die in Deutschland geltenden Ruhezeiten. Salzstange bleibt abrupt stehen. Fast wäre ich in ihn reingerannt. Sein Kopf wippt im heißen Rhythmus der Musik, während er sich mit aufgerissenen Augen umblickt und an den Fingernägeln kaut. Man muss kein Drogenexperte sein, um zu sehen, dass Salzstange von einem Affen geritten wird, den er durch einen schnellen Druck loswerden will.

Die verzweifelte Suche nach Stoff treibt ihn weiter. Wir kommen in die Wandelhalle des Hauptbahnhofs – eine gigantische Stahlglaskonstruktion mit Abluftfenstern für den Dampf der Lokomotiven. Der ist seit Jahrzehnten verflogen, und es riecht jetzt bestenfalls nach den Abgasen der Diesel-Loks, die unter der Galerie entlangfahren. Ich habe Sorge, Salzstange im Gewusel aus den Augen zu verlieren, aber sein bleiches Gesicht taucht wieder und wieder aus der Menge auf – bis sich der Pulk einer Reisegruppe mit Gepäckwagen, Koffern und Rucksäcken zwischen uns schiebt, da ist Salzstange plötzlich verschwunden.

Ich haste durch die Halle, stolpere die steinerne Treppe zu einem Bahnsteig runter und springe die Stufen der laufenden Rolltreppe am anderen Ende des Bahnsteigs wieder rauf, suche die öffentliche Toilette ab, die Poststelle, zahlreiche Geschäfte, mache nicht einmal halt vor der Lounge mit ihren gelangweilt aufblickenden Erste-Klasse-Reisenden, aber Salzstange ist wie vom Erdboden verschluckt.

»Scheiße!«, rufe ich und bereue furchtbar, dass ich ihn mir in der Langen Reihe nicht sofort gepackt habe. Wütend verlasse ich die Wandelhalle. Immerhin, versuche ich mich zu trösten, weiß ich jetzt, wie er aussieht, und werde ihn erkennen, wenn er mir wieder über den Weg läuft.

»Haste Stoff?«, höre ich jemanden fragen. »Wenn ich nicht bald was kriege, weiß ich nicht weiter.«

»Ich kann dir nicht helfen, ey.« Das Gespräch findet hinter einer Plakatwand statt. Ich horche auf. »Den Stimpo haben die Bullen vorgestern gegriffen«, berichtet die zweite Stimme. »Und Baran ist heute nicht aufgetaucht. Wenn er mir gestern nicht was verkauft hätte, hätte ich auch ein Problem. Aber es reicht nicht für zwei. Tut mir echt leid, ey.« Ich kann die beiden nicht sehen, weil die Plakatwand sie verdeckt.

Bis auf die Füße. Die Schuhe des einen kenne ich. Es sind die schmutzigen Turnschuhe von Salzstange. »Du musst mir was abgeben«, drängelt er mit kippender Stimme. »Los, gib mir was ab, Ralf!«

»Behalt die Nerven, Salzstange«, erwidert der andere. Seine freche Stimme erinnert mich an die Jungs aus meiner Klasse, die es witzig fanden, die Fingerknöchel knacken zu lassen oder laut zu rülpsen und Mitschüler durch Spitznamen zu erniedrigen.

»Ich gebe dir Geld. Ich habe genug Geld dabei«, bettelt Salzstange.

Ich höre ein gedehntes »Okay«, dem eine Pause folgt, in der sich Ralf die Summe auszurechnen scheint, die er Salzstange aus den Rippen quetschen wird. »Gegen einen Zwanni«, sagt er dann mit einem Lachen, das wie splitterndes Glas klingt, »kriegste von mir was, womit du über den Turkey rüberkommst.« Leises Klappern verrät mir, dass er Tabletten in einem Röhrchen schüttelt. »Reichen aber nur für ein paar Stunden, so wie du drauf bist.«

»Gib mir die Scheißpillen und sag mir, wo ich Baran heute treffen kann.«

»Lass erst mal den Zwanni rüberwachsen. Die Auskunft gibt's dann gratis mit ein paar Flunies obendrauf.« Es kommt erneut zu einer Gesprächspause, in der, so vermute ich, Ralf und Salzstange ihren kleinen Tablettendeal klarmachen. »So«, sagt Ralf dann mit der zufriedenen Stimme eines BASF-

Vertreters, »du weißt doch, wo Stimpo in der Regel seinen Shit verkauft? In der Absteige genau gegenüber, da kannste Baran heute erwischen.«

Stille.

Vorsichtig schaue ich um die Ecke. Ralf, ein kräftiger Typ mit braunen Dreadlocks stößt sich von der Plakatwand ab und schlendert in die Wandelhalle zurück. Salzstange geht in die entgegengesetzte Richtung. Ich folge ihm.

Am Hansaplatz tritt er in einen Kellereingang, von dem ein paar Stufen zu einer Kneipe führen. Wen sucht Salzstange in dieser Kneipe? Baran? Ein kurdischer Name. In die Drogengeschäfte der PKK sollte ich mich lieber nicht einmischen. Mir scheint es ratsamer, draußen auf Salzstanges Rückkehr zu warten. Tja, und was dann? Solange er mit Entzugsproblemen zu kämpfen hat, ist nicht viel mit ihm anzufangen. Auf keine meiner Fragen wird er mir vernünftig Antwort geben können.

Nach exakt 17 Minuten, ich habe noch keinen brauchbaren Aktionsplan entwickelt, öffnet sich die Kneipentür. Salzstange. Er geht kerzengerade. Als ob ein Seil ihn am Kopf nach oben zöge. Er bewegt sich wie in Zeitlupe, seine Gesichtszüge wirken weich und gelöst. Salzstange, kombiniere ich messerscharf, hat sich in der Kneipe nicht nur Tabletten reingezogen.

Ich folge ihm im Schneckentempo. Die Entdeckung der Langsamkeit. Großartig. Ich kann nicht sagen, dass mir das Hinterherschleichen leichtfällt, aufgeregt wie ich bin. Nach ein paar Metern wechselt er die Straßenseite. Ich, dicht hinter ihm, wechsle auch. Kurze Zeit später wechselt er wieder. Ich auch. Passanten, die uns beobachten, müssen uns für Synchronschwimmer bei einer Trockenübung halten. Wir stehen auf dem Hansaplatz vor einem Zigarettenautomaten. Er sucht in der Tasche seiner schwarzen Hose nach Kleingeld.

Dabei rutscht ihm eine Crackpfeife aus der Tasche. Er stopft sie zurück, findet ein paar Markstücke und zieht sich eine Packung Lucky Strike. Dann fummelt er in der anderen Hosentasche nach Feuer, stößt aber nur auf das Tablettenröhrchen von Ralf. Er schüttelt es, um sich zu vergewissern, dass es leer ist, und wirft es knapp an einem grünen Abfallkorb der Stadtreinigung vorbei. Er dreht sich um, sieht mich und fragt: »Haste mal Feuer?«

Ich bin perplex. Aber ich fange mich schnell. Ich trete dicht an ihn ran. »Sag mal, Kumpel, kennen wir uns nicht?«

»Bist 'n Bulle?«, fragt er wachsam und steckt die Zigarettenpackung ungeöffnet in die Brusttasche seines schwarzen Hemdes. Seine Stimme ist jetzt fest und klar.

Ein Gossenengel kurz vor dem Absturz, denke ich und sage: »Ich bin kein Bulle. Aber mir liegt da was schwer auf der Seele. Du könntest mich von dem Druck befreien.«

»Scheißschnüfflerin«, erwidert Salzstange. »Du glaubst wohl, du kannst mir Angst einjagen?«

»So nicht, Freundchen.« Ich packe seine Handgelenke.

Falsch, ming Täubschen, höre ich Edus Stimme. *Nimm ihn in den Schwitzkasten! Lot jon!*

Ich mache es. »Du sagst mir sofort, was du mit Kais Unfall zu tun hast!«

»Was willst du von mir?«, keucht Salzstange.

»Was hast du mit Kais Unfall zu tun, will ich wissen!«

»Kai? Kai Orn? Nichts. Ich habe nichts gemacht«, wimmert er plötzlich. Speichel läuft ihm aus dem Mund.

Ein paar Penner schauen zu uns rüber. »Hört auf, euch zu zoffen!«, ruft einer und wirft eine leere Bierdose in unsere Richtung.

»Was wolltest du in der Hafenrandstraße und auf dem Schrottplatz?«, frage ich und schraube den Griff enger.

»Ich hab nichts mit dem Unfall zu tun. Von mir hatten die

nur den Namen. Für den Rest sind die verantwortlich.« Salzstange bricht fast in Tränen aus.

Ich lockere den Griff. Das ist ein Fehler. Blitzschnell entwindet Salzstange sich der Umklammerung und verpasst mir einen für seine geschwächte Konstitution erstaunlich harten Schlag gegen die Schläfe. Ich gehe zu Boden, schlage mit dem Kopf auf und sehe rote, weiße und gelbe Sterne und Salzstange, der wie ein verzappeltes HB-Männchen über den Platz läuft und in einem Hauseingang verschwindet. Dann wird es dunkel.

Es mag dieser seltsame Wechsel von Hitze und Kälte gewesen sein, der den Vagabunden aus seinen Träumen aufstörte, denn einen Augenblick lang kämpfte er zappelnd mit dem Schnee, der ihn bedeckte, wie jemand, der sich unangenehm in sein Bettzeug verfangen hatte. Mit starrem, fragendem Blick setzte er sich auf: »Mein Gott!«, sagte er zu sich, als er die öde Landschaft wahrnahm. »Ich dachte, ich sei im Bett, stattdessen habe ich die ganze Zeit hier draußen gelegen.«

»These are all terrible street-kids, darling. Let us get away from here«, höre ich eine sanft mahnende Frauenstimme.

Wer piekt mich da immerzu? Lass das, verdammt! Ich schlage die Augen auf und sehe in Pupillen, die eine dicke Brille um ein Vielfaches vergrößert.

»Let us leave!«, wiederholt die Stimme im gleichen Ton, aber der hagere ältere Herr, dem die Mahnung gilt, prüft mittels der Spitze seines Umbrellas ungerührt weiter, ob noch ein Hauch Leben in mir ist.

»Sure, honey. Perhaps she is ill and needs help.« Die reinste Engländerschwemme. Mit der *Hamlet* müssen heute früh enorm viele rübergeschwappt sein.

»Hurra, ich lebe. Wie Richard Middletons Vagabund *Auf der Landstraße* lebe ich noch«, krächze ich und setze mich auf. Das angelsächsische Paar flüchtet. Ob vor Middleton oder mir, das werde ich nie erfahren.

Nur mit Mühe komme ich auf die Beine. Wer hätte gedacht, dass in diesem dämlichen Junkie solche Kräfte stecken. Ein Mädchen zu schlagen, diese Sau. Ein Gefühl tiefer Demütigung steigt in mir auf. Und dann Wut. Wut auf diese Schmalbrust. Na warte. Sorgfältig klopfe ich mir den Schmutz von Hose und Jacke und gehe rüber zu dem grauen Gebäude, in dem Salzstange verschwunden ist und das sich mit dem schlichten Hinweis HOTEL-PENSION einen seriösen Anstrich geben will.

Ein Mann, Typ leitender Angestellter, zuerst denke ich sogar, es ist der Filialleiter meiner Bank, kommt gerade aus dem Hotel. Ich habe nicht die Geduld, draußen auf Salzstange zu warten. Ich remple mich an dem Herrn vorbei in den Hausflur und steige die breite Treppe hoch. Es ist still wie in der Kirche kurz vor dem Amen. In einer der Wohnungen muss Salzstange doch sein, verdammt.

Im vierten Stock begegnet mir eine Frau, einen leeren Wäschekorb unterm Arm. Mit einem kurzen Gruß will ich an ihr vorbei, aber ihr »Wo geht's denn hin, Kleiner?« hält mich zurück. Ich druckse rum, aber das kennt sie wohl schon. »Hier drüber is nur noch der Trockenboden«, klärt sie mich auf. »Da hab ich grad meine Wäsche aufgehängt, siehste doch.«

»Um …«, ich sehe auf meine Armbanduhr, »23 Uhr 34?«

»Ich arbeite nachts«, erwidert sie mit Betonung auf nachts. »Also wasche ich auch nachts.«

Ich will schnell an ihr vorbei die Treppe wieder runter, aber sie hält mich am Jeansärmel fest.

»Willste mit zu mir?«, fragt sie. Sie fragt ganz direkt und

ohne Anzüglichkeit und mit einem Lächeln, das sich wirklich etwas verspricht von dieser Begegnung. Ihr hellblauer Frotteebademantel klafft auseinander, und ich sehe pralle Brüste, die einen fleischfarbenen Büstenhalter füllen, der ein bisschen schmuddelig ist, aber das vergisst man sofort beim Anblick ihrer Beine.

»Danke, aber ich habe heute schon«, sage ich höflich.

»Du bist ja verletzt, Kleiner«, sagt sie. »Da, an der Stirn.« Ihre Hand streicht zart mein Haar zurück. Sie riecht gut. Ein bisschen Chanel N° 5, ein bisschen Persil und Weichspüler.

»Ich bin ein Mädchen«, kläre ich sie in gleichbleibend höflichem Ton auf.

»Na und?«, fragt sie lächelnd und ohne ein Zögern. »Wäre doch auch schön für uns beide.« Sie schaut sich die Wunde genauer an. »Du blutest. Das musst du sofort auswaschen. Sonst entzündet sich das.« Ihre mütterliche Stimme reißt mich hin. Aber ich muss weg.

»Echt lieb von dir«, rufe ich und springe die Treppen runter.

»Wasch dir die Wunde richtig aus!«, ermahnt sie mich noch einmal und beugt sich dabei weit über das hölzerne Geländer. »Parterre rechts ist eine Hotel-Toilette.«

»Jaha, danke«, rufe ich rauf. Verwirrt taste ich meine Stirn ab. An meinen Fingern klebt tatsächlich Blut.

Im Parterre finde ich eine Tür mit dem Hinweis ›WC‹. Der weiß gekachelte Raum mit einem halben Dutzend Klos ist schwach beleuchtet. Ich will das Deckenlicht anmachen, finde aber den Schalter nicht. Die Spülung einer Pinkelwand rauscht. Ein Männerklo also. Scheißegal, denke ich. Übers Waschbecken gebeugt betrachte ich die blutende Beule auf meiner Stirn. Alle Achtung, Salzstange. Hätte ins Auge gehen können. Mein Blick wandert im Spiegel von der Beule zu zwei Beinen, die unter einer Toilettentür hervorschauen.

Ich drehe mich langsam um. Der eine Fuß ist bestrumpft, der andere steckt in einem Turnschuh. Es ist der Turnschuh von Salzstange.

Die Spülung der Pinkelwand rauscht immer noch. Da ist wohl was nicht in Ordnung. Die Toilettenkabine ist verriegelt. Die daneben ist frei. Ich ziehe mich an der Trennwand hoch und schaue rüber.

Da liegt Salzstange auf den weißen Bodenkacheln, den Hinterkopf an die offene Schüssel gelehnt, und seine Augen stieren weit aufgerissen zur Decke. In seinem linken Arm baumelt eine Spritze. Ein Lederbeutel, Junkiewerkzeug und sein leerer Schuh liegen daneben. Die Crackpfeife hält er fest umklammert, vielleicht ist sie ihm wieder rausgefallen.

»Salzstange!«, flüstere ich tonlos. Und dann noch mal: »Salzstange!«

Salzstange antwortet nicht. Salzstange ist tot.

Fassungslos sehe ich auf ihn runter, bis ich begreife, dass ich handeln muss. Ich klettere vorsichtig über die Trennwand.

Im Beutel nichts weiter als ein paar Präservative und eine Einwegspritze. Ich taste seine Hose ab. Mein empfindlicher Magen will sich melden, aber ich erlaube es ihm nicht. Ich finde einen Wohnungsschlüssel und einen Zehn-Mark-Schein. Stecke ich alles ein, braucht Salzstange nicht mehr. In der Innentasche seiner Jacke, die am Spülkasten hängt, sein Personalausweis und ein Brief. Auch eingesteckt und nichts wie weg.

Als ich über Salzstanges ausgestreckte Beine steigen und die Toilettentür entriegeln will, höre ich Stimmen aus dem Treppenhaus. Ich greife Salzstange unter die Arme, um ihn in die Kabine zu ziehen. Bei dem Gezerre verhaken sich seine Füße im Spalt zwischen Toilettentür und Bodenfliesen. Ich reiße an dem Jungen, dass die Knochen knacken. Seine Füße kommen in Deckung. Jemand drückt den Lichtschalter für das Eislicht der Neonröhren, und ich sehe aus nächster Nähe in Salzstanges Wachsgesicht.

Ich sitze auf dem Klodeckel und halte ihn in meinen Armen. Ich zittere vor Erschöpfung, aber ich bin sicher, dass man von außen nichts Verdächtiges sehen kann.

»Mannomann, war das 'ne süße Schnecke«, höre ich eine Männerstimme. »Und wie ich die gezwitschert habe, du lieber Freund, Beine breit und rein.«

»Meine war Thailänderin«, höre ich eine zweite Männerstimme. »Die habe ich so durchgevögelt, dass sie kaum noch laufen kann.«

»Und Titten hatte meine«, sagt der Erste. »So harte Nippel hatte ich noch nie zwischen Zeigefinger und Daumen.«

»Aah«, stöhnt der Zweite, »lass die geilen Sprüche. Ich krieg sonst sofort wieder 'n Steifen und kann nicht pinkeln.«

Schweigen. Nur die rauschende Spülung der Pinkelwand.

Ich zittere. Ich halte vor Angst den Atem an.

»Wir sollten den kleinen Spaß nächsten Mittwoch wiederholen«, sagt der Erste.

»Geht nicht«, sagt der Zweite. »Da hat meine Schwiegermutter Geburtstag. Und du weißt doch, wie Ingrid ist. Die spricht 'ne ganze Woche nicht mit mir, wenn ich nicht mitkomme.«

»Arme Sau«, lacht der Erste. Ich höre seine Schritte näher kommen und vorm Waschbecken haltmachen.

»Ich habe übrigens fünfzig draufgelegt, damit sie es mir ohne Präser macht«, sagt der Zweite. »Scheiß auf Aids! Alles nur hochgespielt von den Medien und völlig übertrieben.«

Sie stellen den Wasserhahn auf volle Pulle. Dann reißt einer nach dem anderen – ungeduldig, das kann ich richtig hören – an dem Handtuchautomaten. »Verdammt, ich hätte auch was drauflegen sollen«, sagt der Erste.

Und damit verlassen sie die Toilette.

Ich atme tief durch. Ich stiere auf den leeren Turnschuh neben der Toilettenschüssel. Salzstange hat ihn abgestreift oder verloren, ehe er sich den goldenen Schuss setzte. Ich kann die Form seines Fußes im Leder sehen.

Ich stehe auf und bette Salzstanges Kopf auf den Klodeckel. »Ich hab nichts mit dem Unfall zu tun«, hat er gejammert. »Von mir hatten die nur den Namen. Für den Rest sind die verantwortlich.« Verdammtes Arschloch, biste mir doch noch entwischt.

Ich greife nach der Mütze in der Innentasche meiner Jeansjacke und stülpe sie ihm über den Kopf. Ich überwinde mich und schließe ihm sanft die Augen. Und dann denke ich, was alle angesichts des Todes denken: Er sieht aus, als würde er schlafen.

Ich verriegle die Kabinentür von außen mit einem 50-Pfennig-Stück. Ich wasche mir die Hände und mache mir keine Gedanken wegen der Spuren, die ich im stillen Örtchen hinterlassen habe. Die Todesursache ist ein goldener Schuss. Das wird die Polizei nicht anders sehen.

Ich schaue in den Spiegel und versuche Ordnung in meine entgleisten Gesichtszüge zu bringen. Es klappt nicht. Also glätte ich nur mein Haar und gehe. Keine Zeugen. Die Frau mit der Wäsche und die beiden Herren sind längst verschwunden. Ich drücke die schwere Eingangstür auf.

Frische Luft schlägt mir ins brennende Gesicht. Auf dem Hansaplatz singt jemand textsicher und mit harter Stimme die Internationale. Ich singe leise mit. Aber mein Text geht ein bisschen anders: »Von mir hatten die nur den Namen«, und: »Für den Rest sind die verantwortlich.« Die beiden Sätze wiederholen sich in einer Endlosschleife. Ich stolpere blind durch die Nacht, und in meinem Kopf kreist das *die*, und ich frage mich, wer sind *die*.

Auf dem Dulsberg

Donnerstag, der 29. Juni, 0:16 Uhr

»Die heiße Milch«, sagt die Kellnerin. Vor mir auf dem Tisch liegt der aufgerissene Brief, adressiert an einen Jörg Selzig. Ich schiebe ihn beiseite, und sie stellt die dickbauchige Tasse hin.

Ich höre das Klicken von Billardkugeln. »Ein angenehmes Geräusch«, bemerke ich mit einer Kopfbewegung nach hinten.

»Das macht dann zwei Mark fünfzig«, antwortet sie. Die Tische blutrot, die Wände leichenweiß, ihre Lippen spitz und fest wie ihre Brüste. »Zwei Mark fünfzig«, wiederholt sie, als ob ich sie nicht verstanden hätte.

Ich greife in die Hosentasche und fummle den Zehn-Mark-Schein hervor. Das hätte Edu gar nicht gefallen, dass ich den habe mitgehen lassen.

»Haste's nicht kleiner?«, fragt sie und verdreht die Augen.

Ich habe keine Lust, nach Groschen zu kramen. Ich schüttle den Kopf. Sie murmelt was Unfreundliches und verschwindet hinterm Tresen. Ich ziehe mit dem Zeigefinger die Haut von der Milch, streiche sie am Rand des Untertellers ab und nehme einen Schluck.

Dicker Zigarettenrauch zieht von hinten durch den Raum. Jemand sagt: »Ich hab keine Lust mehr«, und das Queue knallt auf den Billardtisch.

Ich betaste die Beule. Ich betrachte meine Finger. Es klebt Blut dran. Ich trinke die Milch. Mein Magen beruhigt sich. Ich frage mich, wo genau ich hier bin. Ich bin wie aufgezogen gegangen und schließlich in irgendeine Kneipe gestolpert. Hauptsache nicht allein, Licht, eine ruhige Ecke, eine heiße Milch.

Die beiden Männer, die Billard gespielt haben, kommen

nach vorne, bezahlen am Tresen und gehen. Ich bin der letzte Gast.

»So, ich mach langsam dicht für heute«, ruft die Kellnerin in den Raum, bindet sich die bodenlange Schürze ab und macht demonstrativ das Licht überm Tresen aus.

Ich denke an den Jungen hinter der verriegelten Klotür der Absteige. Erst die Tabletten, dann die Spritze. Zu viel für eine Salzstange. Ich taste wieder nach seinem Andenken auf der Stirn. Mit einer Serviette, die ich unter der Tasse finde, betupfe ich meine Beule. Die wird mich eine ganze Weile zieren, denke ich. Ohne Groll. Der Tod macht alle Menschen gleich. Und unschuldig. Ich habe ihn als Letzte lebend gesehen, als Letzte mit ihm gesprochen. Fast wie im Thriller. Der Held umarmt den sterbenden Freund: Von mir hatten die nur den Namen. Für den Rest sind die verantwortlich. Doch ehe er verraten kann, wer die Mörder sind, fällt sein Kopf zur Seite.

Scheißspiel, in das ich da geraten bin. Scheißspiel. Ein Mörderspiel?

Ich betrachte den Brief genauer. Der Absender ist eine Wohnungsgenossenschaft, der Adressat ein Jörg Selzig, wohnhaft in der Tiroler Straße in Dulsberg. Ich schaue im Personalausweis nach: Jörg Selzig. Der richtige Name von Salzstange ist Jörg Selzig.

Auf einmal weiß ich auch, wo er mir schon einmal begegnet ist: Salzstange war der Junge, der mich vor Sabines Haustür angerempelt hat. Auf der Party neulich.

Die Kellnerin kommt mit dem Wechselgeld. Ich sage: »Der Rest ist für dich.«

Unsere Blicke begegnen sich kurz und neutral. Sie nimmt das Geld schnell an sich, als hätte sie Angst, ich könnte es mir anders überlegen.

»Was habe ich denn gemacht?«, sage ich vor mich hin. Die Kellnerin guckt mich verständnislos an, zuckt die Achseln und geht. »Von mir hatten die nur den Namen«, wiederhole ich Salzstanges Worte. »Für den Rest sind die verantwortlich.«

Wem hat Salzstange welchen Namen gegeben? Und wer ist verantwortlich für welchen Rest? Ich gehe die Sätze immer wieder durch, Wort für Wort. Mein Kopf fühlt sich an wie ein Nadelkissen. Ich reibe mir die brennenden Augen. Ich ziehe den Brief aus dem Kuvert.

»Zu unserem Bedauern« steht da und »Trotz mehrfacher Mahnung« und so weiter und so fort, kurz: Salzstange ist gekündigt worden, weil er seit Monaten keine Miete mehr gezahlt hat. Der Brief muss ein herber Schlag für ihn gewesen sein, für mich aber ist er so belebend wie eine Messerspitze Chili. Ich habe dank der Wohnungsgenossenschaft Salzstanges Adresse. Und ich habe sogar seine Schlüssel. Hier. In meiner Jeansjacke. Was liegt näher, als hinzufahren und nach Spuren zu suchen, um rauszubekommen, wen er mit seinen rätselhaften Sätzen gemeint hat?

Ich sage sie wieder vor mich hin, als könnte die Wiederholung sie entschlüsseln: »Von mir hatten die nur den Namen. Für den Rest sind die verantwortlich.«

Die Kellnerin kommt. Anscheinend regnet es inzwischen, denn sie trägt zu ihrem Sommermantel eine Plastikhaube auf dem Kopf. Das sieht irgendwie lächerlich aus und passt nicht zu ihrem jungen Gesicht.

Die Nacht ist langsam vorgeschritten.
Ein Gast klebt noch an meinem Tisch.
Auf einmal, in mein Glas geglitten:
Er schwimmt im Absinth – dick, ein Fisch.
Bestaunend die Metamorphose,
Ich brech mir den Verstand entzwei.
In meiner Kehle hängt, sehr lose,
Ein gellender Entsetzensschrei.

»Ich muss hinter dir abschließen«, sagt die Kellnerin. Es soll energisch klingen, hört sich aber weicher an als vorhin. Wahrscheinlich wegen der zehn Mark.

»Ja, wirf Friedrich Wilhelm Wagner und mich endlich raus.« Ich schiebe den Ärmel meiner Jeansjacke zurück und sehe auf die Uhr.

»Soll ich dir ein Pflaster geben?«, fragt sie plötzlich.

»Habe ich schon, danke«, erwidere ich und zeige auf das Pflaster, das aus meinem Jeansärmel guckt und das ich vorsorglich trage, falls mir mein Hauswirt über den Weg läuft. Dann geht mir auf, dass sie die Beule meint. Die habe ich ganz vergessen. Aber ich habe es plötzlich eilig. Salzstanges Leiche wird man erst morgen früh finden. Wenn die Putzfrauen in die Hotel-Pension kommen. Und dann muss die Polizei ihn erst einmal identifizieren. Gar nicht so einfach ohne Papiere. Ich habe also sicher sechs bis acht Stunden Vorsprung. »Wo ist die nächste U-Bahn-Station?«

»Am Steintorplatz!«, antwortet sie und zurrt sich erleichtert den Stoffgürtel des Mantels enger. »Wenn du rauskommst, gleich rechts.«

Ich stehe auf, schlage den Kragen hoch und gehe. Es regnet gar nicht. Warum hat sie sich dann die Plastikhaube übergestülpt? Ich sehe nach rechts. U-Bahn-Schacht Steintorplatz. Tatsächlich. Ich sprinte los und erwische die letzte Bahn Richtung Dulsberg.

Mein nächtlicher Ausflug endet vor einem vierstöckigen Haus in der Tiroler Straße. Ein typischer Bau der 50er Jahre, der sich an der Tradition der Klinkerbauten Fritz Schumachers orientiert. Ein geziegelter Kasten mit Schrägdach, von dem Tausende in Hamburg stehen. *Billiger Nachkriegsklinker,* hätte Edu gesagt. Es dauert eine Weile, bis ich Salzstanges Namen an der Klingelleiste gefunden habe. Seine Wohnung liegt im dritten Stock. Gleich der erste der beiden Schlüssel passt. Ich schlüpfe ins Haus. Fahrräder und Kinderwagen stehen im schmalen Flur. Auf der ersten Treppenstufe stapeln sich Reklamezettel und Wochenblätter.

An der grauen Eingangstür klebt ein Papierstreifen mit der steilen Aufschrift SELZIG. Vorsichtshalber klingle ich. Vielleicht wohnt er ja nicht allein, man kann nie wissen.

Alles bleibt still.

Ich stecke den zweiten Schlüssel ins Schloss und drehe ihn vorsichtig um. Die Eingangstür springt auf. Das Treppenhauslicht fällt in einen kahlen Flur. Ich schließe leise die Tür hinter mir und drücke den Schalter. Eine nackte Glühbirne wirft brutal ihr Licht aus. Ich mache eine rasche Bestandsaufnahme: ein Zimmer, Duschbad, schmale Einbauküche, winziger Flur und nirgends einer, der in der Ecke seinen Rausch ausschläft und deshalb die Klingel nicht gehört hat.

Auf dem braunen Teppichboden des Zimmers liegt eine Matratze mit schmuddeligem Bettzeug. Die Raufasertapete ist mit Graffiti bekritzelt. Auf dem Boden liegen Einwegspritzen und Teller mit zerlaufenen Kerzenstummeln und abgebrannten Streichhölzern. Außerdem leere Tablettenröhrchen auf einem Stapel Comichefte und eine Plastikrose, wie man sie auf dem Rummel am Schießstand gewinnen kann. Vor dem Fenster stehen zwei Umzugskartons mit Kleidungsstücken.

Sonst nichts.

In der Spüle der Küche stapelt sich schmutziges Geschirr; auf dem Tisch liegen Essensreste, Zigarettenstummel und Kokainspuren. Es riecht nach verfaultem Obst. Drei Abfalltüten versperren den Weg ins Duschbad. Ich steige drüber weg. Auf der Ablage vor dem Spiegel steht ein Becher mit Zahnbürste und Tube. Hinter dem Vorhang der Dusche liegen im Becken Plastikwannen, Gläser und Chemikalien. Utensilien zur Entwicklung von Fotos. Über die Fliesen huschen Silberfische. Edu hat mir mal erzählt, dass sie sich am liebsten in Bädern aufhalten und von Seife ernähren. Wovon haben sie sich ernährt, als es noch keine Seife gab, denke ich und gehe zurück in die Küche.

Ich bin angefressen. Alles hier bestätigt bloß das Klischee vom Junkie, als hätte er sonst keine Identität, keine Wurzeln, keine Vergangenheit. Ich finde nicht den kleinsten Hinweis, wen oder was er mit den beiden Sätzen gemeint hat, die sich in meinem Kopf ständig wiederholen. Wäre ich Kommissarin, würde ich sagen: »Wir kommen leider mit der Arbeit an unsere Grenzen.«

Auf dem Tisch steht zwischen Essensresten eine Blechdose mit Pulverkaffee. Ich gieße Wasser in einen zerbeulten Kessel und mache den Herd an. Erstaunlich, dass man Salzstange den Strom noch nicht abgestellt hat. Im Kühlschrank finde ich keine Milch für meinen Kaffee, dafür einen Schuhkarton mit einem dicken Stapel Fotografien und Negative.

Ich setze mich mit dem Karton an den Tisch. Sein Inhalt ist überraschend gut sortiert. Die Bilder scheinen chronologisch geordnet. Es beginnt mit Salzstange als Säugling in Bauchlage. Dann Fotos, die ihn als dünnes Fädchen zwischen seinen kleinen Freunden im Sandkasten zeigen, Schnappschüsse in Flickenjeans auf dem ersten Fahrrad mit Stützrädern, auf dem Wohnzimmersofa, breit grinsend zwischen den Eltern, er vielleicht sieben Jahre alt, die Eltern in Schlaghose und Wildlederminirock. Auf einer Aufnahme hält Salzstange eine große Schultüte in den schmächtigen Ärmchen. Die nächsten Bilder illustrieren die allmähliche Abnabelung vom Elternhaus: Urlaubsfotos einer ausgelassenen Jugendgruppe am Meer, Salzstange mitten unter ihnen. Fotos von Salzstange mit Irokesenschnitt und Gitarre und herausgestreckter Zunge, mit rasiertem Kopf im Overall vor einer Kfz-Werkstatt, Zigarette im Mundwinkel, Salzstange mit einem Mädchen im

Arm vor einem Schießstand auf einem Rummelplatz. Diesmal hat er hellblau gefärbte Haare, das Mädchen rosafarbene. Lachend halten sie Plüschbärchen und Plastikblumen in die Kamera. Salzstanges erste Liebe? Spätestens hier hat er mit Drogen angefangen. Er und das Mädchen sehen trotz der Kasperei müde und abgekämpft aus. Achterbahnfahrten zwischen Liebe, Hochgefühl und verkaterter Enttäuschung.

Ich muss daran denken, wie schwer sich Salzstanges Körper in meinen Armen angefühlt hat. Dabei ist er doch so schmächtig gewesen. Mit Haschisch-Airlines zu anderen Ufern, das kann ich nachvollziehen. Aber warum sich mit einer Heroin-Rakete auf den Mond schießen? Den Höhenrekord brechen um jeden Preis? Hat ihm denn niemand gesagt, dass auf dem Mond kein Leben ist?

Er muss am Ende durch die Hölle gegangen sein, denke ich und greife nach dem letzten Stapel seiner abgelichteten Vergangenheit. Fotos von schlechter Qualität. Wahrscheinlich hat Salzstange sie selber entwickelt, die chemischen Utensilien im Bad sprechen jedenfalls dafür. Eine Kamera finde ich allerdings nicht. Er wird sie zwischenzeitlich verscherbelt haben. Die Aufnahmen sind unterbelichtet und verwackelt. Ich schau sie mir genauer an. Jungens und Mädchen in schwarzer Kluft und maskiert mit Hasskappen. Bilder von einer Demo? Oder einer Hausbesetzung? Plötzlich bleibt mir fast das Herz stehen.

Das Mädchen, das da lachend und unvermummt in die Kamera schaut, ist zweifellos Julia. Ihre Hasskappe schwenkt sie übermütig durch die Luft. Ich gehe durch die restlichen Fotos. Die Aufnahmen scheinen in großer Hektik geschossen worden zu sein. Die Gestalten darauf sind nur schemenhaft zu erkennen. Kein Foto mehr von Julia. Dafür aber eins von Sönke. Bravo, Salzstange! Ausnahmsweise mal ein gestochen scharfes Bild. Ich identifiziere Sönke sofort, obwohl sein kantiges Spatengesicht unter einer Sturmhaube steckt. Aber das kann nur Sönke sein. Dünn wie ein Spargel und kerzengerade steht er vor einem Spruchband, das aus dem Bild läuft. Ich kann sogar die Buchstaben B-E-S-E lesen, schwarz auf rotes Tuch gepinselt. Auf den nächsten Fotos Polizisten, die in Schildkrötenformation anrücken, aus dem oberen Fenster eines Hauses fotografiert.

Jörg Selzig alias Salzstange. Er saß mittendrin in der Szene. Er kannte dieselben Leute wie ich. Und er hat heimlich Fotos von ihnen gemacht. Bei einer Hausbesetzung. Auch von Julia.

Der Wasserkessel fängt hysterisch an zu pfeifen. Ich mache den Herd aus und stelle den Kessel auf eine kalte Platte. Die Lust auf Kaffee ist mir vergangen. Ich will so schnell wie möglich hier raus. Die Familienfotos lege ich zurück in den Karton, die anderen Bilder stecke ich ein. Die dazugehörigen Negative auch. Besser, sie fallen der Polizei nicht in die Hände. Ich blicke mich um. Mein Geschnüffel hat keine nennenswerten Spuren hinterlassen. Und nach Fingerabdrücken wird man die Wohnung bestimmt nicht absuchen.

Ich mache das Licht aus. Salzstanges Personalausweis lasse ich im Flur liegen, den Wohnungsschlüssel stecke ich von innen ins Türschloss, als hätte Salzstange ihn beim Rausgehen vergessen. In der Küche tropft der Wasserhahn. Ich gehe noch mal zurück und drehe ihn zu. Jetzt aber raus, denke ich. Ich gucke durch den Spion, ob die Luft rein ist. Dann trete ich auf den Korridor, ziehe die Tür leise hinter mir zu und schleiche die Treppen runter.

Draußen sauge ich die Luft ein, als hätte ich in Salzstanges Wohnung versäumt zu atmen. Keine Nachtmenschen, keine Motorengeräusche, nicht mal eine Katze auf nächtlichem Beutezug.

Ich laufe die Straßen entlang, ohne auf den Weg zu achten.

Das Licht der im Wind schwankenden Straßenbeleuchtung wirft unheimliche Schatten gegen die Häuserwände. Rote Backsteinkästen, rechteckig, einer wie der andere. Ich gehe schneller, will dem Schattenmeer entfliehen, den gespenstisch leeren Plätzen, den Türmen und Arkaden, die an die traumähnlichen Stadtansichten der Gemälde von De Chirico erinnern. Salzstange lacht hinter einem Gebüsch, schaut aus einem parkenden Auto, aus dunklen Fenstern, hockt grinsend auf einer Parkbank.

»Schluss!«, rufe ich. »Es gibt ihn nicht mehr. Er hat seine Talfahrt auf wundersame Weise beendet. Schluss damit!«

Ich renne wie ein gehetztes Tier über eine leere Kreuzung. Aber Salzstange bleibt mir dicht auf den Fersen, verfolgt mich mit aufgerissenen Augen, Hände vorm Mund, das Gesicht mit Nadeln gespickt. Schweiß läuft mir in Strömen runter. Ich renne um mein Leben.

Ein kleiner Park an einem Kanal. Das Eilbektal. Ich bin auf dem richtigen Weg. Weiter. Weiter. Nach Hause. Nach Hause.

Was kratzt es mich, wenn sich so einer mit Heroin vollpumpt. Er war ein widerlicher Junkie, sowieso nicht mehr zu retten, dem Tod geweiht seit der ersten Spritze. Ich habe alles richtig gemacht. Die Ermittlungen weiterführen. Auch wenn es hart auf hart kommt. Haut der Kerl mir doch tatsächlich zum Schluss eins auf die Fresse. Jetzt ist er tot. Geschieht ihm recht. Labiler Typ. Ohne jede Kontrolle. Aber ich habe ihn mir gepackt. Bin einfach rein ins Klo und hab ihm die Schlüssel und die Papiere abgenommen. Das soll mir mal einer nachmachen. Wer ist schon so cool? Wenn Julia das wüsste. Julia. Ob sie Salzstange gut gekannt hat? Was macht sie im Kühlschrank eines Toten? Julias Lachen tiefgekühlt.

Julia.

Ich bleibe mit dem Fuß am Bordstein hängen, stolpere und fliege der Länge nach zu Boden.

Minutenlang liege ich im Staub. Warum hat er Heroin genommen? Das weiß doch jedes Kind, wie so was endet. Muss eine wahnsinnige Droge sein, wenn man dafür sein Leben riskiert.

Im Gebüsch am Kanal raschelt es. Wieder der Fuchs? Vor ein paar Wochen habe ich ihn gesehen. Füchse kommen neuerdings in die Städte. Die Rückeroberung verloren gegangenen Terrains. Kleine Räuber auf der Suche nach Essensresten der Zivilisation.

Einmal traf ein Fuchs an einem Fluss auf einen Skorpion.
»Fuchs, trage mich auf deinem Rücken hinüber zum anderen Ufer. Zum Dank werde ich dich zu einer Schar fetter Gänse führen.«
»Die gute Mahlzeit würde mich schon reizen«, erwiderte der Fuchs, »aber ich habe Angst, dass du mich stechen wirst.«
»Warum sollte ich das tun?«, fragte der Skorpion. »Ohne dich würde ich doch ertrinken.«
Das leuchtete dem Fuchs ein.
Sie schwammen los. In der Mitte des Flusses stach der Skorpion den Fuchs.
»Warum hast du das getan?«, rief der Fuchs. »Jetzt müssen wir beide sterben.«
»Es ist meine Natur«, antwortete der Skorpion.

Ich drehe mich auf den Rücken und schaue in den Himmel. Kein Großer Bär, kein Kleiner Wagen wie damals auf dem Balkon in der Eichenstraße. Damals, denke ich verwundert, dabei ist das – ich rechne kurz nach – kaum länger als 120 Stunden her.

Ich setze mich auf und betaste mein geschundenes Knie. Erst die Stirn, dann das Knie. Nur unterm Pflaster auf dem Arm ist alles heil. Ich stehe auf und klopfe mir zum zweiten Mal in dieser Nacht die Hose sauber.

Es wird langsam hell. Der Tag. Gott sei Dank.

Ich hinke weiter. Auf der einen Seite der Straße die mir vertrauten Jugendstil-Reihenhäuser der Eilenau, auf der anderen, am Alsterkanal, hohe Platanen. Der Kanal begleitet mich nach Hause.

Wie hat Salzstange sein Leben als Junkie, Stricher und Autonomer nur unter einen Hut bekommen? Völlig verschiedene Welten.

Ich verlasse die Armgartstraße und komme in die Papenhuder, dorthin, wo an der Mundsburger Brücke der Kanal in die Außenalster mündet. Es ist taghell. Der Berufsverkehr erwacht und reißt am alten Gemäuer der Stadt.

In der Wohnung habe ich gerade noch die Kraft, mich meiner Kleidung zu entledigen, und falle ins Bett wie ein Stein. Ich habe richtig gehandelt. Ich habe getan, was getan werden mu...

Aber da sinke ich schon auf den Grund des Sees.

Demo im Schanzenviertel

Donnerstag, der 29. Juni, 13:07 Uhr

»Kleine, es tut mir so verdammt leid«, stammelt der Lastwagenfahrer. »Aber er ist mir direkt vor die Räder gelaufen. Ich kann dir nicht sagen, wie verdammt leid es mir tut.« Tellergroße Hände strecken sich hilflos nach dem schlappen Fellhäufchen. Quinnis Hundeblick, mit dem er mich ansieht, als er in meinen Armen stirbt.

Immer wieder dieser Traum. Dabei war das – ich liege auf dem Rücken in meinem Bett und rechne mit geschlossenen Augen nach – dabei war das vor 13 Jahren.

»Mutz! Mutz!«

Ich öffne die Augen. Es kommt von weit her.

»Mutz! Mutz!« Die Stimme meines Hauswirts.

Ich gähne und sehe einer Spinne an der Deckenecke beim Bau ihres seidigen Eigenheims zu.

»Mutz! Mutz!«

Mein Blick wandert weiter an der Wand lang, verweilt kurz bei Edward Hoppers *Solitude* und bleibt an den Klamotten auf dem Teppich hängen. Jeansjacke, Hose, T-Shirt, Socken, Slip, alles auf einem Haufen, Zeugen einer grauenhaften Nacht.

»Mutz! Mutz!« Mein Hauswirt ruft nach seiner fetten Katze. Mal kläglich, mal lockend.

Ich humple zum Fenster. In der Kastanie, die so hoch ist, dass bei Sturm ihre Äste gegen meine Scheiben schlagen, hockt mein Hauswirt, in einer anderen Astgabel, nur eine Armlänge von ihm entfernt, seine Katze Mutz.

Ich reiße das Fenster auf. »Was treiben Sie denn da?«

»Das sehen Sie doch, Frau Rührmann. Ich versuche meine Katze zu retten«, erwidert er, ohne das völlig verängstigte Tier aus den Augen zu lassen. »Mutz! Mutz!«

Ich beuge mich vor. »Katzen können nicht rückwärts klettern.«

»Was Sie nicht sagen, Frau Rührmann! Deshalb sitze ich doch hier!«, ruft mein Hauswirt und sieht mich zum ersten Mal an. Sein entgeisterter Blick macht mir blitzartig klar, dass ich vor ihm stehe, wie meine Eltern mich geschaffen haben. Damit er nicht wie eine Kastanie vom Baum fällt, verberge ich mich schnell hinter einem Stück Vorhang.

Es ist dann die Katze, die vom Ast abrutscht. Leicht und geräuschlos landet sie auf ihren vier Pratzen und macht sich sofort schmatzend über den Köder her, den mein Hauswirt vor seiner Kletterpartie zu Füßen der Kastanie ausgelegt hat. Undankbares verfressenes Vieh, denke ich und sage höflich: »Kommen Sie heil runter.« Dann schließe ich das Fenster und bedaure, dass die nässende Wunde an meinem Knie Spuren am Vorhang hinterlassen hat.

Plötzlich die Bilder der Nacht: der Tote in der Toilette, die leere Wohnung in Dulsberg, ein Leben im Schuhkarton.

Der kleine Zeiger meiner Armbanduhr zeigt auf die Eins. Julia muss unbedingt den neuesten Stand der Ereignisse erfahren. »Wo ist das Telefon?« Ich ziehe am Kabel, bis der Apparat unter Jeansjacke, Hose, T-Shirt, Socken und Slip auftaucht, und wähle ihre Nummer.

»Ja?«, meldet sich eine weibliche Stimme, fremd, aber nicht unsympathisch.

»Hallo, hier Nikolaus. Kann ich Julia bitte sprechen?«

»Nikolaus, die Detektivin?«, lacht es am anderen Ende. Kleine Pause. Bezieht sich der Spott auf meinen Namen, was mich nicht weiter kränken würde, oder auf meine Recherchen? Immerhin, mein Name ist in Julias Wohngemeinschaft gefallen. Man spricht von mir. Ich stehe kerzengerade in meiner Nacktheit und wiederhole würdevoll: »Kann ich Julia bitte sprechen?«

»Julia ist nicht da. Vor der Flora ist Krisenplenum. Wegen der Hausdurchsuchung in der Hafenstraße. Da war doch 'ne Demo geplant, die in letzter Instanz verboten wurde.«

»Ja, ja.« Ich erinnere mich: Anfang der Woche unterbrach Jan N Punkt seine Ausführungen über die chinesische Kulturrevolution, um mir zu berichten, dass die Polizei die Hafenstraßenhäuser durchsucht hat. Die Bundesstaatsanwaltschaft begründete die umfangreiche Aktion mit dem dringenden Verdacht, dass sich dort Personen aus dem Umfeld der RAF aufhalten.

»Die Telefonkette kam eben hier an. Die Demo wird stattfinden – trotz des Verbots. Julia ist schon da. Ich geh auch gleich hin.«

»Ich auch!«, rufe ich so engagiert wie möglich und lege auf.

In der Dusche befingere ich erschrocken die Beule. Die Wunden brennen im heißen Wasserstrahl. Bevor ich das Haus verlasse, verpflastere ich sorgfältig Stirn und Knie und verpasse vorsichtshalber auch meinem Arm ein frisches Pflaster. Könnte ja sein, dass mir im Flur ein strahlender Hauswirt mit der beleidigt miauenden Mutz begegnet. Wann, frage ich mich, als ich in den Bus zum Hauptbahnhof steige, werde ich die Zeit haben, mir den Raben stechen zu lassen?

Im Bahnhof sehe ich mich nach Salzstanges Tablettendealer um. Ob Ralf von seinem Tod schon erfahren hat? Tote Junkies sprechen sich hier schnell herum. Aber von dem Blutsauger ist weit und breit nichts zu sehen. Ist wohl noch zu hell draußen. Vor einem Kiosk gerate ich in Versuchung, eine Tageszeitung zu kaufen. Ich lasse es, denn über Salzstange kann noch nichts drinstehen.

Ich steige in die S-Bahn Richtung Sternschanze. Ich bekomme heftiges Augenflimmern, das mit den vorüberfliegenden Schachtwänden nichts zu tun hat. Die kurzen silbrigen Blitze erinnern mich an die Silberfische in Salzstanges Bad und werden prompt intensiver. *Du bist ein Hypochonder*, hat Edu zu mir gesagt, bevor ich überhaupt wusste, was ein Hypochonder ist. Um mich abzulenken, zähle ich die Bänke der S-Bahn. Aber es nützt nichts. War einfach zu viel letzte Nacht.

An der Sternschanze endet meine Fahrt. Am Ausgang hängt ein Plakat, das ein vermummtes Mädchen zeigt. Mit einer Zwille zielt sie auf den Betrachter. DEALER, VERPISST EUCH! steht drüber. Das Mädchen erinnert mich an Julia. Mein Herz schlägt wie ein Schmiedehammer, als ich zur Flora hinke.

An der Sternschanze sind viele junge Leute ausgestiegen. Ganz offensichtlich haben sie das gleiche Ziel. Dem Tross schließen sich immer mehr Menschen an. Wir kommen zum Schulterblatt, wo sich vor dem Bauzaun des alten Flora-Theaters bereits ein paar hundert zum Kampf für eine bessere Gesellschaft eingefunden haben. Ein Peterwagen mit kreisendem Blaulicht sperrt das Schulterblatt an der Kreuzung Altonaer Straße. Der Autoverkehr versiegt wie das Wasser eines abgeschnürten Schlauchs.

Dicht gedrängt warten die Leute auf die Bekanntgabe von Beschlüssen. Die meisten im uniformen Schwarz, dieser Nichtfarbe der antifaschistischen und anarchistischen Bewegung, die für Tod, Trauer, Sünde, Teufel und Weltverachtung steht. Das Schwarz ist die ideale Tarnfarbe. Der Einzelne taucht in der schwarzen Masse unter wie ein Fisch im Wasser. Das täuscht darüber hinweg, dass die Szene politisch betrachtet alles andere als homogen ist. Sie besteht aus Spontis, Anarchisten, Hausbesetzern, zu einem kleineren Teil aus den bei allen anderen als kompliziert geltenden Antiimperialisten. Jede Fraktion hat ihre speziellen Ansichten. Der größte Teil der Autonomen aber entstammt einer sich ständig erneuernden linken Studentenbewegung, die mit den Schüssen auf Benno Ohnesorg entstanden ist und sich seitdem weder sektiererischen Kaderparteien angeschlossen noch dem Parlamentarismus zugewandt hat.

Julia! Wo ist Julia? Zu viele Gesichter. Schon bereue ich, zur Flora gegangen zu sein. Es liegt eine ungeheure Spannung in der Luft. Was, wenn sich zu meiner Beule und dem aufgeschürften Knie eine Platzwunde gesellt, verpasst von einem Polizeibeamten im Schutzanzug? Was, wenn ein übereifriger Jungspund mich als Spitzel identifiziert, nur weil ich eine blaue Jeansjacke trage und mich verdächtig oft suchend umsehe? Ich fühle mich wie ein Albino unter Schwarzen. Da hilft es mir wenig, dass ich eine Frau bin. Wenn wenigstens Jan N Punkt plötzlich aus der Masse auftauchen würde. Er wohnt ganz in der Nähe. Aber nach seinem gutmütigen Gesicht brauche ich gar nicht erst Ausschau zu halten. Jan N Punkt meidet militante Auseinandersetzungen – nicht aus moralischen Gründen, wie er mir mehrfach versichert hat. Statt Jan N Punkt wird mir gleich Sönke über den Weg laufen, mir einen abschätzigen Blick schenken und sagen: »Nikola, du auch hier?«

In diesem Moment verschafft sich ein stämmiger Mann Platz in der Menge und hebt ein Megaphon vor den Mund. »So, Leute, hört mal zu!«, sagt er mit ruhiger Baritonstimme. Die ersten Worte gehen unter im Fiepen des Megaphons, also wiederholt er eindringlich: »Leute, hört mal her!«

Das Gemurmel verebbt. Alle warten gespannt, was kommt.

»Wie ihr vermutlich schon gehört habt, ist unsere Demo vor ein paar Stunden gerichtlich verboten worden.«

»Bullenschweine!«, schreit jemand hinter mir.

Der Mann fährt ungerührt fort: »Heute Morgen in der B5 ist diskutiert worden, was wir machen könnten.«

»Bullenschweine!«, schreit die Person wieder.

Ich bin geneigt, darauf aufmerksam zu machen, dass die Bullen für diesen Gerichtsbeschluss nicht verantwortlich sind, lasse es aber lieber.

»Ich weiß, dass es schwierig ist, von Konsens zu sprechen, weil die meisten Leute nicht am Plenum teilnehmen konnten. Trotzdem sind wir uns alle einig, denke ich, dass wir heute zum Hafen runter wollen.«

Die Leute applaudieren, Pfiffe hallen von den Häuserwänden wider, ein paar Böller knallen.

»Gut, wir gehen langsam – und ohne auf Provokationen der Bullen einzugehen – Richtung Hafen!«,

Heute gibt es ordentlich was auf die Mütze, darüber kann selbst seine ruhige Baritonstimme nicht hinwegtäuschen. Während ich damit kämpfe, ob ich mir die bevorstehende Demütigung antun soll, tippt mich jemand von hinten an. Eine kleine Frau mit runden Brillengläsern fragt mich verschmitzt: »Du bist doch Nikola Rührmann?«

Ich nicke vage.

»Ich bin Silke. Wir haben vorhin telefoniert. Hast du Lust mitzukommen? Meine Leute sind da vorne. Julia ist auch dabei.« Die freudige Überraschung in meinem Gesicht ist Silke Antwort genug. Sie boxt sich durch die Menschenmassen, und ich humple in ihrem Kielwasser hinterher.

»Wie hast du mich denn erkannt? Du hast mich doch noch nie gesehen.«

Sie dreht sich um. »Doch, auf Sabines Fete neulich«, lächelt sie. »Du bist doch die, die sich so an Julia rangemacht hat.«

»Also, ich habe sie angesprochen, das stimmt. Ich hatte aber …«

»Schon okay. Die Geschlechterzuweisung nicht mitmachen heißt, die heterosexuelle Matrix angreifen, heißt, den patriarchalen Herrschaftsstrukturen ihre Legitimationsgrundlage entziehen«, sagt Silke und nickt wohlwollend.

»Also, ähm …« Unter diesem Aspekt hatte ich das noch gar nicht betrachtet.

»Hallo, Nikola!«

»Julia!« Ihr blondes Haar leuchtet, ihre blauen Augen strahlen, ihr roter Mund lacht. Sie trägt eine schwarze Kapuzenjacke zu schwarzen Jeans und Turnschuhe: Riot Wear. Gut gerüstet, falls nötig. Sie strahlt eine revolutionäre Kraft aus, die mir gerade völlig abgeht. Ich würde mich lieber mit ihr an den Elbstrand legen, auch wenn das Wetter vielleicht nicht danach ist.

»Also, das finde ich nicht in Ordnung«, höre ich jemanden sagen, der meine Gedanken gelesen zu haben scheint. Ich drehe mich um: Sabine, flankiert von zwei finster blickenden Frauen. »Wir bilden hier eine Veganerinnen-Kette. Niko kann hier unmöglich bleiben«, sagt sie empört zu Silke und Julia. Mich würdigt sie keines Blickes. »Niko isst totes Fleisch. Auch neulich auf der Party wieder.«

Das stimmt nicht. Ich weiß genau, dass ich Oles Fleischbällchen nicht angerührt habe.

»Ach, Scheiße. Ich habe auf diesen moralischen Rigorismus keinen Bock«, kontert Julia, und ich staune, wie wütend sie werden kann. »Gleich startet die Demo, und wir beginnen hier eine elende Grundsatzdiskussion.«

»Red keinen Unsinn, Julia! Ich frage dich doch nur: Ist das hier die Veganerinnen-Gruppe oder nicht?« Sabine holt tief Luft. »Und ist Niko nun eine Fleischfresserin, ja oder nein?«

Ich denke, dass Sabine mit diesem Einwand durchaus recht hat.

»Ich sehe überhaupt kein Problem«, sagt Julia entschieden. »Wieso soll denn Nikola nicht mit uns laufen?«

»Sie kann sich bei Ole und Michael drei Reihen hinter uns unterhakeln«, schlägt Sabine mit spitziger Stimme vor.

»Macht doch, was ihr wollt!«, ruft Julia, packt mich am Arm, packt Silke am Arm und rückt mit uns zwei Reihen nach hinten.

»Wir halten denen doch auch nicht vor, dass sie wie blöde Hefeweizen trinken«, murmelt Silke.

»Du hast dich ja verletzt«, sagt Julia. Sie legt ihre Hand auf meine Schulter und betrachtet meine Beule. Die Ernsthaftigkeit, mit der sie das tut, wirkt auf mich wie ein kleiner Stromstoß. Ich spüre ihren Atem auf meiner Wange. »Wie ist das denn passiert?«

»Nur ein kleiner Kratzer«, wehre ich ab. »Geholt habe ich ihn mir bei …«

»Ich finde es toll, dass du gekommen bist«, unterbricht sie mich. Ihre Wimpern sind lang und dunkel wie die eines kleinen Mädchens. »Mach dir nichts aus der Bemerkung von Sabine«, flüstert sie an meinem Ohr. »Sie meint es nicht so.«

»Es macht mir nichts«, murmle ich und versinke im Blau ihrer Augen. »Julia, ich habe wieder Neuigkeiten, die …«

»Du wirst sehen, wir werden die Demo durchsetzen«, unterbricht sie mich erneut und greift nach ihrer Kapuze. Mit einem leichten Schwung wirft sie die Haare zurück und stülpt sich die Kapuze über. Mir bleibt nichts, als den Jeanskragen hochzuklappen.

»Achtung, es geht los!«, ruft Silke. Wir bilden mit den Leuten links und rechts neben uns eine Kette, ich zwischen Silke und Julia.

Der Demonstrationszug formiert sich. Pfiffe gellen und Parolen werden gegrölt. Ich höre Oles kräftige Stimme eine Reihe hinter uns. Julia grinst mir aufmunternd zu, und ich grinse zurück, alles andere als motiviert. Der Pressekampagne der letzten Wochen nach zu urteilen, steht uns eine unangenehme Konfrontation mit der Staatsgewalt bevor. Das Projekt Hafenstraße ist von den Politikern für gescheitert erklärt worden, wieder einmal, und es wird auf peinliche Weise nach einem Anlass gesucht, das Ganze so schnell wie möglich dem Erdboden gleichzumachen. Die Soli-Demo, die sich zügig über das Schulterblatt und den Neuen Pferdemarkt in Richtung Hafen bewegt, wird nicht weit kommen. Der Staat will nicht, dass wir zum Hafen marschieren – und damit basta. Nun denn. Hier komme ich nicht mehr raus. Jetzt gilt es, den Spaß irgendwie zu überleben. Wenigstens darf ich mich bei Julia unterhaken. Ich bin fast ein bisschen glücklich, als wir losmarschieren.

»Was ist mit dir?«, ruft Julia. »Du humpelst ja.« Ihr Blick wandert von der Beule runter zu meinem Bein.

»Du hast das blanke Entsetzen im Blick«, versuche ich es mit Ironie. »Leih mir lieber dein Halstuch, damit ich mein verbeultes Gesicht nicht der polizeilichen Observation preisgeben muss!«

Der schwarze Block kommt zum Stehen. Parolen und grölende Rufe heizen die Stimmung an. Sie gibt mir ihr Tuch, und ich binde es mir vors Gesicht, dass nur noch Augen und Stirn zu sehen sind. Es riecht nach ihr. Vanille und frisches Gras. Wunderbar. Da hat der Mummenschanz doch etwas Gutes.

Wie kleine Kinder hüpfen wir alle auf dem Fleck und stürmen kurz darauf fünfzig Meter vorwärts. Diese La Ola der Protestbewegung sorgt für Hektik unter den Verfolgern und heizt die Stimmung an.

Liegt es an dem aphrodisierenden Duft von Julias Halstuch oder an der kleinen Gymnastik, mit der ich morgens meinen Wecker auszustellen pflege: Ich hüpfe besonders hoch. Leider droht mir das Tuch von der Nase zu rutschen. Ich knote es fester. Aus dem Augenwinkel erblicke ich im Auf und Nieder der schwarzen Kapuzen und Sturmhauben Michaels Baskenmütze.

»Ist dir das nicht zu gefährlich hier?«, frage ich Julia, als der Demonstrationszug weitermarschiert.

»Warum denn?«, fragt sie.

»Na, es wird böse abgehn heute.«

»Alles halb so wild«, lächelt Julia.

Wir marschieren durch die Wohlwillstraße. Bis zu diesem Zeitpunkt habe ich keinen einzigen Bullen gesehen. Aber irgendwo stehen sie, darauf ist Verlass. Als wir an der *Bar Centrale* vorbeikommen, packt mich die Sehnsucht, da allein mit dieser Frau bei einem Kaffee zu sitzen. Beides so nah und doch so fern.

»HAUT AB! HAUT AB! HAUT AB! HAUT AB! HAUT AB!«, schallt es plötzlich um uns herum. Und schon baut sich in der Simon-von-Utrecht-Straße eine Hundertschaft mit gezückten Hartgummiknüppeln auf, mit Plastikschilden und Schienbeinschonern, umschwirrt von knipsenden Polizeifotografen.

»FEUER UND FLAMME FÜR DIESEN STAAT! WIR HABEN DICH ZUM KOTZEN SATT!«

»ICH KANN NICHTS, ICH BIN NICHTS, GEBT MIR EINE UNIFORM!«

»SS, SA, SEK, SS, SA, SEK, SS, SA, SEK, SS, SA, SEK!«

Eine Parole jagt die andere.

Hinter uns formiert sich eine weitere martialisch auftretende Polizeikette. Damit ist uns eine wesentliche Fluchtmöglichkeit genommen. Anders als bei den DGB-Veranstaltungen zum 1. Mai, die das Demonstrationsrecht im staatlichen Sinne repräsentieren, wird hier gleich ein Krieg losgehen, der mit seinen unzähligen Schilden und Knüppeln an mittelalterliches Schlachtgetümmel erinnert.

Julia nimmt meine Hand. »Scheiße, wir sind eingekesselt. Jetzt wird es eng.«

Ein schönes Gefühl, ihre Hand zu halten. Der Demonstrationszug kommt zum Stehen. Die Leute verharren in lethargischer Haltung. Aus einem Lautsprecher ertönt die leidenschaftslose Ansage: »SIE BEFINDEN SICH AUF

EINER NICHT GENEHMIGTEN VERSAMMLUNG. VERLASSEN SIE DIE TALSTRASSE. ANSONSTEN MÜSSEN BEHÖRDLICHE ZWANGSMITTEL ANGEWENDET WERDEN. DIES IST DIE ERSTE AUFFORDERUNG. DIE ZEIT: ES IST FÜNFZEHN UHR, ZWÖLF MINUTEN. ENDE DER DURCHSAGE.«

Ich schaue auf meine Armbanduhr. Bei *mir* ist es 15 Uhr 11. Ich bin sicher, dass meine Uhr richtig geht. Schließlich habe ich sie erst heute Morgen mit der telefonischen Zeitansage der Deutschen Bundespost synchronisiert.

Der ersten Durchsage folgt die zweite, ohne dass jemand der Aufforderung Folge geleistet hätte. Wir wüssten auch gar nicht, wie wir den Kessel verlassen könnten. Unter der zu erwartenden staatlichen Repression rücken alle Demonstranten enger zusammen. Ich lasse Julias Hand nicht mehr los.

»DIE ZEIT: ES IST FÜNFZEHN UHR UND ZWEIUNDZWANZIG MINUTEN«, gibt die gleichgültige Stimme durch. Ich weiß es besser.

Vereinzelte Pfiffe und Rufe unterbrechen die angstvolle Stille, die sich über den Demonstrationszug gelegt hat. Die Bullen heben ihre Gummiknüppel und nehmen Kampfstellung ein.

»HAUT AB! HAUT AB!«, bellt es aggressiv und bissig. »HAUT AB! HAUT AB! HAUT AB! HAUT AB! HAUT AB! HAUT AB! HAUT AB! HAUT AB! HAUT AB! HAUT AB!«

Vorne wird plötzlich geknüppelt. Die Menge kommt in Bewegung. Wir werden von einer mächtigen Welle weggespült. Julias Hand entgleitet mir. Nur wenige Meter entfernt taucht ein Wasserwerfer auf. Autonome werfen Pflastersteine gegen den Koloss aus Metall. Ist Julia dabei?

Julia ist nicht dabei.

Wo ist Julia?

Pfuit! Pfuit! Pfuit!, macht es um meine Ohren, und schon

saust ein Gummiknüppel krachend auf meine Schulter, auf meinen Rücken, auf meinen Kopf. Verdammte Scheiße. Immer auf die Fresse. Der Wasserwerfer kommt näher. Sirenen zerreißen die Luft.

Wo ist Julia?

Die Menschenmenge gerät in panische Bewegung, spült mich raus aus dem Kampfbereich und gegen die Absperrung einer Baustelle. Ich springe rüber und suche Schutz zwischen Zementsäcken und Bauschutt. Ich habe höllische Schmerzen. Aus der Beule am Kopf fließt frisches Blut. Am liebsten würde ich die heißeste Phase der Auseinandersetzung still im Dreck liegend abwarten, aber die Angst um Julia treibt mich hoch, ich wage einen Blick über die Absperrung. Die Demo ist zerschlagen. Aber die Polizisten sind zu schnell vorgerückt. Sie haben eine nicht zu vernachlässigende Schar von Demonstranten im Rücken. Irritiert blicken die Ordnungshüter um sich, unsicher, ob sie das eroberte Terrain nicht besser verteidigen sollten statt weiter vorzurücken. Schon bleiben einige von ihnen stehen, andere dagegen schließen zügig auf, als gelte es, ein Schussfeld zu durchqueren. Der Kordon von Uniformierten, der die Demo auseinanderreißen soll, bricht in diesem Durcheinander in verschiedene Einzelteile auf, und der Demonstrationszug, eben noch scheinbar aufgelöst, reorganisiert sich auf wundersame Weise in entsprechend kleineren Gruppen.

Ich will unauffällig den Anschluss an den Haupttross finden. Ich vermute ihn in der Clemens-Schulz-Straße. Ich suche Julia, Silke, Ole, Michael, sehe in nasse, verschmutzte, zerkratzte, fremde, entschlossene Gesichter, die gesuchten sind nicht dabei.

In der Bleicherstraße hat sich der Wasserwerfer in der engen Straße festgefahren und ist in einen erbarmungslosen Steinhagel geraten. Die Bullen sind in der Defensive. Es gelingt ihnen aber nach wie vor, den Haupttross der Demonstration von Nachzüglern zu trennen. Sirenen heulen, Blaulichter blitzen auf, ein Krankenwagen rast vorbei.

Wo ist Julia?

»Bullenschweine, verpisst euch!« Ein Telefonbuch fliegt im hohen Bogen durch die Luft und klatscht auf die Polizeikette. Immer mehr Demonstranten stoßen dazu, es bildet sich eine zweite Front. Die Kräfteverhältnisse scheinen sich zu ändern. Die Grünuniformierten, plötzlich umzingelt von Autonomen, geraten in Panik, halten ihre Schilde schützend vor sich, laufen auseinander. Ihre Kette zerbricht.

Zerschellt ward nun das ganze Römerheer.
Gleich einem Schiff, gewiegt in Klippen.

Aber anders als bei der *Hermannsschlacht* ist die Hegemonialmacht nicht geschlagen, sondern nur kurz beeindruckt. Schon schießen fünf Six-Packs aus der Simon-von-Utrecht-Straße mit Blaulicht zur Verstärkung heran. Im nächsten Moment stürmen Turnschuh-Bullen aus den Kleintransportern, um aus der fliehenden Menge gezielt einzelne Demonstranten herauszugreifen. Einer der Bullen hält ausgerechnet mich für ein militantes Mitglied der autonomen Szene. Er rennt auf mich zu. Ich flüchte in die Clemens-Schulz-Straße Richtung Heiligengeistfeld, Ewigkeiten das »Pfuit! Pfuit! Pfuit!« seines schwingenden Gummiknüppels im Nacken. Nach nur fünfzig Metern packt er mich. Ich verfluche mein kaputtes Knie. »Ich hab einen! Ich hab einen!«, schreit er.

Ein Autonomer, der mit mir weggelaufen ist, bleibt stehen, kommt blitzschnell zurückgerannt, springt dem Bullen mit den Füßen voran geradezu akrobatisch zwischen die Beine und verschwindet so schnell, wie er gekommen ist. Der Turnschuh-Bulle krümmt sich wie eine zerquetschte Coladose, gibt undefinierbare Laute von sich und verschiebt meine Ingewahrsamnahme auf ein anderes Mal. Ich humple schnell weiter.

Endlich, nach einem halben Kilometer, in der Bremer Straße, bin ich in Sicherheit. Auf dieser Seite sind alle autonomen Kräfte aufgerieben. Ein paar vereinzelte ziehen weiter, zum Hafen vielleicht. Julia bleibt spurlos verschwunden.

Um an den Tross der Demo wieder ranzukommen, durchwandere ich in einem riesigen Bogen, vorbei an Wannen, Six-Packs und Wasserwerfern, das Viertel. Schaulustige stehen an den Straßen oder gaffen aus den Fenstern. Ich versuche in die Bleicherstraße vorzudringen, alles abgesperrt. Kein Durchkommen. Die Polizisten versuchen, die Leute in die Parallelstraßen abzudrängen. Mit Gleichgesinnten ziehe ich weiter in die Brunnenhofstraße. Wir geraten in eine heftige Auseinandersetzung mit einer Hundertschaft Bullen, die von der Thadenstraße her einrücken will. Der Pulk wütender Demonstranten vereitelt ihren Plan. Die Leute brüllen Parolen, werfen mit Gegenständen, Müllbehälter brennen, die Situation eskaliert, die Polizei zieht sich zurück, eine Gruppe Autonomer wippt mit vereinten Kräften an einem aufgegebenen Peterwagen. Das Fahrzeug dreht sich erst auf die Seite und kracht dann kopfüber aufs Dach. Unglaublich, dass das so leicht geht. Ich renne aufgeregt die Wohlwillstraße zurück, bedroht von Polizeieinheiten, die plötzlich aus den Seitenstraßen dazustoßen. Fühlung zum Tross der Demo bekomme ich nicht mehr, wenn es den überhaut noch gibt. Entweder hat er den Durchbruch zum Hafen geschafft oder ist auf dem Weg dorthin zerschlagen worden. Völlig erschöpft schließe ich mich einer Gruppe an, die zurück zum Schanzenviertel marschiert. Wir sind zahlenmäßig immerhin so stark, dass wir die Kreuzung Pferdemarkt besetzen und für den Autoverkehr unpassierbar machen.

Da legt sich eine Hand auf meine Schulter. Julia?

Nein, Silke. Silke mit nassen Haaren, schmutzverschmierten Wangen und ohne Brille. »Du siehst nicht besser aus«, erwidert sie trocken meinen erschrockenen Blick. Wir müssen lachen.

»Ich sorge mich um Julia«, sage ich. »Wo ist sie abgeblieben?«

»Keine Ahnung. Vor etwa einer Stunde haben wir uns verloren. Zurück zur Flora ist sie nicht. Da war ich eben.«

Vor uns leuchtet Blaulicht auf. Es ist wieder so weit. Please fasten your seatbelts, ready for take-off! Bullen springen aus ihren Wannen. Einer wird von einem Farbbeutel getroffen und stürzt mit rot gefärbtem Visier auf das Straßenpflaster. Alles um mich herum beginnt zu laufen. Silke und ich springen auf den Bürgersteig, knapp an einer Absperrung vorbei und dann die Schanzenstraße rauf. Ich verliere sie aus den Augen. Vor mir kommt ein Mann ins Stolpern, fällt hin, keine Chance, stehen zu bleiben und ihm zu helfen. Er wird prompt von den Schergen gegriffen. Plötzlich fliegen Feuerwerksraketen aus einem Hauseingang. Der Eingang gehört zum Häuserprojekt Schanzenstraße, in dem auch Jan N Punkt wohnt. Die Bullen ziehen sich auf die andere Straßenseite zurück und lassen die Demonstranten notgedrungen in die Bartelstraße entwischen.

Durch ein paar Hinterhöfe gelange ich gemeinsam mit ein paar anderen zurück aufs Schulterblatt. Und von dort in die Juliusstraße, wo ich mich in den *Bieber* rette.

Der *Bieber* ist eine Kneipe von betont bürgerlicher Gemütlichkeit, gilt als Treffpunkt alternativer Politprominenz und ist für uns heute, an diesem Tag, wie eine schützende Höhle. Erika, die Kellnerin, lehnt mit ihren unter dem üppigen Busen verschränkten Armen an der Anrichte und behält den Pegelstand in den Gläsern ihrer Gäste auf den massiven, ungedeckten Holztischen im Auge.

An der anderen Ecke der Anrichte steht Sönke. Seine schwarze Lederjacke verschmutzt und am Kragen aufgerissen, die dunklen Haare durcheinandergewühlt. Eigentlich gefällt er mir so besser. Wir nicken uns kurz zu.

»Kaffee wie immer ohne Sahne?«, fragt Erika.

»Kaffee wie immer mit Milch«, sage ich. Ich sehe in ihr breites Gesicht und muss lachen. »Erika, du hast ja ein Nasen-Piercing.«

»Schon länger«, erwidert sie gleichmütig. »Daran siehst du, dass du schon ’ne ganze Weile nich hier warst.«

»Finde ich gut, dein Nasen-Piercing.«

»Peppt mich ’n bisschen auf«, sagt sie sachlich und gießt heiße Milch in einen Bunzlauer Krug.

Draußen ist es ruhiger geworden. Die meisten gehen zurück auf die Straße. Sönke am anderen Ende des Tresens will den nächsten Zusammenstoß mit der Staatsgewalt offensichtlich noch etwas aufschieben. Er hat sich bei Erika auch einen Kaffee bestellt und knabbert Erdnüsse.

Ich gehe zu ihm rüber. »Was wäre die Revolution ohne den Duft von frischem Kaffee?«, sage ich munter und setze noch einen drauf, weil ich Sönkes spöttische Begrüßung in der HWP noch im Ohr habe: »Ist ja ganz gut abgegangen heute. Warum bloß diese Aggressivität der Bullen? Für gewöhnlich sind die doch kulant. Wenn ich so an den Straßenverkehr denke.«

Sönke zupft am Ohrläppchen und schweigt.

»Weißt du, ob es gelungen ist, bis zum Hafen durchzubrechen?«

Er mustert mich, als hätte ich nach dem Börsenstand der HEW-Aktie gefragt. »Keine Ahnung«, sagt er mürrisch. »Wir beide haben es jedenfalls nicht geschafft. Die Hafenstraße ist großräumig abgesperrt.« Er nimmt laut schlürfend einen Schluck aus seiner Tasse. Ein schauerliches Geräusch. Meine

Mutter hat die gleiche Angewohnheit. Immer, wenn sie mit mir telefoniert und dabei Kaffee trinkt.

»Ich frage wegen Julia«, sage ich. »Wir waren die ganze Zeit zusammen. Aber auf einmal habe ich sie aus den Augen verloren.« Ich nehme ihr Tuch vom Hals und falte es auf der Anrichte sorgfältig zusammen.

»Soso, die Julia, die mit Kai zusammen war«, sagt Sönke gedehnt. Warum sagt er nicht gleich: »Und jetzt machst du dich an sie ran.« Ich bin verärgert über seine Anspielung. Der Ball ist mit doppelter Wucht zurückgekommen.

»War Salzstange wieder mit seiner Kamera dabei?«, frage ich unvermittelt.

Sönkes Schultern straffen sich. »Woher weißt du das?«, fragt er.

»Woher weiß ich was?«, frage ich zurück. Die unüberhörbare Stimme von Edu flüstert aus der Ewigkeit herüber: *Vorsicht, ming Mädsche, Strategie und Taktik.* Ich stecke das Tuch mit der gleichen Sorgfalt in meine Hosentasche, mit der ich es zusammengefaltet habe, und sage ruhig: »Es ist doch bekannt, dass Salzstange auf Droge ist.«

»Aber dass er für die Bullen spitzelt, ist eigentlich nicht offiziell«, platzt Sönke raus und ärgert sich sofort über die Preisgabe der Information.

Nicht zu fassen. Salzstange ein Polizeispitzel. Das wirft mich um und neue Fragen auf. Jetzt cool bleiben und diplomatisch vorgehen. Sönke traut mir nicht. Recht hat er. Ich mache einen neuen Anlauf. »Mein Gott, wie oft hat er mich um Geld angehauen«, sage ich. »Er war …« Ich verbessere schnell: »Er ist ein Gehetzter, ein Getriebener. Um an Stoff zu kommen, verrät er seine besten Freunde.«

Sönke beißt prompt an. »Wir haben ihn am Montag dabei erwischt, wie er in der Tasche einer Genossin rumkramte. Er hat sich in letzter Zeit stark verändert. Wir haben uns das mit seiner Drogensucht erklärt. Aber dass er sich den Stoff von den Bullen bezahlen lässt ...«

Von mir hatten die nur den Namen. Für den Rest sind die verantwortlich. »Was hat er zu den Vorwürfen gesagt?«, frage ich.

Sönke hüstelt und blickt um sich, ob uns jemand zuhört. »Er hat natürlich alles abgestritten. Die Bullen hätten ihn beim Fixen vor ein paar Monaten erwischt und ihm dann ein lukratives Angebot gemacht. Er sollte ein bisschen rumschnuppern. Er behauptete, aber nichts an die Bullen verraten zu haben. Der hat gelogen wie gedruckt, um seine Haut zu retten. Geflennt hat der wie ein kleines Kind.«

»Salzstange, der sich seine Drogen mit Informationen über die Szene finanziert«, sage ich in einem Ton, als hätte ich es schon immer gewusst. Ich trinke meinen Kaffee mit Milch, Sönke seinen mit Sahne. Dabei spreizt er den kleinen Finger ab. Das tut meine Mutter nicht.

»Leider«, flüstert Sönke und nimmt den letzten Schluck, »ist er uns dann durch die Lappen gegangen. Ist nicht mehr aufgetaucht.«

Und wird es auch nicht mehr. »War Salzstange in letzter Zeit bei Hausaktionen dabei?«, frage ich möglichst beiläufig. »Ich meine, vor Kais Unfall.«

»Warum willst du das wissen?«, kommt es zurück.

»Sönke, steck mal deine Spitzelparanoia in die Hosentasche und beantworte meine Frage: War Salzstange vor kurzem an einer Hausbesetzung beteiligt?«

»Die letzte Hausbesetzung, bei der ich ihn gesehen habe, war die in der Klausstraße im Mai«, erwidert er widerwillig. Er kramt in seinen Taschen nach Kleingeld für seinen Kaffee.

»Wann warst du zuletzt mit Kai zusammen?«

Er beugt sich vor und atmet mir ins Gesicht. »Verdammte Hacke, was sollen die Fragen?« Seine kleinen Augen funkeln mich an. »Lass mich in Ruhe. Weißt du was, für mich bist und bleibst du ein Fliegenbeinzähler.« Der letzte Satz klingt wie ein Befreiungsschlag. Und damit geht er rüber zu Erika, drückt ihr die Münzen in die Hand und verschwindet.

»Das ist ja nun total aus dem Zusammenhang gerissen«, rufe ich hinterher. Ich schütte den Rest meines kalt gewordenen Kaffees runter und fühle mich gut. Das undeutliche Bild der letzten Tage bekommt Konturen. Kai hat bei der Hausbesetzung in der Klausstraße mitgekriegt, wie Salzstange von seinen Genossen verfängliche Fotos gemacht hat, um sie an die Bullen weiterzugeben. Für diese Entdeckung musste Kai sein Leben lassen. Der Verkehrsunfall ist in Wahrheit ein brutaler Mord. Aber das alles ist noch Spekulation. Konkrete Beweise habe ich nicht. Noch nicht.

Ich bezahle meinen Kaffee und laufe zurück zur Sternschanze. In der Sackgasse am Sternschanzenpark, da, wo sich der alte Wasserturm befindet, warten Polizeitrupps auf ihren nächsten Einsatz. Die Männer stehen auf der Straße, langweilen sich oder paffen Zigaretten und witzeln miteinander. Die Schlacht hat sich längst nach St. Pauli verzogen. Hier im Viertel erinnern nur noch ein paar umgekippte Mülltonnen und weggeworfene Transparente an die Demo.

Von einer Telefonzelle aus versuche ich Julia zu erreichen. Ein Anrufbeantworter mit Silkes Stimme meldet sich. Ich spreche eine kurze Nachricht aufs Band, sage, dass ich am Leben bin und so weiter, und hinterlasse meine Telefonnummer.

Ich humple zur S-Bahn und fahre zurück zum Hauptbahnhof. Von da aus geht es mit dem Bus zur Uhlenhorst. In der Papenhuder Straße wird man erst morgen von den Vorfällen in der Stadt erfahren und sich empört fragen, wann man endlich härter gegen die Politchaoten vorgehen wird. Mir ist es scheißegal. Ich habe höllische Kopfschmerzen, einen zerknüppelten Körper, ein lahmes Bein, bin in Sorge um Julia und einem brutalen Mord auf der Spur. Völlig erschöpft schleppe ich mich die Treppen zum Dachgeschoss rauf. Oben angelangt, kühle ich meine Stirn an der Scheibe des Fensters. Auf dem sorgfältig rasierten Rasen kniet mein Hauswart in einer Gartenschürze, altherrenbeige, und sticht Löwenzahn aus.

Er sieht hoch und sein Gesicht erhellt sich. »Hallo, Frau Rührmann«, ruft er. »Gucken Sie mal, die Kastanie!«

Ich öffne das Fenster. Ich gucke. Ich sehe nichts.

»Ein bisschen tiefer am Baum.«

»Ein bisschen tiefer blinkt was silbrig«, rufe ich höflich.

»Genau! Ein Stachelring aus dem Baumarkt. Habe ich um den Stamm gelegt, damit Mutz nicht mehr in die Baumkrone klettern kann.«

»Der Stachelring schützt brütende Vögel«, erkläre ich ihm, als hätte er es nicht gewusst. »So kommt Mutz nicht mehr an die Vogelnester heran«, rufe ich runter.

»Zuvorderst habe ich den Ring angebracht, um Mutz zu schützen«, ruft er rauf.

»Wie bitte?«, rufe ich. Dabei habe ich ihn genau verstanden.

»Um Mutzens Unternehmungsgeist zu drosseln. Sagen Sie mal, Frau Rührmann, was haben Sie denn da an der Stirn?«

»Sehr klug von Ihnen, dass Sie den Stachelring angebracht haben«, lenke ich ab. »So kommen Sie nicht in die Verlegenheit, wegen der Abenteuerlust von Mutz die Kastanie fällen zu müssen.« Und damit schließe ich nach kurzem, aber freundlichem Gruß das Fenster.

Im Dschungel

Donnerstag, der 29. Juni, 22:37 Uhr

Als Gregor Samsa eines Morgens aus unruhigen Träumen erwachte, fand er sich in seinem Bett zu einem ungeheueren Ungeziefer verwandelt. Er lag auf seinem panzerartig harten Rücken und sah, wenn er den Kopf ein wenig hob, seinen gewölbten, braunen, von bogenförmigen Versteifungen geteilten Bauch, auf dessen Höhe sich die Bettdecke, zum gänzlichen Niedergleiten bereit, kaum noch erhalten konnte. Seine vielen, im Vergleich zu seinem sonstigen Umfang kläglich dünnen Beine flimmerten ihm hilflos vor den Augen.

Meine Augen tasten sich am Kleiderschrank rauf zum Wecker. Die Zeiger stehen auf 22 Uhr 37. Das Licht brennt. Ich liege angezogen auf dem Bett mit Franz Kafka auf dem Bauch. Ich muss eingeschlafen sein. Ich muss den Wecker gestern falsch gestellt haben. Warum klingelt er jetzt schon? Dann merke ich, dass es nicht der Wecker ist, was da schrillt.

»Wo ist das Telefon?«

Ich ziehe am Kabel. Auf dem Teppich vor der Topfpflanze rührt sich was, der Telefonhörer fällt runter, Stimmengewirr und Musik, dann die Frage: »Nikola, bist du es?«

»Ja!«, rufe ich. Und noch einmal: »Ja.« Ich robbe, die Knieschmerzen missachtend, über den Teppich zum Ficus benjamini.

»Ich bin's, Julia. Hast du etwa schon geschlafen?«

»Nein, natürlich nicht«, antworte ich mit belegter Stimme.

»Ich versteh dich so schlecht. Wir sind im *Dschungel.* Komm doch auch!«

»Ja, klar, natürlich.« Ich hüstle, um das Krächzen in meiner Stimme in den Griff zu bekommen.

»Was sagst du?«, ruft sie.

»Ich sagte ...«

»Was hast du gesagt?«, ruft Julia.

»Nikolaus, komm schon her!«, schreit Silke dazwischen. Sie reißen sich gegenseitig den Hörer aus der Hand und lachen. Sie sind bezaubernd albern. Und ich habe mir solche Sorgen gemacht.

»Ich lese gerade Erzählungen von Kafka«, sage ich, noch traumbefangen, aber schon auf der Suche nach meinen Socken. »In einer wartet der Protagonist sein Leben lang vor einem Tor, hinter dem *Das Gesetz* liegt. Als er stirbt, flüstert der Wärter ihm letzte Worte ins Ohr: ›Hier konnte niemand sonst Einlass erhalten, denn dieser Eingang war nur für dich bestimmt. Ich gehe jetzt und schließe ihn.‹«

»Ich verstehe nichts«, ruft Julia ungeduldig.

»Ich verstehe die Geschichte auch nicht«, entgegne ich. »Aber irgendwie geht es mir mit dir genauso.«

»Nikola«, ruft Julia gegen Musik und Stimmen an, »bist du noch dran?«

»Ich komme«, schreie ich, so laut ich kann, werfe den Hörer auf die Gabel, fahre mir mit den Händen durch die Haare, greife nach meiner Jeansjacke, verlasse die Wohnung, kehre zurück, binde mir Julias Halstuch um.

Der kleine Dauerlauf zur U-Bahn-Station Uhlandstraße macht mir schmerzhaft bewusst, dass ich im Moment in außerordentlich mieser Verfassung bin.

Am Hauptbahnhof steige ich in die S-Bahn und an der Sternschanze aus. Das Mädchen mit der Zwille zielt ungerührt auf uns Betrachter. Ich denke an Salzstange. An seine Augen. Und wie schwer er in meinen Armen lag. Mir wird schlecht.

Wenn ich renne, geht es mir besser.

Atemlos erreiche ich in der Schanzenstraße den *Dschungel*. Einen Moment lang verschnaufe ich. Um 23 Uhr 28 betrete ich den Laden. An den Wänden des fensterlosen Raums kleben Poster von Gun Club, The Clash, Siouxie and the Banshees und anderen Gruppen der Independent- und Waver-Szene. An der Decke, die wie die Wände und der Boden tiefschwarz gestrichen ist, pappen zerkratzte Schallplatten. Ein Sandsack läuft an einem Seil runter und verschließt hinter mir lautlos die Tür.

Obwohl der Laden brechend voll und Henner, der Wirt hinterm Tresen, entsprechend beschäftigt ist, behält er die Tür fest im Auge. Er weiß genau, wer kommt und geht. Er begrüßt mich über Köpfe hinweg mit einem freundlichen Nicken. Mit seinen Haaren, vorne kurz und hinten Matte, und den kajalgeschminkten Augen ist er eine perfekte Kopie von Ron Wood von den Stones, allerdings eine ganze Portion kleiner. Henner stellt wie immer ein hohes Glas mit klirrenden Eiswürfeln vor mich hin, gießt Kirschsaft drüber und großzügig Wodka hinterher.

»Wodka-Kirsch im Verhältnis zwei zu eins, bravo«, lobt jemand.

»Karotten-Rambo«, rufe ich freudig überrascht.

»Du wolltest mich anrufen«, sagt er ohne Vorwurf in der Stimme. Im Gedränge kommt er mir so nah, dass ich die Sommersprossen auf seiner Nase zählen kann.

»Na klar, ich rufe dich an«, erwidere ich und hätte ihm genauso gut versprechen können, die nächsten zwei Jahre täglich für ihn einzukaufen.

»Hurra, hurra, die Nikolaus ist da.« Diesen abgedroschenen Spruch brüllt eine mir wohlbekannte Stimme so laut, dass sich die Nächststehenden umdrehen.

»Ja, ja, A-A«, grüße ich matt.

»Ich habe mich fürchterlich mit Michael gestritten«, sagt Anglistik-Andreas übergangslos. »Für diesen Postmodernisten ist jede Form von Erkenntnis auf Treibsand gebaut. Kommunikation sei bloße Konversation. Dabei ist doch völlig unklar ...« Er sucht nach dem Kernpunkt des Problems und ich nach einer Möglichkeit zu entkommen.

»Vergiss nicht, mich anzurufen!«, lacht Karotten-Rambo im Weggehen. »Wir beide machen 'ne richtige Mix-Tour.«

»Dabei funktioniert Kommunikation zwischen Menschen doch nur«, fährt Anglistik-Andreas unbeirrt fort, »wenn die Voraussetzung einer gemeinsamen Wirklichkeit erfüllt ist, oder?« Er stockt. »Du hast da eine merkwürdige Beule an der Stirn. Der Höcker erinnert entfernt an die Anatomie eines Dromedars.«

»Schön, dass du gekommen bist, Niko«, zwitschert es an meinem rechten Ohr. »Wie du siehst, ist hier scho-on ziemlich viel lo-os.« Sabine, nach ein paar Schnäpsen endlich wieder weich und weiblich, hakt sich zutraulich bei mir ein und betrachtet mich mit leichtem Silberblick. Sie riecht nach Fernet Branca. Spätestens jetzt habe ich das Gefühl, alles schon einmal erlebt zu haben. »Übrings, to-oll ...«

»Ja?«

»To-oll, dass du auf der Demo wa-arst. Ganz, ganz to-oll.« Den Hicksern nach zu urteilen ist Sabine schon eine ganze Weile im *Dschungel*.

Ich reiche die Schnapsdrossel an Anglistik-Andreas weiter. »Halt mal für mich, A-A!«

Anglistik-Andreas schnauft empört auf, hält Sabine aber enger an sich gedrückt als nötig.

Jemand zupft an meinem Ärmel. »Niko, alter Junge, du auch hier?«, fragt Jan N Punkt erfreut. Seine runden Brillengläser funkeln. »Setz dich auf Xiao-hongs Platz, sie ordert gerade Saure. Ich sehe, du ziehst das Bein nach. Ist das ein Andenken an die Demo heute?« Er sieht mich mit weichem Ausdruck an. »Ich habe gehört, du warst dabei. Na, dich haben sich die Bullen aber ordentlich vorgeknöpft, was?«

Jan N Punkts winzige Asiatin, die sich, ein Tablett auf fünf Fingern über dem Kopf balancierend, vom Tresen zu uns rüberspülen lässt, wispert lächelnd: »Hier, Saure für alle!«

Unzählige Hände greifen nach den Schnapsgläsern. »Nicht lange schnacken, Kopf um Kopf«, ruft einer.

Ich liebe sie. Ich liebe sie alle. Und ich liebe *sie*, Julia.

»Ich gebe zu, dass ich wieder mal gekniffen habe«, sagt Jan N Punkt in Würdigung meiner Teilnahme an der Demo. Wir prosten uns zu und kippen unsere Sauren in einem Zug runter. Jan N Punkt stellt das leere Schnapsglas zurück aufs Tablett und greift nach seinem Whisky.

»Etwa mit Zucker?«, frage ich.

Jan N Punkt und Xiao-hong erröten gleichzeitig. »Mit zwei Löffel Zucker«, bestätigen sie. »Wir plündern heimlich Henners Zuckerdosen.« Jan N Punkt streicht sich das schwarze Haar aus der Stirn und lacht. »Er würde die Krise kriegen, wenn er das wüsste.«

Meine Familie. Endlich wieder alle versammelt.

»Halt dich fuchtig!«, ruft Jan N Punkt hinter mir her, als ich den Platz für Xiao-hong räume und mich weiter auf die Suche nach Julia und Silke mache.

»Na, du Süße!«

»Ole, nicht zu fassen!«

»Klar, wer sonst. Hey, du hast ja ganz schön was abgekriegt heute.« Er mustert mich und hat fast so was wie Bewunderung im Blick. »Mit diesen Gebrauchsspuren nehm ich dich nicht.«

»Ja, es summierte sich«, sage ich trocken.

Ole reibt sich die große Nase und sieht mich aus trüben

Augen an. »Scheiße gelaufen, das Ganze«, knurrt er. »Hamburg soll eine saubere Kulturmetropole werden, aber das Motiv ist wohl eher kaufmännische Profitgier.« Er gießt sein Bier runter und rülpst. »Entschuldigung, sollte ein Lied werden«, grinst er und fährt väterlich fort: »Für dich war es an der Zeit, aus deiner Uhlenhorster Idylle rauszukommen und dir den Pelz versohlen zu lassen. Du erlebst doch sonst nichts. Den heutigen Tag kannst du unter *Äußerst wichtige Lebenserfahrung* abbuchen.« Er rülpst noch mal und sagt mit Blick auf meine Stirn: »Mannomann, is das 'n Ding.« Er zupft an meinem Halstuch. »Was ist denn damit? Hat Julia das auf der Uhlenhorst vergessen?« Er fragt es ohne erkennbaren Unterton.

»Ach Quatsch, das habe ich mir für die Demo ausgeliehen.«

Mit beiden Armen lehnt er sich über den Tisch, der uns trennt, und raunt mir zu: »Dein Appetithäppchen sitzt übrigens da drüben.« Ich folge seinem bedeutungsvollen Blick und sehe goldblondes Haar. Es leuchtet wie Nimm2-Bonbons, denke ich. Und dann: Wie prosaisch von mir.

Julia und Silke sitzen auf Hockern an einem runden Tisch unter einer nikotinverklebten Kunstpalme. Julia hat sich umgezogen, sorgfältig frisiert und geschminkt. Sie trägt zum Minirock aus schwarzem Leinen ein knapp sitzendes rotes T-Shirt und rote Sandaletten mit Absatz und schmalen Riemchen, die ihre Fesseln fest umspannen. An ihren Ohrläppchen hängen schnürlang bunte Perlen, die bei jeder Bewegung hin und her schwingen. Kann es denn möglich sein, denke ich atemlos, dass Julia früher schon mal im *Dschungel* war und ich sie nicht bemerkt habe?

Ich kämpfe mich durch das überfüllte Lokal. Einfach ist das nicht. Der Staudruck, den die Leute im *Dschungel* erzeugen, ist nicht geringer als der auf Sabines Party letzte Woche. *London calling to the imitation zone*, kommt es aus den Lautsprechern. Dank meiner langjährigen Mensa-Erfahrung und animiert von The Clash schiebe ich mich vorwärts.

Forget it, brother, and go it alone
London calling upon the zombies of death
Quit holding out – and draw another breath

»Nikola!«, rufen Julia und Silke gleichzeitig. Die beiden sitzen vor Cocktailgläsern, gefüllt mit roter (Julia) und grüner (Silke) Flüssigkeit. Am Glasrand stecken gezuckerte Zitronenscheiben und in den Cocktails bunte Plastikhalme. Bravo, Henner, trotz Stress an alles gedacht, sogar an die süßen, klebrigen Cocktailkirschen.

»Da bist du ja.« Silke strahlt mich an. Julia streckt die langen, nackten Beine aus und betrachtet angelegentlich ihre rosa lackierten Fußnägel. »Wo warst du denn die ganze Zeit?« Es ist Silke, nicht Julia, die das besorgt fragt.

»Ich muss gestehen, dass ich mit Kafka auf dem Bett eingeschlafen bin«, murmele ich steifbeinig und hole mir einen Hocker ran. »Aber wer«, fahre ich fort und bin froh, dass die Beschäftigung mit dem Hocker von meiner Verlegenheit ablenkt, »könnte eine solche Einladung schon ablehnen.«

»Kafka – ist das dein Freund?«, fragt Silke.

»Ja, aber eine rein platonische Beziehung.«

Die beiden kichern und ziehen an ihren Plastikhalmen. *Nur de Ruhe*, höre ich Edus Stimme aus dem Jenseits. *De Mädscher sind noch objedriet. Deine spielt gerade die Kokette. Weiß der Himmel, warum. Frag dich nichts, zerfetz dich nicht, du verstehst sie eh nicht. Lass sie! Einfach nich ignorieren, wie wir am Niederrhein sagen.*

»Niko«, ruft Silke in diesem Moment, »deine Beule ist ja inzwischen doppelt so dick.« Sie zwinkert mit den Augen, die ohne Brille ganz nackt aussehen. Die Beule muss beeindruckend sein, wenn sie Silke sogar ohne Fahrrad auf der Nase auffällt, denke ich trübe. Silke betastet mit besorgter Krankenschwestermiene meine Stirn.

»Es war in der Tat kein leichter Tag«, erwidere ich.

Silke lässt ein bedauerndes »Och, du Arme« vernehmen, aber Julia sieht still lächelnd auf ihre wohlgeformten Beine und leistet es sich, ihre ganze Schönheit auf mich wirken zu lassen, ihren großen Mund mit den wunderbar geschwungenen, vollen Lippen und ihre Augen wie blaue Murmeln, ihr Haar, goldblond wie – ja tatsächlich wie diese Nimm2-Bonbons mit süßweicher Füllung in der Mitte. Ich studiere den Boden meines fast leeren Glases und sage nichts mehr. Da beugt Julia sich ein wenig vor. Und zupft mit einem Lächeln an ihrem Tuch an meinem Hals.

Sie sagt: »Silke und ich haben uns ganz schön Sorgen um dich gemacht.«

Ich sage: »Silke und ich haben uns ganz schön Sorgen um dich gemacht.«

Sie lacht hell auf. Solche Wortspiele amüsieren sie. »Ich war mittendrin im Getümmel«, erzählt sie. »Nachdem wir dich verloren hatten, sind wir in die Bleicherstraße abgedrängt worden. Da hat sich aber zu unserem Glück ein Wasserwerfer in der engen Straße verkeilt, und wir fanden eine Lücke und konnten den Bullen entwischen. Über Umwege sind wir zu den Hafenstraßenhäusern. Alles in allem sind wir glimpflich davongekommen.« Ihr Kopf wippt zufrieden zur Musik aus dem Lautsprecher direkt über uns.

»Und dann?«, dränge ich.

»Und dann gab's am Hafen natürlich ein paar Redebeiträge. Na, das Übliche. Und zum Abschluss haben die Goldenen Zitronen gespielt. Die waren ganz gut. Ich dachte, ihr würdet noch auftauchen.« Julia spricht im Plauderton.

Ärger steigt in mir hoch. Während ich mir also die Hacken

abrannte, Prügel kassierte und vor Angst um sie fast gestorben wäre, amüsierte sich die Kleine inmitten einer Gruppe Versprengter beim Konzert einer Punk-Kapelle. Ich sinke auf meinem Hocker zusammen und überlasse mich in einem Anfall von Depression der Musik.

Silke, die mich beobachtet, sagt: »Ich kann Nikolas Reaktion sehr gut nachvollziehen. Diese ritualisierten Kämpfe bringen keine Bewegung in die Köpfe der Menschen.« Das entspricht zwar nicht genau meinen augenblicklichen Empfindungen, aber ich bin ihr trotzdem dankbar für ihre Kritik.

»Aber die Leute solidarisieren sich doch mit der Hafenstraße. Selbst die Heilsarmee vom Kiez hat eine Gulaschkanone aufgefahren«, antwortet Julia und saugt an ihrem Plastikhalm.

Silke lacht empört auf. »Klasse. Julia, darum geht's doch gar nicht. Die Solidarität, von der du da redest, ist doch nur motiviert durch die Ablehnung der Repression, verursacht quasi durch Mitleid mit der zusammengeknüppelten Jugend. Nach dem Motto: Wir wollen nicht zusehen, wie ihr verheizt werdet.« Silke blickt zu mir rüber, um sich Bestätigung zu holen, aber ich bin zu matt.

Julia zuckt die Achseln. »Was spricht denn dagegen?«

»Nichts. Das ist alles total okay. Aber«, Silke stellt ihr Glas so heftig auf den Tisch, dass grüne Flüssigkeit rausschwappt, »wie transportieren wir unser revolutionäres Bewusstsein, wo animieren wir zu selbstbestimmtem Denken und Handeln gegen die herrschende Logik der Unterwerfung?«

Genau das frage ich mich auch. Und nehme den letzten Schluck Wodka-Kirsch.

»Solange es ausschließlich darum geht, den Leuten am Hafen ein alternatives Leben zu ermöglichen«, fährt Silke fort, »und nicht um die eigentlichen Fragen, nämlich um die Wohn- und Mietsituation nicht nur hier, sondern auch anderswo, solange lässt sich die Spaltung in Beteiligte und Zuschauer, in Radikale und Normalos nur schwer aufheben. Versteht mich nicht falsch, es geht mir nicht um Rückzug aus dem Widerstand, sondern um seine Entmystifizierung.«

Entmystifizierung. Das ist es. Ich muss Julia entmystifizieren.

Plötzlich habe ich keinen Bock mehr auf das Schwesterleingeschwafel, auf gute Kameradin, auf die heimlich Liebende. Ich höre Silke noch sagen: »Wir müssen Rituale und Symbole als solche überwinden, um unsere Kämpfe auszuweiten«, dann klinke ich mich aus und lasse mich von melancholischen Klängen – Bauhaus mit *All we ever wanted was everything* – wegtragen.

Da berührt mich was am Knie: rote Riemensandalette mit Absatz. »Was ist los?«, fragt Julia. »Du wirkst so abgeschlafft.« Sie lässt ihre lackierten Zehen spielen.

»Ich bin müde«, erwidere ich.

Julia ist es nicht. Im Gegenteil. Der kleine Disput mit Silke scheint sie erfrischt zu haben. Sie sprüht vor Lebendigkeit. Sie ruft, für meinen Geschmack etwas zu laut, den an uns vorbeischiebenden Ole an den Tisch.

»Hallo, ihr Hübschen, erholt ihr euch von den Strapazen der Straßenschlacht?«, fragt er mit schwerer Zunge. Er ist inzwischen ziemlich betrunken. Julia stört das nicht. Sie lässt ihre langen Ohrringe schaukeln. »Ah, die Literaturpäpstin hat sich bei euch niedergelassen«, sagt er mit einer kleinen Verbeugung in meine Richtung. »Nikola, für jede Situation das passende Zitat.«

Julia sagt nichts, Silke auch nicht, und ich lache verhalten wie über einen uralten Witz. Julia bläst in ihren Plastikhalm und lässt den Cocktail blubbern. Ole betrachtet sie. Ich sehe seinen gierigen Blick. Plötzlich sehe ich Julia mit seinen Augen. Minirock zu kurz, T-Shirt zu knapp, Lippenstift zu rot,

Wimperntusche zu schwarz. Offensichtlich hat sie sich zu Hause mit der Absicht aufgebrezelt, verführerisch auszusehen, weiß der Teufel, für wen.

Ich stehe abrupt auf. »Ich guck mich mal ein bisschen um«, sage ich sperrig. »Platz für dich, Ole.«

Julia bekommt auf einmal ein Schulmädchengesicht, setzt sich gerade auf und zerrt an ihrem Minirock.

Bleib! Und halt ding Schnüss. Still jetzt. Wie beim Fliegenfischen, zischt Edu mir zu. Aber da bin ich schon weg.

Auf dem Weg zum Tresen stoße ich im Gedränge auf ein eng umschlungenes Pärchen. Die verblichene Baskenmütze des männlichen Teils verrät mir, dass Michael wieder mal seine nächtliche Liebesgymnastik vorbereitet.

»Laus, du auch hier?« Ein langer Lulatsch im Heavy-Metal-Look steht schwankend vor mir.

»Ach nee. Rüde! Immer noch am Pinseln?«

»Mal mehr, mal weniger«, grinst er. Rüde ist Kunstmaler, verdient sich seinen Lebensunterhalt als Verkäufer in der elterlichen Metzgerei auf St. Georg. Einmal hat er mir anvertraut, dass ihn der tägliche Umgang mit totem Fleisch ganz krank macht. Es sind wohl die vertrackten Lebensumstände, die ihn zur Flasche greifen lassen. In der linken Hand hält er einen Unterteller, auf dem eine Tasse schwarzer Kaffee tanzt. Erst denke ich: Aha, Rüde auf Entzug. Aber dann steigt mir ein kräftiger Schuss Baileys in die Nase, der dem Getränk beigemischt ist. »Ich hab da neulich mal ...«, setzt er an und stockt. Der Kaffee Baileys schwappt in der Tasse hin und her.

»... ein neues Bild gemalt?«, helfe ich höflich weiter.

Rüde ringt nach Worten, gibt dann auf und nickt nur. Seine schlenkernden Glieder im engen, glänzenden Leder gleichen den Fangarmen einer Krake. »Mit Geräuschen«, stößt er endlich hervor. »Mikroverstärker. Hab ich in eine Blumenvase gesteckt. Wahnsinnige ...« Die spitzen Knie seiner langen Beine kicken aneinander, ein beachtlicher Schluck Kaffee fliegt aus der Tasse und mir direkt auf den rechten Ärmel. »... Geräusche«, erzählt Rüde weiter und sieht mir zu, wie ich meinen Ärmel mit einem Papiertaschentuch trockne. »Kannste dir das vorstellen, Laus? Wahnsinnige Geräusche kommen dabei raus.«

»Das reimt sich«, murmele ich und sehe mich suchend um. Wohin mit dem schmutzigen Taschentuch?

»Geräuschinspiration«, fährt Rüde unbeirrt fort. »Verstehst du? Für meine Farben ...«

»Geräusche? Um ein Bild zu malen?«, frage ich und lasse seine Kaffeetasse nicht mehr aus den Augen.

»Genau. Geräuschinspirierte Farben.«

»Also praktisch farbige Geräusche?«

Rüde reagiert auf mein interessiertes Nachfragen mit ausholender Geste, als wollte er mich und die ganze Welt umarmen. Dabei geht ein Schuss Kaffee nach hinten in die Menge. »Genau. Irre Akustik. Geräuschfarben«, begeistert er sich, nimmt mir das Taschentuch ab und reicht es kommentarlos nach hinten weiter. »Und erst die Klospülung, Laus. Unglaublich. Was für Töne.« Er lässt die Augäpfel kreisen. »Verzerrt, brausend...«

»Einfach gewaltig«, sage ich abschließend und wende mich Henner zu, der am Tresen Salzstangen in Gläser füllt. Rüde lehnt sich in einem Anfall plötzlicher Müdigkeit an meinen Rücken, und mein feuchtes linkes Hosenbein verrät mir, dass seine Kaffeetasse nun endgültig leer ist. Ich blicke zu Julia. Sie sitzt am runden Tisch mit Silke, die auf sie einredet, und sieht verloren aus.

»Für die Mädels und mich drei Drinks wie gehabt!«, rufe ich Henner zu. »Und Salzstangen bitte.«

Ich wühle mich mit den Gläsern zurück zum Tisch. Ole hat sich zum Glück verkrümelt. »Voilà, etwas zu trinken für die trocken gewordenen Kehlen«, sage ich charmant. »Rot und Grün und bescheidenes Rosa. Und außerdem«, ich sehe Julia direkt ins Gesicht, »Salzstangen.«

Aus den Lautsprechern röhrt Billy Bragg mit Gitarre:

I don't want to change the world,
I'm not looking for a new England,
I'm just looking for another girl.

Julia lächelt. »Cheers!«, sagt sie und behält das kleine Lächeln.

»Cheers!«, sagt Silke.

Wir beschäftigen uns mit unseren Getränken.

»Ich muss mal – kurz weg«, meldet Silke an und verschwindet.

Ich nutze den Augenblick und frage: »Kennst du einen, der so genannt wird wie diese Dinger hier?« Ich zeige drauf.

»Meinst du Salzstange?« Sie nimmt sich eine. »Was ist mit ihm?«, fragt sie und fängt an zu knabbern.

»Er hat sich gestern in einem Stundenhotel am Hansaplatz den goldenen Schuss gesetzt«, erwidere ich und nehme auch eine Salzstange zwischen die Zähne. Ich sehe, wie Julia zusammenzuckt. »Ich habe ihn tot in der Toilette gefunden.« Ohne meinen beiläufigen Ton zu ändern, füge ich hinzu: »Er bewahrte Fotos von dir und deinen Freunden in seinem Kühlschrank auf.«

»Mach keine Witze«, sagt sie.

»Ich mache keine Witze.«

»Dann drück dich genauer aus.«

»Salzstange war drogenabhängig. Heroin.«

»Das habe ich mir gedacht.«

»Und ein Bullenspitzel. Er war der Unbekannte auf dem Schrottplatz. Vermutlich war er an der Ermordung deines Freundes beteiligt.«

»Was sagst du da?«, murmelt sie mit trockenen Lippen. Sie steckt den Rest der Salzstange ins Glas zurück.

»Kein schöner Anblick«, fahre ich fort. »Die Beule hier«, ich tippe gegen meine Stirn, »verdanke ich übrigens ihm. Die hat er mir eine Stunde vor seinem Abgang verpasst.«

Julia will was sagen, bekommt aber keinen Ton raus.

»Woher kanntest du Salzstange?«, frage ich sachlich.

»Er war halt immer dabei, wenn irgendwo was los war«, sagt sie abwesend. »Eigentlich ein freundlicher Typ.« Dann nach einer Pause: »Zumindest am Anfang. In letzter Zeit hatte er was Abgekämpftes.« Julia nimmt einen ihrer langen Ohrringe ab und reibt sich das gerötete Ohrläppchen. »Was soll ausgerechnet er mit dem Verkehrsunfall zu tun haben?«

»Julia, kapier doch endlich«, sage ich eindringlich, »es war kein Unfall.«

Sie sieht mich stumm an.

»Ich vermute, Kai hat rausbekommen, dass Salzstange für die Bullen spioniert hat.«

»Woher willst du das wissen?«, fragt Julia. Sie hat sich wieder gefasst, und Bewunderung schwingt in ihrer Stimme mit.

»Silke kommt zurück. Alles Weitere später«, sage ich schnell, »und erzähl ihr nichts. Noch zu nebulös, das Ganze.«

»Ich bin endlos aufgehalten worden«, erklärt Silke uns und gibt ausführlich das Gespräch wieder, in das Sabine und Anglistik-Andreas sie verwickelt haben. Ich hänge meinen eigenen Gedanken nach und nehme ihr fröhliches Geschwätz kaum wahr. Julia scheint es nicht anders zu gehen, denn sie hebt erst wieder den Kopf, als Silke etwas spitz bemerkt: »Na, ist wohl Zeit aufzubrechen.«

Julia dreht sich auf ihrem Hocker um, sieht mich an und sagt: »Du kannst bei uns pennen.«

Ich schlucke. »Wenn ich nicht störe?«, frage ich. Das Herz hämmert mir plötzlich bis zum Hals.

»Tust du nicht«, sagt Julia. Sie nimmt auch den zweiten Ohrring raus und steckt beide in ihren kleinen schwarzen Rucksack.

Ich boxe mich bis zum Tresen vor und zahle die Drinks. Jan N Punkt steht mit seiner Chinesin am Flipper. Sabine hat ihren Kopf an die Schulter von Anglistik-Andreas gelehnt und schläft, was ihn nicht davon abhält, ihr mit erhobenem Zeigefinger eine Rede zu halten. Wir winken zum Abschied.

Als ich Silke und Julia durch die Tür folge und mich noch mal umdrehe, sehe ich Ole, wie er mich angrinst und über die Köpfe der Gäste hinweg mit der flachen Hand mehrmals auf die Faust stößt.

Der goldene Prinz im Karoviertel

Freitag, der 30. Juni, 0:27 Uhr

Auf dem Nachhauseweg erzählt Silke, dass sie im Karolinenviertel in der Glashüttenstraße wohnen. Ich sage, dass Julia das schon mal angedeutet hat. Vor einer Woche. Auf Sabines Party. Auf dem Balkon. Julia sieht mich von der Seite an und lächelt.

Wir gehen am Schlachthof lang. Seine hohe Mauer erinnert mich an die deutsch-deutsche Grenze. Ich erzähle, dass ich Berlinerin bin. Julia sagt, dass ich das schon mal angedeutet habe. Vor ein paar Tagen. Auf der Alster. Auf dem Segelboot. Ich sehe sie von der Seite an und lächle.

Wir laufen die Feldstraße runter und biegen in die Marktstraße ein. Mein Bein tut verdammt weh. Ich mache die Mädchen auf die schmale Mondsichel über den Dächern aufmerksam. Time-out für mein Bein.

In der Glashüttenstraße betreten wir ein ziemlich marodes Gebäude und steigen im trüben Licht des Treppenhauses die knarrenden Stufen bis zum dritten Stock rauf.

»Gute Nacht!«, sagt Silke beim Öffnen der Wohnungstür und verschwindet in ihrem Zimmer.

Ich folge Julia in ihres. »Wo soll ich mich hinhauen?«

Sie schließt das Fenster und sagt: »Hier natürlich. Ich hole einen Schlafsack für dich.«

»Prima«, erwidere ich. Ihre Bettdecke wäre mir lieber.

Ich stecke die Hände in die Hosentaschen und sehe mich um. Julia hat ihr Zimmer hübsch mit Ikea-Möbeln eingerichtet. An drei Wänden stehen Billy-Regale mit Büchern und Ordnern, an der vierten Wand ihr schmales Bett mit gelber Überdecke, daneben ein dünnbeiniger Schreibtisch mit Stehlampe und Drehstuhl. Das Fenster zum Hinterhaus hat außen ein breites Sims mit üppig blühenden Pflanzen. Ich schaue sie mir durch die geschlossene Scheibe an. Schwarzäugige Susanne, Petunien und Echte Vanille.

»Eine hübsche, aber ungewöhnliche Zusammenstellung«, sage ich lächelnd zu Julia, die mit einer Flasche Rotwein und ohne Schlafsack aus der Küche zurückkommt, und zeige auf die Pflanzen.

»Du kennst die Echte Vanille?«, fragt sie überrascht. »Du bist ja eine Blumenkennerin.« Sie zündet auf dem viereckigen Tischchen, das mit zwei Stühlen mitten im Zimmer auf einem Flickenteppich steht, zwei Kerzen und ein paar Teelichter an und reicht mir den Korkenzieher.

»Ich bin keine Phytologin, wirklich nicht, auch wenn mein naturwissenschaftliches Interesse im Biologieunterricht der fünften Klasse seinen Ursprung hat. Mein Hauswirt, der ist ein richtiger Experte«, sage ich und ziehe mit einem Plopp den Korken raus. »Er hat die Echte Vanille auf seiner Terrasse. Sie ist ideal für Balkonkästen. Wenn du sie regelmäßig düngst«, Julia bringt die Gläser und ich gieße den Wein ein, »und ausreichend wässerst, hast du lange Freude daran.« Was für ein dämlicher Monolog, denke ich.

Julia löscht das elektrische Licht. Die gelben Blüten der Echten Vanille leuchten trotzdem ins Zimmer. »Setz dich!«, sagt Julia und setzt sich ihrerseits. »Und erzähl, was passiert ist.«

Ich setze mich. Und erzähle. Wie ich von Christian die Mütze bekommen habe, wie ich sie vergeblich als Köder im *Gnosa* auslegte und wie ich zufällig doch noch auf ihren Besitzer gestoßen bin. Ich erzähle von der Verfolgung und von der toten Salzstange in der Hoteltoilette. Und schließlich von den Bildern im Kühlschrank. »Auf einem bist du klar zu erkennen.«

»Was?«, fragt Julia erschrocken.

»Heute habe ich von Sönke erfahren, dass Jörg Selzig alias Salzstange ein Polizeispitzel war. Die letzte Aktion, an der er teilgenommen hat, war die Hausbesetzung in der Klausstraße.«

»Und von dieser Aktion hast du Fotos bei ihm gefunden?«

»Richtig. Hat er heimlich ohne Blitzlicht gemacht. Keine gestellten Fotos. Alles authentisch.«

»Jörg ein Bullenspitzel. Ich fasse es nicht.«

»Er hat sich an die Polizei verkauft, um seine Drogen zu finanzieren«, sage ich. »Ich vermute, Kai hat am Tag der Hausbesetzung herausbekommen, dass Salzstange den Bullen Beweisfotos zugespielt hat. Aber bevor er das an die große Glocke hängen konnte, ist er überfahren worden. Vielleicht vom Verfassungsschutz, der verhindern wollte, dass Salzstange als V-Mann aufflog? Dann sein goldener Schuss. Ein Versehen? Oder Selbstmord, weil er sich wegen Kais Tod schuldig fühlte?«

Wir schweigen. Die Fragen hängen im Raum.

Julia beugt sich vor und schaut in die Kerzen. Eine ist bis zum Metallfuß runtergebrannt. Blaues Licht flammt auf. Dann verpufft es in einem kurzen Qualmstoß.

»Verfassungsschutz? Mord? Und alles wegen einer Hausbesetzung? Ist das nicht bigger than life?«, fragt Julia.

»Wenn es nicht der Verfassungsschutz war, der Kai umgebracht hat«, überlege ich weiter, »dann war es Salzstange, der eine Scheißangst hatte, als Spitzel aufzufliegen.«

»Deine Theorie hat einen Haken.«

»Da bin ich aber gespannt.«

»Wir haben mal über Autofahren unter Drogeneinfluss gesprochen. Da meinte er, er hätte damit keine Probleme, weil er gar nicht Autofahren könnte.«

»Dann also doch der Verfassungsschutz.«

»Ach, Nikola. Sollte es wirklich stimmen, dass Jörg ein Spitzel war, der auf einer Hausaktion Bilder von uns gemacht hat, um sie an die Polizei zu verkaufen, dann musst du mir erklären, wieso du Monate später Fotos von dieser Aktion in seinem Kühlschrank finden konntest.« Sie atmet kurz durch. »Die Kooperation zwischen ihm und den Bullen lief offensichtlich nicht so geschmiert, wie du denkst.«

Ich stocke, aber nur kurz. »Negative. Man kann doppelte und dreifache Abzüge von Negativen machen. Man kann sogar Bild-vom-Bild-Abzüge machen. Salzstange kann der Polizei sowohl die Positive als auch die Negative übergeben haben, nachdem er von den Negativen Abzüge für seinen privaten Gebrauch gemacht hat. Dass die Bilder im Kühlschrank lagen, ist also kein Beweis dafür, dass sie der Polizei nicht zugespielt wurden.«

Julia bläst die zweite Kerze aus, ehe auch sie völlig niederbrennen kann. Der Rauch zieht durch den Raum. Nun blaken nur noch ein paar Windlichter auf Tisch und Fensterbrett.

»Nikola«, sagt Julia, »frag dich doch bitte, warum Jörg auf dem Schrottplatz aufgetaucht ist! Frag dich, was er in der Gaststätte rausbekommen wollte. Wenn er der Täter gewesen wäre, hätte er doch nicht extra nach Harburg fahren müssen, um Nachforschungen anzustellen.« Sie sieht erschöpft aus.

»Trotzdem: Salzstange steckt mit drin in der Sache«, erwidere ich hartnäckig. Ich pule Kerzenreste aus dem Halter und mache Wachskügelchen daraus.

»Lass uns schlafen gehen. Ich bin müde«, sagt Julia.

»Hat Kai eigentlich bei der Arbeit getrunken?«

»Was meinst du?«

»Kam er öfter betrunken nach Hause?«

»Nein. Kai hat nie viel getrunken. Und schon gar nicht bei der Arbeit.« Julia schnappt sich die Wachskügelchen und wirft sie in ihr leeres Weinglas. Dann steht sie auf und geht zum Fenster. »Salzstange ist also auch tot«, sagt sie leise, und zum ersten Mal nennt sie ihn wieder bei seinem Spitznamen. »Ich hab ihn zuletzt auf Sabines Party gesehen. Da hat er mich ganz merkwürdig angestarrt. Völlig entgeistert.«

Ich trete neben sie. Wir sehen in die Dunkelheit hinaus. »Kein Wunder, du hast ihm ein verdammt schlechtes Gewissen gemacht. Und ich? Ich hielt ihn tot in meinen Armen.«

»Kai ...«, sagt sie und bricht ab.

Ich habe das Bild von seinem blutenden Kopf auf dem Pflaster vor Augen und weiß, was sie denkt. »Wir haben abnehmenden Mond«, sage ich, »und einen klaren Sternenhimmel.«

Wir schauen rauf zum Himmel, von dem nur ein kleiner Ausschnitt über dem Hinterhof zu sehen ist. »Ich weiß, wie die neun Planeten heißen«, sagt sie. Sie zählt sie auf wie ein Schulmädchen: »M-erkur, V-enus, E-rde, M-ars, J-upiter, S-aturn, U-ranus, N-eptun, P-luto. M-ein V-ater E-rklärt M-ir J-eden S-onntag U-nsere N-eun P-laneten.«

»Wer von einem Sternenhimmel eine Vorstellung hat, der könnte eigentlich sein Maul halten«, sage ich und lache. »Hey, das ist keine Rüge. Ich habe nur Brecht zitiert.«

»Du weißt viel«, sagt sie.

»Nikola, für jede Situation das passende Zitat. O-Ton Ole.«

Wir lachen. Dabei berühren sich unsere Hände auf dem Fensterbrett. Licht und Schatten werfen Muster darauf. Julia zieht die Hand nicht zurück. »Du weißt viel«, wiederholt sie.

»Ich habe nur ein gutes Gedächtnis, das ist alles«, sage ich. »Für Astronomie interessiere ich mich aber besonders, darum Physik.« Und dann im Scherz: »Mehr noch für die Astrologie. Ich bin Skorpion. Und was bist du?«

»Zwilling«, sagt sie.

»Das passt«, sage ich. Und wir lachen wieder.

»Lass uns schlafen«, sagt sie. »Ich geh mal ins Bad.« An der

Tür dreht sie sich um und sagt: »Vorhin habe ich mich blöd benommen.«

Als sie eine Weile später zurückkommt, stehe ich mit dem Rücken zum Fenster. Sie hat den Schlafsack dabei.

»Wieso blöd?«, frage ich.

»Blöd. Im *Dschungel.* Einfach blöd.« Julia holt eine Isomatte aus dem Schrank und rollt sie aus. »Die Toilette ist gleich links«, sagt sie. »Ich habe dir ein Handtuch hingelegt und eine neue Zahnbürste.« Das klingt förmlich, und ich werde es auch.

Auf der Toilette schaue ich auf ein Poster. Darauf zwei Arbeiterkinder in einem trostlosen Hinterhof, ein kleiner Junge und ein größeres Mädchen. Die Fotografie ist aus den 20er oder 30er Jahren. Die Kinder gucken mit entschlossenen Mienen in die Kamera. Das Plakat gehört zu einer Kampagne, mit der autonome Gruppen vor ein paar Jahren dazu aufgefordert haben, im Prozess um die Tötung zweier Polizisten an der Startbahn West jede Aussage zu verweigern. Über dem Bild steht ANNA HÄLTS MAUL – ARTHUR AUCH!

Sagt Julia die Wahrheit? Ich ziehe die Spülung, wasche mich und putze mir die Zähne. Hat Kai ihr nicht gesagt, dass Salzstange ein Verräter war? Hat er ihr nichts von den Fotos erzählt? Ist sie tatsächlich absolut ahnungslos?

Ich trockne mein Gesicht ab und betrachte mich geistesabwesend im Spiegel. Sie hat recht damit, dass Salzstange nicht der Mörder sein kann, damit hat sie unbedingt recht, denke ich. Ich befeuchte einen Zipfel des Handtuchs und wische Zahncremespritzer vom Spiegel. Er hat ja selber in der Sache recherchiert. Das hätte er nicht getan, wenn er der Mörder wäre. Nein, hinter dem Tod von Kai steckt jemand anders.

Ich gehe zurück in Julias Zimmer. Sie liegt schon im Bett.

Ich zögere. Dann setze ich mich auf ihre Bettkante, in Shorts, mein Zeugs überm Arm. »Julia.«

Sie dreht sich mir zu und sieht mich still an. »Ja, Nikola?«

Ich räuspere mich. »Mach dir nicht so viele Gedanken. Ich meine, wegen Kai und so.« Verdammt, es ist nicht das, was ich sagen wollte.

Ihre Hand kommt unter der Decke hervor und streicht über das Pflaster auf meinem Arm. »Was hast du da?«

»Ich habe mir einen Raben stechen lassen. Die Wunde heilt noch aus.« Ich ziehe den Arm zurück. Das Rabenpflaster bringt mich allmählich in die Bredouille. Wann werde ich mir den Vogel tatsächlich stechen lassen? »Soll ich dir eine Geschichte dazu erzählen?« Was für ein prächtiger Einfall. Bravo!

Zu meiner Überraschung sagt sie: »Ja, bitte!«

Also, eine Gute-Nacht-Geschichte. Ein Märchen? Von Oscar Wilde gibt es ein starkes, das nehme ich als Vorlage. Eine freie Improvisation von Nikola Rührmann.

»Es war einmal«, beginne ich, »es war einmal ein mächtiger König. Er herrschte über ein großes Reich und hatte ein einziges Kind, einen Sohn, den er über alles liebte. Doch da selbst die mächtigste Macht der Welt dem Tod gegenüber machtlos ist, musste der König mit ansehen, wie sein Sohn an einer unheilbaren Krankheit starb. Der König war so unglücklich, dass er auf der Kuppel des Schlosses zur Erinnerung an den Prinzen dessen Statue errichten ließ.« Ich mache eine Pause und atme durch.

Julia wartet mit großen Augen.

»Zwei herrliche Smaragde, die im Morgenlicht und im Mondschein grün leuchteten, veredelten als Augenpaar die Statue, und ihre Locken, die fast bis auf die Schultern fielen, waren mit Blattgold überzogen. Viele Jahre thronte der goldene Prinz auf der Kuppel, ließ seinen Blick über die Stadt schweifen und freute sich trotz seiner Einsamkeit an dem Reich seiner Väter, das von hoch oben gar prächtig ausschaute. Wir herrschen über ein glückliches Reich!, rief er voll Freude.« Ich schaue auf meinen linken Arm. Eigentlich müsste ich nun eine Schwalbe in die Geschichte einführen. Stattdessen sage ich: »Hin und wieder setzte sich ein Rabe auf die goldene Schulter der Statue, blickte in ihr goldenes Gesicht und in die smaragdgrünen Augen und flog nach kurzer Rast mit einem Na denne! wieder davon.

Der freudige Ausruf des Prinzen ließ den Raben einmal länger auf seiner Schulter verweilen. Glückliches Reich?, krächzte er und schlug rebellisch mit den blauschwarzen Flügeln. Oh nein, mein Prinz, da irrst du. Es gibt viel Unglück in der Stadt. Nur kannst du es von deiner hohen Warte aus nicht sehen.

Die smaragdgrünen Augen des Prinzen verdunkelten sich jäh. Berichte, befahl er.

Nun, sagte der Rabe, ich kenne da eine junge Mutter mit einem kleinen Kind. Die Mutter hat keine Arbeit. Beide leiden große Not. Alles, was die Mutter erbetteln kann, gibt sie ihrem Kind. Sie wird bald vor Schwäche sterben. Auch das Kind, um das sich niemand sonst kümmert, muss sterben.

Welch ein Schicksal, sagte der Prinz, der ein weiches Herz hatte. Rabe, mein Freund, picke Blattgold aus meinen Locken und bring es der Mutter. Der Rabe pickte also das Gold von den prachtvollen Locken des Prinzen und trug es zum Fenstersims der Mutter.« Ich will eine Pause machen, aber Julia lauscht so andächtig, dass ich schnell fortfahre: »Den nächsten Morgen begrüßte der Prinz ergrauten Hauptes, aber mit der großen Freude im Herzen, dass er auf ein glückliches Reich hinabblicken konnte.

Du irrst, krächzte der Rabe, der heute früher als sonst auf seiner Schulter hockte, es gibt immer noch Unglück in der Stadt.

Wo?, drängte der Prinz.

Nun, ich kenne da einen jungen Maler, der sehr talentiert ist, aber am Hungertuch nagt, weil ihm niemand ein Bild abkaufen will.

Ohne Zögern rief der Prinz: Rabe, mein Freund, siehst du den Smaragd in meinem linken Auge? Picke ihn heraus und bring ihn dem Maler. Der Rabe riss also den Smaragd aus dem linken Auge und legte ihn vor das Atelier des armen Malers.

Den nächsten Morgen begrüßte der Prinz ergrauten Hauptes und ohne sein linkes Auge, aber mit der großen Freude im Herzen, dass er endlich auf ein glückliches Reich hinabblicken konnte. Nun, lieber Rabe, sind alle Menschen glücklich.

Nein, mein Prinz, erwiderte der Rabe, es gibt immer noch Unglück in der Stadt.

Wo?, drängte der Prinz.

Nun, ich kenne eine alte Frau, die leidet an einer schweren Krankheit. Sie hat kein Geld für Arznei, die ihre Schmerzen lindern würde.

Rabe, rief der Prinz, siehst du den Smaragd in meinem rechten Auge? Picke auch ihn heraus und bring ihn der armen Alten. Der Rabe riss also den Smaragd aus dem rechten Auge des Prinzen und trug ihn zu der alten Frau.«

Ich merke, wie mich das Erzählen ermüdet, und kürze ab. »Na ja, wie das Leben so spielt: Die Mutter mit Kind hat das Blattgold nie bekommen, weil ein Windstoß es einem vorbeischlurfenden Alkoholiker vor die Füße trieb, der Maler fand den Smaragd, wurde aber von einem geschwätzigen Galeristen übers Ohr gehauen, und für die kranke Alte kam jede Hilfe zu spät. Sie war schon tot, als der Rabe ihr den Smaragd vor die Tür legte. Anderntags fand ihr Vermieter den wertvollen Stein und steckte ihn ein, denn die Alte schuldete ihm drei Monatsmieten. Im Übrigen hätte er es ohne Skrupel auch sonst getan.

Der Prinz aber wartete voll Ungeduld und Freude auf die Rückkehr des Raben. Rabe, sagte er, als der Vogel sich auf seiner Schulter niederließ, sind nun endlich alle Menschen glücklich?

Der Rabe sah das graue Haupt, sah die schwarzen Augenhöhlen, sah das erwartungsvolle Lächeln auf dem aschfahlen Gesicht und sagte leise: Ja, mein Prinz, jetzt sind alle Menschen glücklich.«

Julia schaut von unten her zu mir hoch. In ihren Augen schimmern Tränen.

Nach einer Weile sage ich mit rauer Stimme: »Hey, ich hau mich hin«, und krieche in den kalten Schlafsack.

Ich bin Salzstange furchtlos in die Hölle gefolgt. Ich habe mich mutig in die Demo gestürzt. Ich bin zu feige, ein bisschen Händchen zu halten. Wie kann das nur angehn?

Freitag, der 30. Juni, 11:37 Uhr

Ich werde wach. Es ist spät. Ein Blick zum Bett: Julia ist ausgeflogen. Ich richte mich auf. Mein Schädel brummt, als hätte ich letzte Nacht durchgezecht. Ihr Bett ist gemacht, und auf dem Kopfkissen liegt ein DIN-A4-Blatt aus Umweltpapier: *Liebe Nikola, ich musste früh zur Vorlesung. In der Küche findest du alles. Hausschlüssel auf Bord über dem Herd. Schließ bitte ab, wenn du gehst. Julia.*

Ich hol mir den Schlüssel. Gutes Zeichen, dass sie ihn mir anvertraut. Über dem Frühstückstisch hängt das obligatorische ›Hafenstraße viel Gut‹-Plakat. Ich schmiere mir ein Brötchen und durchstöbere die *taz*, die auf dem Tisch liegt. Ich suche nach einer kurzen Notiz über Salzstanges Tod. Und tatsächlich:

> Am Donnerstagmorgen wurde auf der Toilette eines Hotels am Hansaplatz die Leiche eines Mannes entdeckt, der nach Auskunft der Polizei in der Nacht zuvor an den Folgen einer Überdosis Heroin gestorben ist. Der in der Drogenszene einschlägig bekannte Jörg S. (23) ist damit bereits der 37. Drogentote der Stadt in diesem Jahr. Nach Aussage der Hamburger Innenbehörde stünde der jüngste Todesfall aber nicht im Widerspruch zu der positiven Zwischenbilanz, die sie vor einigen Wochen in ihrem Halbjahresbericht zur Hamburger Drogenpolitik gezogen hat. Der Senat müsse den eingeschlagenen Weg unbedingt konsequent fortsetzen und Prävention, Prohibition, Ausbau von Entgiftung, Entzugsbehandlung weiter ausbauen, hieß es in der aktuellen Stellungnahme.

Keine Rede von einer Unbekannten, die Jörg S. in der Toilettenkabine gefleddert hat. Gut so.

Auch Silke ist nicht mehr in der Wohnung. Ich kann also in aller Ruhe in Julias Sachen stöbern. Auf dem Tischchen neben dem Bett ein Foto von ihr und Kai im Silberrahmen. Ist mir in der Nacht gar nicht aufgefallen. Ich betrachte die beiden und besonders lange Julia. Wie ist Julia? Sie ist schön. Julia ist unglaublich schön. Schönheit kann ja so überzeugend sein. Schönheit ist der Wert an sich und verzaubert einen so, dass man nicht weiter hinterfragt. Neben dem Bild, aufgeschlagen mit dem Buchrücken nach oben, Bernward Vespers *Die Reise*. Ich gehe die Bücher in den Regalen durch. Gerade entdecke ich *Ziel und Struktur der physikalischen Theorien* von Pierre Duhem, da fällt mein Blick auf einen kleinen schwarzen Koffer. Er liegt auf dem obersten Bord zwischen diversen Schriftmappen. Ich hole ihn hervor. Am Haltegriff hängt ein Namensschild: KAI ORN. Ich werfe den Koffer auf den Flickenteppich. Die verrosteten Verschlüsse schnappen auf: Unterhosen, Schreibkladden, Socken, ein paar Bücher über Betriebswirtschaftslehre und Mathematik und sogar *Das Kapital* von Karl Marx.

Aus einem schmalen Ordner fallen Kopien von Zeitungsartikeln und Ausdrucke von zwei Briefen. Außerdem die Werbebroschüre einer Chemiefirma. Ich überprüfe das Rückenschild des Ordners. Da steht: Klausstraße.

Ich stehe auf und trete ans Fenster. Die gelben Blüten der Echten Vanille sind jetzt weit geöffnet und locken in orangefarbene Tiefen. Sieht ein bisschen obszön aus.

Ich lege den Ordner auf Julias Schreibtisch, werfe den Rest von Kais Sachen wieder in den Koffer und stelle ihn an seinen Platz zurück. Bin ich auf eine Goldmine gestoßen? Das Misstrauen der letzten Nacht steigt wieder in mir hoch. Warum hat Julia mir von dem Koffer nichts erzählt? Hat sie vergessen, dass er da oben steht? Kennt sie überhaupt seinen Inhalt? Vielleicht hat sie sich bis heute nicht getraut hineinzuschauen?

Ich gehe die einzelnen Schriftstücke des Ordners durch. Zeitungsartikel berichten von der Hausbesetzung in der Klausstraße im Mai. Darunter auch der Artikel, den ich bei Dennis gelesen habe. Das Haus in der Klausstraße, lese ich, wurde 1905 erbaut. Nach mehrfachem Wechsel des Besitzers und Leerstand in den 70ern nutzte Mitte der 80er Jahre eine Vertriebsfirma für Haushaltsreiniger namens R.E.S.I.S.T. GmbH die Gewerberäume des Gebäudes. Zwei Jahre später ging die Firma in Konkurs. Seitdem steht das Gebäude wieder leer. Zum Schluss finde ich zwei Computerausdrucke aus einem Neun-Nadel-Drucker:

– VERTRAULICH –

Memo-Ausdruck	V15120415 Dr. Reiner Jasch, Seite: 1
Betrifft	Lieferung PCB für Fa. R.E.S.I.S.T.
Erhalt am	19.01.1987 10:40 >>>> Dr. KAMP, H.-J.

Sehr geehrter Herr Dr. Kamp,
anbei finden Sie die Lieferbescheinigung. Die von Frau Söldner in Rechnung gestellte Anzahlung von 250.000,- DM, von der ich vor Minuten erst von VM telefonisch erfuhr, wird überwiesen auf die Kontonummer 5673245235 zu Lasten der Bedarfsanforderung Nr. 115/3434212576 der Interfront AG.
Besten Dank im Voraus und mit freundlichen Grüßen
Jasch

Der Brief sagt mir nichts. Woher hatte Kai ihn? Warum hat er ihn abgeheftet? Betrifft Lieferung PCB für Fa. R.E.S.I.S.T. Um den Vertrieb von Haushaltsreinigern geht es jedenfalls nicht. Das zweite Schreiben ist nicht aussagekräftiger:

– VERTRAULICH –

Memo-Ausdruck	V15120426 Dr. Reiner Jasch, Seite: 1
Betrifft	Lieferung PCB für Fa. R.E.S.I.S.T.
Erhalt am	20.01.1987 13:22 >>>> Dr. KAMP, H.-J.

Sehr geehrter Herr Dr. Kamp,
beiliegend übersende ich Ihnen zwei Verrechnungsschecks mit der Bitte, die Ihnen von der Hamburger Agentur der Interfront AG übergebenen Schecks auf keinen Fall zu verwenden. Bitte verständigen Sie mich, wenn mit der letzten Lieferung am 22.01. etwas unplanmäßig verlaufen sollte.
Mit freundlichen Grüßen, auch an Ihre Frau Gemahlin
Ihr Jasch

Im zweiten Brief stoße ich in der Betreffzeile erneut auf das Akronym PCB. Unbedingt nachschlagen, was es bedeutet, denke ich, während ich die Werbebroschüre durchblättere, in der die chemischen Produkte der weltweit operierenden Interfront AG – in Billbrook unterhält sie eine Zweigstelle – angepriesen werden.

Da ist jemand an der Wohnungstür. Das Türschloss wird geöffnet. Ich klappe den Ordner zu und stelle ihn schnell in eins der oberen Regale. Ich schaue aus Julias Zimmer und rufe munter in den dunklen Flur: »Bist du es, Julia?«

»Ich muss dich enttäuschen«, erwidert Silke. Schnaufend setzt sie mehrere vollgestopfte Jutebeutel auf den Boden. »Du hast aber lange geschlafen«, sagt sie. Ihre Brillengläser funkeln.

»Eine neue?«, frage ich.

»Bin zu oft bei Demos eingefahren, um nicht den Vorteil billiger Ersatzbrillen zu kennen«, sagt sie.

Ich nehme ihr zwei Taschen ab und folge ihr in die Küche. »Ich schlief den Schlaf der Gerechten«, greife ich ihre erste

Bemerkung wieder auf und stelle die Beutel auf den Tisch. Dabei rutschen Kartoffeln aus einer braunen Papiertüte und kullern über die Fliesen. Ich geh in die Knie und sammle sie brav ein. Unterm Küchenschrank ganz hinten entdecke ich noch eine. Aber die lass ich. Keine Lust mehr.

»Danke für das Frühstück«, sage ich. »Ich habe alles gespült und wieder eingeräumt und muss jetzt weg.«

»Soso«, murmelt Silke über die Jutebeutel gebeugt, »wo ist denn nur ...« Sie türmt Obst und Gemüse auf den Tisch. »Habe ich etwa den Naturreis vergessen?«

Ich hole meine Jeansjacke, binde mir Julias Halstuch um und rufe: »Grüße an Julia. Bis denne!«

Auf der Straße herrscht reges Treiben. Türkische Gemüsehändler preisen lauthals ihre Waren, Kinder mit Schulranzen rennen mir kreischend zwischen die Beine, Fahrradfahrer flitzen rechts und links vorbei. Das Karolinenviertel grenzt im Süden an das Heiligengeistfeld und im Nordwesten an den Hamburger Schlachthof. An der Nord-Ost-Seite des Viertels liegen das Justizgebäude und das Untersuchungsgefängnis, eingezwängt zwischen Messehallen und den geschleiften Wallanlagen, besser bekannt als Planten un Blomen. Die evangelisch-lutherische Gnadenkirche sitzt wie ein Kindermädchen dazwischen.

An der Feldstraße, bei dem Flakturm aus dem Zweiten Weltkrieg, der in seiner grauen, klotzigen Betonpracht fünfzig Meter in den Himmel ragt, steige ich in die U-Bahn. Das Haus in der Klausstraße will ich mir genauer ansehen.

Ans Tageslicht komme ich erst wieder am Bahnhof Altona. Eine dichte Wolkendecke, so grau wie der Bahnhof, liegt über der Stadt. Unfassbar, dass der filigrane Sackbahnhof aus dem 19. Jahrhundert, der den Krieg fast unversehrt überstanden hatte, in den 70er Jahren diesem grauen Beton weichen musste.

Ich überquere den Platz der Republik. In der Mitte ein großer Springbrunnen. Die sieben Meter hohe Kupferskulptur, die in einem Granitbecken steht, zeigt den Kampf zweier Kentauren mit Nixen, Echsen und Fischen. Eine Allegorie auf die Städte Hamburg und Altona in ihrer Auseinandersetzung um die Vormachtstellung in der Fischerei. Ich weiß nicht, von wem das Kunstwerk stammt. Noch was, das ich unbedingt nachschlagen muss.

Ich biege ab in die Klausstraße. Zuerst laufe ich an dem leerstehenden Haus vorbei, das düster zwischen bewohnten Gebäuden aufragt. Im Parterre sind die Fenster vernagelt, in den Stockwerken darüber fehlen Gardinen und Vorhänge.

Unbeschriftete Namensschilder an der Klingelanlage. Bis auf eins: Emil Sakowsky. Ich drücke auf Sakowskys Klingel. Der Türsummer ertönt, und ich betrete das dunkle Treppenhaus.

Ich steige die Stufen hoch. Was hat mein Freund, der Bassist, noch mal über den Geruch in dem Haus gesagt? Ich rieche nichts.

Oben erwartet mich ein alter Mann. Er trägt einen grauen Arbeitskittel und lehnt in gebückter Haltung am Geländer.

»Guten Tag!«, rufe ich. »Ein wunderschönes Treppenhaus. Mein Name ist Himmel. Ich bin auf Häusersuche.«

»Buche? Nein, alles Eiche«, erwidert er und deutet mürrisch auf die Stufen, von denen ich gerade die letzte nehme. »Was denken Sie, was das für 'ne Arbeit war, die wieder zum Glänzen zu bringen.«

Wem erzählst du das, denke ich und sage höflich: »Ich bin Immobilienmaklerin und interessiere mich für dieses Objekt.« Ich bin ein bisschen atemlos und bemühe mich, nicht zu schnaufen. Außerdem meldet mir mein Knie, dass seine Konvaleszenz noch nicht abgeschlossen ist.

»Perfekt? Leider nein«, antwortet der Mann. Er rückt das

zarte, goldene Gestell seiner Brille zurecht. »Ja, es ist ein schönes Haus. Aber alles andere als perfekt, sehr … äh …«, er betrachtet mit zusammengekniffenen Augen meine Stirn, »… verbeult, nech? Es soll saniert werden. Und dann machen sie Eigentumswohnungen draus.«

»Sind Sie denn ein Mieter des Hauses?«, frage ich höflich. Die grazile Brille passt nicht zum groben Gesicht. Da hat man ihn falsch beraten.

Er legt die Hand hinter die Ohrmuschel, beugt sich vor und sagt laut: »Ich bin hier der Hausmeister, nech.«

»Herr Sakowsky«, sage ich noch lauter als er, »wenn Sie der Hausmeister sind, dann haben Sie das Theater neulich um dieses Haus hautnah miterlebt, oder?«

»Ja, das war wie damals im Krieg, nech«, bestätigt Herr Sakowsky bekümmert. Ich nicke aufmunternd, damit er mir mehr erzählt, aber ein herabbaumelnder Knopf an seinem Kittel lenkt ihn ab. »Da hat sie wieder mit der heißen Nadel genäht«, knurrt er und schnippt mit dem Finger dagegen.

»Hier haben sich doch diese Chaoten zusammengerottet und Randale gemacht?«, frage ich mitfühlend.

»Vor allem Dreck, nech«, bestätigt er. »Musste ich ganz alleine wegmachen, nech. Sogar die Löwenpratze unten am Geländer haben sie abgerissen.« Herrn Sakowskys Ärger konzentriert sich auf den Knopf. »Ich sage Käthe immer, dass sie den Steg nicht so lang machen soll. Die Knöpfe müssen näher am Stoff genäht sein.« Er schaut auf. »Käthe ist meine Schwester, nech.«

Ich denke an Christians Schwester und frage mich, ob sie ihrem Bruder in vierzig Jahren auch noch die Knöpfe annähen wird. »Kann mir vorstellen, dass die Autonomen ziemlich viel Radau veranstaltet haben.«

»Näher am Stoff und dicker Steg, das ist es«, meint Herr Sakowsky und reißt den Knopf ab.

»Und was wollten die genau?«, frage ich. »Die haben doch sicher Parolen gebrüllt?«

»Polen? Nee«, überlegt Herr Sakowsky, »mehr so Sprüche gekloppt, nech.« Er steckt den Knopf ein. »Ich habe ihn abgerissen, damit er nicht verloren geht«, erklärt er mir und rückt wieder an seiner unglückseligen Brille.

Lot jon!, höre ich Edu aus seinem paradiesischen Sessel rufen. *Der Kerl braucht nur einen Schubs, dann kommt er schon in Gang.*

»All der Ärger«, seufze ich lautstark, »nur weil die Firma R.E.S.I.S.T. Pleite gemacht hat.«

»Die Firma florierte bis zum letzten Tag. Was Wunder. Waren sehr fleißig, die Angestellten, nech.«

»Fleißig?«

»Sehr fleißig, nech.«

»Überstunden?«

»Sehr fleißig. Von morgens bis spät in die Nacht haben die die Fässer auf dem Hof verladen.«

»Auf welchem Hof?«

»Auf dem hier, nech.« Herr Sakowsky führt mich zu einem großen, runden Flurfenster, das wie ein Bullauge aussieht, und zeigt auf den gepflasterten viereckigen Hinterhof, den hohe Mauern vor neugierigen Blicken schützen. »Nech?«, fragt Herr Sakowsky zufrieden über meine Schulter, als würden die Fässer gerade umgeschlagen.

»Die kleine Halle da drüben, gehörte die zur Firma?«

Herr Sakowsky nickt. »Klar, gehörte alles dazu, nech. Da wurden die Fässer zwischengelagert.«

»Was war denn in den Fässern drin?«

Herr Sakowsky sieht mich verständnislos an. »Wissen Sie, Fräulein … äh …«

»Frederike Himmel«, sage ich höflich, »Frederike Himmel von der Heaven Consulting Group.«

»Fräulein … äh …«, wiederholt Herr Sakowsky, »was soll da schon drin gewesen sein. Irgendwas war drin. Was denn sonst? Die Damen und Herren waren immer sehr freundlich zu mir, verschmutzten nicht mein Treppenhaus, ließen nie das Licht brennen und stellten keine leeren Pappkartons neben den Müllcontainer.« Herr Sakowsky spielt mit dem Knopf in seiner Kitteltasche. »Ich war sehr zufrieden mit diesen Mietern, sehr zufrieden war ich. Außerdem waren sie immer aufmerksam, besonders Weihnachten und Ostern, nech. Sehr aufmerksam, nech.«

Mach vüran, bliff dran!, ruft Edu. *Irgendwas wird er gesehen haben. Irgendwas wird ihm aufgefallen sein. Bliff dran, leev Mädsche.*

Aber Herr Sakowsky lässt es nicht zu. Er nimmt mich am Ellenbogen und führt mich, wie der Herr die Dame nach dem Tanz zu ihrem Platz, zur Treppe und sagt mit kleiner Geste nach unten: »Auf Wiedersehen, Fräulein … äh …« Dem Ton seiner Stimme entnehme ich, dass er weiter nichts zu sagen hat.

Ich mache mich an den Abstieg.

Als ich im ersten Stock bin, ruft er hinter mir her: »Himmel, nicht die Löwenpratze anfassen! Die ist frisch geklebt.«

Ich laufe die Straße zurück. Ein unauslöschlicher Geruch von Verzweiflung – das hat der Bassist gesagt. Jetzt fällt es mir wieder ein.

Am Bahnhof Altona steige ich in einen Bus. Mein Ziel ist das autonome Archiv der sozialen Bewegungen. Es befindet sich nur ein paar Busstationen weiter in der Thadenstraße. Schwerpunkte des Archivs sind die Anti-AKW-, die Frauen-, die Ökologie- und die Friedensbewegung. Es verfügt über einen umfangreichen Bestand an linkspolitischen Büchern, Flugblättern, Plakaten, Zeitschriften und Broschüren, darunter eine nicht unbedeutende Menge indizierter Literatur.

Kopien von Bekennerschreiben zu illegalen Aktionen werden hier genauso akribisch archiviert wie die dazugehörigen Verlautbarungen der offiziellen Presse. Darüber hinaus umfasst das Archiv eine umfangreiche Dokumentation der Aktivitäten der RAF, der Roten Zora, der Revolutionären Zellen, der Antifa und der Hausbesetzerszene und teilweise auch die der Gegenseite: Firmen und Unternehmen, die dem sogenannten Militärisch-industriellen Komplex angehören. Darunter insbesondere solche, die in der Tradition der IG FARBEN stehen.

Ich betrete das Archiv durch eine hohe, zweiflügelige Holztür. An den Wänden Regale, die bis an die Decke reichen, angefüllt mit Büchern, Aktenordnern und Schriftstücken. In der Mitte des Raumes steht ein langer Tisch. In einem Nebenraum ein weiterer Tisch mit Schreibmaschine und PC. Verstreut stehen Stühle rum.

Hinter einer hohen Aluminiumleiter entdecke ich einen hageren Mann um die dreißig mit schwarzem Vollbart. Ein Zugewachsener, hätte Asphalt-Wilfried bemerkt. Der Mann ist über ein Stehpult gebeugt und hantiert mit Zeitungsseiten und einer Tube Klebstoff. Offenbar hat er mich längst gesehen, denn ohne hochzublicken fragt er: »Wie bist du reingekommen?«

»Na, durch die Tür.«

»Heute ist geschlossen.«

»Sie ist aber offen.«

»Ist sie das? Ganz schön schlampig von mir. Na denn. Was kann ich für dich tun?«

»Habt ihr was über die Interfront?« Ich muss husten. Die Luft ist trocken und staubig.

Vor lauter Mähne und Bart kann ich seine Augen kaum ausmachen. Möglich, dass sie nachdenklich gucken, jedenfalls sagt er nach einem Weilchen im gleichen freundlichen

Ton: »Du suchst nach einem B&V-Ableger? Ich meine, machen die in Stahl?«

»Nein, in Chemie.«

Er geht zu einem der gegenüberliegenden Regale. Seine klebstoffverschmierten Finger fahren suchend am mittleren Rand entlang. »Musst halt mal schauen.« Mit gespreizten Fingern zieht er einen Ordner raus und legt ihn vorsichtig auf den Tisch. »Hier findest du vielleicht, was du suchst.« Sein Bart öffnet sich zu einem freundlichen Lächeln und gestattet mir einen Blick auf zwei Reihen makelloser Zähne. Dann schlurft er zum Stehpult zurück.

Ich setze mich an den Lesetisch und durchforste den Ordner. Ich stoße auf Firmen, deren Namen für Zuverlässigkeit und Qualität stehen und deren Produkte das stolze Siegel *Made in Germany* tragen, aber an jedem dieser Unternehmen klebt eine kleinere oder größere schmutzige Geschichte. Ich überfliege die Artikel. Ich fühle mich wie ein Wolf, der seine Beute wittert und ihrer Fährte folgt. Unter dem Buchstaben ›I‹ finde ich endlich die Firma, die zu meiner Geschichte gehört. Ich stoße auf das Kürzel PCB.

Ich beginne zu lesen. Noch lässt sich im Dickicht nichts erkennen, aber der Geruch des Wildes ist süß und warm, der Blick geschärft und die Zähne gefletscht.

Die Mutter in Wandsbek-Gartenstadt

Freitag, der 30. Juni, 16:14 Uhr

Ich gehe die Straße Am Stadtrand entlang. Sie befindet sich am östlichen Ende von Wandsbek-Gartenstadt und war vor Jahrzehnten Stadtgrenze. Daher der Name.

Am Stadtrand reiht sich ein Einfamilienhaus mit Garage und braunem Jägerzaun ans andere. In den Vorgärten pflegeleichte Rhododendren auf kurzgehaltenem Rasen. Nur der verschiedenfarbene Putz der Fassaden sorgt für ein bisschen Abwechslung. Das Haus von Kais Eltern hat einen zitronengelben Anstrich. Das wirkt heiter.

Ich schaue noch mal auf die Adresse, die ich mir aus dem Telefonbuch rausgeschrieben habe, und vergewissere mich, dass die Nummer mit der am Haus identisch ist. Dann öffne ich das Türchen und betrete den Vorgarten. Rechts und links vom kurzen Weg üppig bepflanzte Blumenbeete. Dank meines Hauswirts bin ich wohl doch zu einer Phytologin mutiert: Ich erkenne Lupinen und Stockrosen, Glockenblumen, rote und gelbe Kapuzinerkresse und Rittersporn.

Ich bin überrascht. Ich war auf ein Trauerhaus eingestellt, nicht auf diese fröhlichen Farben. Neben der Haustür hält sich eine tiefblaue Clematis an einer weißen Kletterrose fest, und ein Gartenzwerg mit einer Schuhbürste in der Hand achtet darauf, dass man sich auf der Matte die Schuhe abstreift. Eine geriffelte Messingplatte trägt Kais Familiennamen. Ich drücke auf den Knopf und horche. Statt des Klingelzeichens erklingt munteres Vogelgezwitscher. Ein Tick zu viel, denke ich.

Ich höre Schritte. Um die Hausecke biegt eine kleine, rundliche Frau mit einer Schale in den Händen. Sie erschrickt, bleibt stehen und fragt: »Wollen Sie zu mir?«

»Frau Orn?«, frage ich zurück, gehe ein paar Schritte auf sie zu und stelle mich vor: »Mein Name ist Frederike Himmel. Ich bin eine Kommilitonin Ihres Sohnes. Entschuldigen Sie bitte die Störung, aber ich habe Kai vor Monaten ein Buch geliehen. Und weil ich zufällig in der Nähe war …«

»Eine Kommilitonin von Kai«, sagt sie und stellt die Schale mit Vogelfutter auf eine Steinplatte. Sie trägt einen blauen Jogginganzug und hat grüne Clogs an den Füßen. »Ich arbeite seit heute früh im Garten«, entschuldigt sie ihren Aufzug. »Ich kann Ihnen nicht einmal die Hand geben.« Sie lächelt und fegt sich mit erdverkrusteten Fingern eine graublonde Strähne aus dem Gesicht. »Ich wollte gerade meine Vögelchen im Vorgarten füttern.«

»Hübsch, der Gartenzwerg«, sage ich mit verbindlichem Lächeln.

»Kai mochte ihn gar nicht. Er hat mich immer damit aufgezogen.«

»Gartenzwerge werden noch Kult, warten Sie es ab.«

»Ach ja?«, fragt sie mit eingestanztem Lächeln. Ihre Augen bleiben ausdruckslos, wie ausgewaschen vom Weinen. Wie geht man um mit trauernden Müttern? Ich weiß es nicht. Edu auch nicht, sonst würde ich jetzt von ihm hören.

»Die herrlichen Blumen«, sage ich hilflos mit ausholender Geste.

»Sie werden erst staunen, wenn Sie die Pracht hinterm Haus sehen«, sagt Frau Orn nicht ohne Stolz. »Warten Sie, ich zeig es Ihnen! Aber vorher«, sie bückt sich schwerfällig und hebt die Schale wieder auf, »muss ich meine Lieblinge füttern.« Und damit geht sie zu einem reetgedeckten Vogelhäuschen, das zwischen weißen und roten Stockrosen und hellblau leuchtendem Rittersporn steht. Ich folge ihr und sehe zu, wie sie die Körner sorgfältig auf den Boden des Häuschens schüttet.

»Sie füttern Vögel mitten im Sommer?«, frage ich und bemühe mich, den freundlichen Ton in der Stimme zu halten.

»Seit Mai mache ich das«, erwidert sie, »seit ...« Sie bricht ab und wischt die leere Schale mit dem Ellenbogen blank. »Kommen Sie, ich zeige Ihnen meinen Garten.«

»Im Sommer dürfen Vögel nicht gefüttert werden!«, ereifere ich mich nun doch. Ich folge ihr ums Haus auf eine kleine Terrasse.

»Aber sie kommen alle zu mir«, rechtfertigt sie sich. »Blaumeisen, Amseln, Kleiber, Zaunkönige. Besonders niedlich sind die Haubenmeisen, gucken Sie mal, da ist grad eine. Deshalb habe ich Nistkästen aufgehängt.«

»Aber das ist es doch«, unterbreche ich sie. »Wenn sie Junge haben, und die haben sie gerade, dann dürfen sie auf keinen Fall gefüttert werden. Sie geben die Körner weiter an ihre Jungen und die sterben daran.«

»Aber es ist niedlich, wenn sie angeflogen kommen. Ich beobachte sie so gern.«

»Die Alten dürfen ihre Jungen nur mit Würmern und Maden füttern, sonst gehen sie ein«, wiederhole ich und bemühe mich vergebens, nicht wie eine Oberstudienrätin zu klingen. »Außerdem verlernen die Vögel die natürliche Futtersuche.« Ich schweige erschöpft. Schließlich bin ich nicht als Ornithologin gekommen.

»Das habe ich nicht gewusst«, erwidert sie betroffen und sieht schuldbewusst auf die ausgeputzte Schale in der Hand.

»Im Winter«, sage ich versöhnlich, »bei Eis und Schnee, da können Sie natürlich füttern. Aber im Sommer ...«

»Ich wusste es wirklich nicht«, murmelt sie. »Es macht mir einfach Freude, wie alles lebt und blüht.«

Das artet aus hier. Ich muss dringend zurück auf die Spur. Ich sage: »Das Buch, also, der Anlass meines Besuchs. *Wenn die grauen Falter fliegen* von Marion Foster.«

»Natürlich. Das Buch. Kommen Sie doch bitte rein.« Sie schiebt die verglaste Terrassentür auf und wir treten ins Wohnzimmer. Der Fernseher läuft. »Den lasse ich immer laufen«, sagt Frau Orn und stellt ihn ab. »Möchten Sie einen Tee?« Verdammte Einsamkeit.

»Gern«, sage ich, obwohl ich Tee nicht mag.

»Setzen Sie sich doch«, sagt Frau Orn und zeigt auf die hellbraune Ledercouch.

»Gern«, sage ich und vermeide es, auf die sorgfältig frisierten Fransen der Brücken zu treten, die auf dem hellen Spannteppich liegen.

Frau Orn schlüpft aus ihren Gartenschuhen, geht auf Socken in die Küche und stellt den Gasherd an. »Sie haben ja eine mächtige Beule auf der Stirn.« Sie kommt mit einem Tablett zurück, auf das sie eine Glaskanne gestellt hat, zwei Teetassen, ein Stövchen und eine Kandisdose. »Gebäck habe ich leider nicht«, sagt sie bedauernd, stellt das Tablett ab, streicht die Spitzendecke glatt und deckt den Tisch. »Ich backe keine Plätzchen mehr seit …«

Gleich öffnen sich die Tränenschleusen, denke ich und sage: »Ich glaube, das Wasser …«

»Nein, der Kessel pfeift, wenn es kocht«, erwidert sie, geht aber trotzdem in die Küche nachsehen.

Ich starre gegen die zugezogenen Perlongardinen des Terrassenfensters.

»Er aß sie so gern«, sagt Frau Orn, als sie mit dem Kessel zurückkommt. Sie gießt das heiße Wasser in die Glaskanne, und wir sehen gemeinsam zu, wie sich die kleinen Blätter des schwarzen Tees in dem Einsatz entfalten. »Nehmen Sie Kluntjes!«, fordert Frau Orn mich auf. Die braunen Kandisbrocken knistern in den Tassen, als sie den Tee drübergießt. Ein Schuss Sahne steht einen kurzen Moment wie eine Wolke in der goldenen Flüssigkeit, ehe er sich auflöst.

Ich nehme einen Schluck und sage: »Hm, gut.«

»Waren Sie eine Bekannte meines Sohnes?«, fragt sie.

»Ja, aber in letzter Zeit sahen wir uns seltener. Lag vielleicht an seiner Freundin.«

»Die Julia, ja. Ein nettes Mädchen. Es war für sie ein schwerer Schock. Aber sie ist jung.« Ich schaue von meiner Teetasse hoch. Frau Orn sitzt im Ledersessel und steckt in ihrem blauen Jogginganzug wie in einem Kokon. »Wissen Sie«, sagt sie langsam, »dass Sie die Erste aus Kais Bekanntenkreis sind, die mich nach seinem ... die mich danach besucht hat?«

»Das wusste ich nicht«, sage ich und sehe zu, dass ich den letzten Schluck Tee nehme.

»Wissen Sie, Frau Himmel, die Menschen haben kein schlechtes Herz, nur ein sehr kleines.«

»Wirklich tragisch, dieser Unfall«, antworte ich und stelle die Tasse ab. »Ihr Sohn war sehr liebenswert.«

»Seit dieser grauenhafte Unfall passiert ist, weiß ich nicht mehr ... Kai war mein einziges Kind.« Sie steht auf und gießt Tee nach. »Dieser Unfall hat, entschuldigen Sie, ich habe die Kluntjes vergessen, hat nicht nur Kai getötet.« Ihre Augen schwimmen in Tränen.

Ich nehme ihr die Glaskanne aus der Hand und stelle sie zurück auf das Stövchen. »Es ist für uns alle ein großer Verlust«, sage ich und lege kurz den Arm um ihre runden Schultern. »Die zweite Tasse Tee«, ich versuche ein humoriges Lachen, »kann ich aber nicht mehr trinken. Ich bin abgefüllt wie ein Samowar.«

Sie lächelt über meinen kleinen Scherz und wischt sich mit dem Handrücken über die Augen. »Dann wollen wir mal nach dem Buch schauen«, sagt sie und geht mir voraus die Holztreppe hoch. Wir betreten Kais Zimmer.

»Nach dem Unfall habe ich fast alles, was Kai gehörte, zurückgeholt.«

Ich sehe mich im Zimmer um. Es ist aufgeräumt und das Bett frisch bezogen. Auf dem Nachttisch steht ein kleines rotes Blechauto, von dem die Farbe abblättert. Ich wünschte, ich hätte das Auto nicht bemerkt.

Über dem Nachttisch hängt eine Fotografie von Kai. Frau Orn tritt neben mich. »Ja, er war ein schöner Junge«, sagt sie. »Ich habe mich oft gefragt, wie ich an einen so schönen Jungen komme.« Ein Lachen fliegt über ihr rundes Gesicht. Schnell wird sie wieder ernst. »Nun müssen wir aber nach dem Buch suchen. Wie war gleich der Titel?«

»*Wenn die grauen Falter fliegen*, ein Ariadne-Krimi ... Frau Orn, ich glaube, da geht das Telefon.«

»Tatsächlich. Einen Augenblick bitte.« Sie läuft los.

»Vorsicht auf der Treppe!«, rufe ich hinterher. »Sie sind auf Socken!«

Während Frau Orn weg ist, schnüffle ich ein bisschen herum. Ich hoffe, dass Kai außer den Briefen noch andere Indizien bei der Hausbesetzung gefunden hat. Aber ich finde nichts, was mit der Klausstraße in Verbindung steht.

»Haben Sie das Buch?«, fragt Frau Orn hinter mir. Ich habe sie nicht zurückkommen hören.

»Nein«, sage ich und studiere die Mitteilungen und Merkzettel, die Kai auf eine Pinnwand über dem Schreibtisch gespickt hat. »Aus seiner Kinderzeit?«, frage ich mit bewegter Stimme.

»Nein, das Brett war in der Wohnung seiner Freundin«, sagt Frau Orn. »Ich habe es mitgenommen, damit sein Zimmer ...« Sie stockt und sagt dann: »... ein bisschen belebter wirkt.« Sie beginnt leise zu weinen. »Kai war ein so lieber Sohn.«

»Setzen Sie sich erst mal«, sage ich und drücke sie behutsam auf den Schreibtischstuhl nieder, mit dem Rücken zur Pinnwand, denn an der sehe ich etwas, das mir den Schweiß auf die Stirn treibt: einen weißen Papierstreifen, abgerissen vom Rand einer Tageszeitung, befestigt mit einer Heftzwecke links oben. *Treffpunkt Stephansplatz am Kriegerdenkmal, Kamp, 19:30 Uhr* steht da in Kais Handschrift.

»Kai war sehr sensibel. Vielleicht lag es daran, dass er seinen Vater so früh verloren hat.«

Auf dem Zeitungsschnipsel steht das Erscheinungsdatum: *Hamburger Rundschau*, 11. Mai 1989. »Das Buch ist nicht hier«, sage ich.

»Das tut mir leid.«

Wir steigen die Holztreppe wieder runter. Unten frage ich: »Was hielten Sie denn von Kais politischen Aktivitäten?«

»Darüber weiß ich nichts«, wehrt sie ab. »Davon verstehe ich nichts. Politik sollen andere machen. Ich habe immer gesagt, ich will davon nichts hören.«

»Und was sagen Sie zu dem Unfall?«

»Die Polizei sagt, es war ein Unfall mit Fahrerflucht. Ich vertraue darauf, dass die Polizei den Fahrer findet. Der hat doppelte Schuld auf sich geladen, hat einen Unfall verursacht und ist geflüchtet. Er wird seine gerechte Strafe bekommen.«

Zum Abschied schüttle ich ihr herzlich die Hand und bedanke mich für die Teestunde. »Hat mir richtig gutgetan. Ich hab es nämlich am Magen.«

»Dann war es aber genau der falsche Tee«, ruft sie mir nach. Ich bin schon am Gartentürchen. »Gegen Magenbeschwerden hilft Wermutkraut. Oder Schafgarbenkraut. Oder«, ruft sie laut, denn ich laufe schon am Jägerzaun entlang, »Pfefferminzblätter!«

Ich lache und winke.

»Die guten alten Pfefferminzblätter sind überhaupt das Beste gegen Magenbeschwerden«, ruft sie.

Treffpunkt Stephansplatz am Kriegerdenkmal, Kamp, 19:30 Uhr, denke ich und beschleunige meine Schritte.

Der Informant aus Steilshoop

Freitag, der 30. Juni, 19:37 Uhr

Im *Dennis Swing Club* herrscht eine eigentümlich private Atmosphäre. Die vier Musiker auf der kleinen Bühne führen mit ihren Instrumenten ein intimes Gespräch, bei dem die beiden einzigen Gäste, ein älterer Herr und ich, nicht weiter stören. Sie spielen selbstvergessen, verständigen sich durch Blicke und treiben ihre Improvisationen mit ständig wechselnden solistischen Einlagen auf immer neue Höhen.

Ich hänge mit den Ellenbogen auf der Theke, rolle den Stiel meines Martini-Glases zwischen den Handflächen hin und her und warte auf das Ende des melancholischen Songs. Der stiere Blick des älteren Herrn ist auf mich gerichtet. Sehr unangenehm. Er sitzt mir schräg gegenüber. Trotz der sommerlichen Temperaturen trägt er einen dunkelblauen Mantel mit dem typischen braungelb karierten Futter von Burberry. Den Elfenbeingriff seines Stockschirms hat er an die Theke gehängt. Eine erloschene Zigarette mit Goldmundstück klebt wie angewachsen an seinen aufgeworfenen Lippen. Er wippt mit dem Fuß zur Musik. Auf seinem vollen Haar liegt Konfetti, weiß der Teufel, woher.

Das Lied der Combo endet abrupt mit einem Tusch. Burberry und ich klatschen in die Hände. Unser Applaus verliert sich im Raum.

Der Bassist setzt sich zu uns. »Einen Whisky-Soda!«, bittet er Dennis, der vom Piano zum Platz hinterm Tresen zurückgekehrt ist. »Ungewöhnlich früh hier.« Der Bassist betrachtet das Pflaster auf meiner Stirn, sagt aber nichts dazu.

»Bin gleich wieder weg«, erwidere ich. »Bin nur gekommen, um dich um einen Gefallen zu bitten.«

»Apropos Gefallen. Hat das Stück gefallen?«

»Klar. Von wem ist es?«, frage ich höflich.

»John Coltrane!«, mischt sich der ältere Herr im Burberry-Look ein und schiebt das Goldmundstück von rechts nach links.

Der Bassist zeigt sich überrascht. »Genau!«, lobt er und sieht ihn wohlgefällig an.

»Und ich weiß sogar, wie es heißt«, sagt Burberry.

»Nämlich?«, fragt der Bassist gespannt.

»Du hast mir doch neulich von einem Freund erzählt«, setze ich an.

»You don't know what love is?«, trumpft Burberry auf, und der Bassist freut sich.

»Richtig! Absolut richtig!«

»Und ich dachte, es heißt: You don't know what good behaviour is?«, bemerke ich.

Burberry ignoriert die Spitze. »Mit seinen *sheets of sound* hatte Coltrane eine ganz eigene, auf den Blues bezogene Spielweise«, referiert er.

»Wie dem auch sei, es klang ziemlich melancholisch«, sage ich, und ich sage es auf Punkt. Ich wende mich wieder dem Bassisten zu. »Du hast mir neulich von einem Freund erzählt, der Saxophon spielt.«

»Coltrane klingt immer melancholisch«, belehrt mich Burberry.

»Stimmt«, pflichtet ihm der Bassist bei.

»Ich hab geglaubt, dass –«, sage ich.

»Glauben ist nicht wissen«, predigt Burberry.

Ich bin der Verzweiflung nahe.

»Außerdem«, fährt er fort, »ist das so eine Sache mit dem Glauben.«

So viel Philosophie haut mich einfach um. Ich zwinge mich zur Ruhe, indem ich eine Pyramide aus Bierdeckeln baue.

»Dennis, Sekt!«, ruft er.

Dennis öffnet eine Flasche, und Burberry ist für einen Moment abgelenkt.

Ich starte von neuem. »Darf ich die kleine Unterbrechung eures philosophischen Exkurses über den Modern Jazz nutzen und auf meine Bitte zurückkommen?«

»But sure«, schmunzelt der Bassist und bekommt sein zusammengezogenes Gesicht.

»Ich habe einen Kumpel, der macht auch Musik«, beginne ich und werfe einen unruhigen Blick zu Burberry rüber. Aber der hat in Dennis ein neues Opfer gefunden und redet und redet, und Dennis lacht mit blitzenden Augen sein kehliges Lachen und lässt den Veuve Clicquot in zwei Sektgläser schäumen. Hoffentlich ist nicht eins davon für mich, denke ich und spreche schneller: »Geht mehr in Richtung Funk, was der macht, also kein Konkurrent. Aber sein Saxophonist ist ausgefallen, und die Band steht kurz vor einem Gig, du verstehst?« Wieder das kehlige Lachen von Dennis, so laut, dass wir die Köpfe einziehen. Wenigstens hat man den Sekt nicht für mich bestellt. Dennis und Burberry prosten sich lauthals zu, und ich kann es mir leisten, langsamer zu sprechen. »Du hast mir doch neulich von einem Freund erzählt, der Saxophon spielt.«

»Der lange Joey.«

»Kann ich die Telefonnummer haben?«

»Keine Telefonnummer, aber die Adresse«, sagte der Bassist, greift zu einem Bierdeckel und kritzelt drauflos. »Hier: Joey, mit bürgerlichem Namen Joseph Weihler. Bisschen misstrauisch. Kommst von mir, sag das.«

»Danke«, sage ich zum Bassisten. Und zu Dennis: »Einen Whisky-Soda auf meine Rechnung!«

»Schon wieder weiter?«, fragt der Bassist.

»Ja, leider, bin fürchterlich in Eile«, erwidere ich und zahle.

»Den wirst du aber nicht wieder ans Sax kriegen. Und für

eine schnelle Funk-Nummer schon gar nicht, das sage ich dir gleich.« Zwei vollständige Sätze vom Bassisten. Mit Subjekt, Objekt und Prädikat. Ein deutliches Zeichen, dass ich es mit Joey nicht leicht haben werde.

»Funk ist doch total out«, mischt sich Burberry ein.

Da bin ich schon an der Tür. »Übrigens: herzlichen Glückwunsch zum Geburtstag!«, rufe ich ihm zu.

»Wieso Geburtstag?«, ruft er zurück.

»Ordentlich gefeiert?«, frage ich und tippe mir vielsagend auf den Kopf.

Er greift sich ins Haar und fängt überrascht das Konfetti auf. »Aber nein, das habe ich …«, höre ich ihn noch rufen, der Rest geht im kehligen Lachen von Dennis unter.

Mit Bus, Bahn und wieder Bus bin ich eine Dreiviertelstunde später am Fritz-Flinte-Ring in Steilshoop. Joey wohnt in einer Hochhaussiedlung gleichen Namens, die in den 60ern unter dem Motto *Urbanität durch Dichte* entstanden ist und das Prinzip späterer Plattenbauten in West- und Ostdeutschland um Jahre vorwegnahm. Die Wohnblöcke, überwiegend mit Wasch- und Sichtbetonfassaden ausgestaltet, ragen teilweise dreizehn Geschosse hinauf. Im Nordwesten grenzen sie an den Ohlsdorfer Friedhof, der zu den schönsten Parkfriedhöfen Europas gehört. Kai Orn ist dort begraben.

Vor einem Einkaufscenter liegt ein Igel. Er liegt auf dem Straßenpflaster wie eine saftige, zertretene Frucht.

An Joeys Hauseingang prangen tausend Namensschilder neben der verschrammten Eisentür. Ich gehe die Namen durch. Endlich finde ich den vom Saxophonisten und klingle.

»Ja?«, kommt es blechern aus der Sprechanlage. Ich brülle zurück, dass ich eine Freundin des Bassisten bin und eine wichtige Auskunft brauche.

Keine Antwort.

Ich will ein weiteres Mal auf die Klingel drücken, aber da ertönt der Türsummer.

Das Studium von Naziparolen und sexistischen Sprüchen an den Wänden des Aufzugs verkürzt die Fahrt in den sechsten Stock.

Am Ende des langen, schmalen Ganges lehnt eine Gestalt im Türrahmen, schlaksig, groß und einen Tick zu lässig. »Du willst eine Auskunft von mir?«

In der linken Hand hält er einen winzigen Zigarettenstummel ohne Filter, der ihm gleich die Finger verbrennen wird, mit der rechten begrüßt er mich schlaff. Er muss im gleichen Alter wie der Bassist sein, vielleicht Anfang dreißig, wirkt aber älter. Wie einer, der mit dem Leben abgeschlossen hat. *Wie sieht denn einer aus, der mit dem Leben abgeschlossen hat?*, fragt Edu, der immer alles ganz genau wissen will. Ich kann es nicht sagen, aber bei Joey ist es so.

»Eine vertrauliche Angelegenheit«, sage ich. »Können wir ungestört miteinander reden?«

»Na, wenn es so dringend ist«, erwidert er, stößt sich vom Türrahmen ab und macht mir den Weg frei. »Denn man rin in die gute Stube.« Seine Stimme klingt nicht gerade einladend. Eher ironisch.

Die Einzimmerwohnung von Joey quillt über von Büchern. Bücher auf den Stühlen, auf dem Tisch, auf dem Fenstersims, auf der Matratze und als umsturzgefährdete Türme auf dem mattgrünen Teppichboden. Ich werfe einen kurzen Blick auf einen der Berge: Dostojewski, Majakowski, Turgenjew, Trifonow. »Du liest russische Literatur und machst amerikanische Musik?«

»Nicht nur«, erwidert er knapp, ohne zu sagen, ob er damit die Literatur oder die Musik meint. »Ich lese gerade den *Spieler* zum zweiten Mal.«

Depressive Phase, denke ich und sehe mich weiter um. Außer der Matratze, den Stühlen, einem Tisch und der Literatur gibt es nicht viel zu sehen. Ein Besenstiel zwischen den überfrachteten Holzstühlen dient als Kleiderstange, an der die wenigen Klamotten überraschend ordentlich auf dünnen Drahtbügeln mit den Haken in eine Richtung hängen. Auf dem Teppichboden liegt eine weinrote Kunstperserbrücke mit einer Wasserpfeife drauf, die den schweren, süßen Haschischgeruch erklärt, der im Raum hängt. Joey lässt sich im Schneidersitz darauf nieder.

Ich beschließe, Joey einfach so zu nehmen, wie er ist, ziehe meine Schuhe aus und setze mich unaufgefordert zu ihm. Im dunklen Fenster spiegelt sich die nackte Glühbirne.

»Schieß los!« Joeys Augen, schmal und schwarz, sind eingebettet in tiefe Schatten, und ich merke, wie sie mich von Kopf bis Fuß betrachten.

»Wo ist dein Saxophon?«

Joeys Zigarettenstummel verschwindet im Aschenbecher auf einem Berg ausgebrannter Vorgänger. »Das ist doch nicht der Grund deines Erscheinens. Ich glaube nicht, dass dich meine musikalischen Aktivitäten interessieren. Also, was führt ein so hübsches Mädchen in eine solch gottverdammte Gegend? Was willst du von mir? Raus damit!« Joey spricht schnell und gestochen. Er greift zu einem Tabakbeutel, rollt sich sorgfältig einen neuen Glimmstängel und betrachtet mich wieder von Kopf bis Fuß.

»Der Bassist hat mir erzählt, dass du in der Klausstraße gearbeitet hast. Im Vertrieb. Stimmt das?«

Joey befeuchtet das Zigarettenblättchen mit der Zunge und klebt es zu. »Bist du seine Freundin?« Die Flamme eines Feuerzeugs blitzt hellgelb auf.

»Stimmt das?«, wiederhole ich, ohne auf seine Frage einzugehen.

Joey bläst den Qualm ins Zimmer. »Verdammte Scheiße, wen interessiert das?«, fragt er. Ich kann die Wachsamkeit in seiner Stimme hören.

»Keine Angst, ich bin nicht von der Behörde. Ich bin keine, die dich wegen Schwarzarbeit verpfeifen will. Ich bin einfach nur eine gute Freundin vom Bassisten. Also vertrau mir.«

Joey tut es nicht.

Ich probiere den Anflug aus einer anderen Richtung. »Unter den Firmen, für die du gearbeitet hast …« Unsere Blicke treffen sich, und ich verbessere mich: »… die du kennengelernt hast, war da eine namens R.E.S.I.S.T. GmbH?«

»R.E.S.I.S.T. kenne ich«, brummt Joey widerwillig. »Thema Ende, Schluss und aus.«

Die Stimme von Edu flüstert: *Von wegen Thema Ende, Schluss und aus. Indirekt hat Joey gerade die Schwarzarbeit bei der R.E.S.I.S.T. zugegeben. Lass dich nicht abschütteln! Blief draan!*

»Mir geht es nur um die R.E.S.I.S.T.«, sage ich sachlich. »Du kannst mir mehr über die Firma erzählen als das örtliche Branchenverzeichnis.«

Joey gibt den gemütlichen Schneidersitz auf und steht auf. Ich auch.

»Hör zu, 007, die Firma existiert schon lange nicht mehr. Statt dich rumzuprügeln«, er schaut auf das Pflaster auf meiner Stirn, »solltest du lieber Zeitung lesen. Von der Hausbesetzung vor ein paar Monaten scheinst du nichts gehört zu haben. Wenn alle Schnüffler so dämlich wären wie du …«

»Setz dich wieder auf deinen Hintern, Joey«, unterbreche ich ihn und zieh mir die Schuhe an. »Ich finde den Weg aus deinem Palast schon alleine.«

Ich habe bereits die Klinke der Wohnungstür in der Hand, da steht Joey neben mir. »Warte! Hau nicht gleich ab! Ich wollte dich nicht anpissen. Ich weiß nicht viel über die Firma.

Ich weiß nur, dass der Unternehmer die Leute von einem Tag auf den anderen rausgeworfen hat.« Joey lässt die Zigarette heiß aufglühen, so sehr regt er sich auf. »Ich habe ...« Er zögert. »Ein Freund von mir, der hat da geschuftet wie Sau, aber am Ende kein Geld gekriegt.«

»Was musste er genau machen?«, frage ich und lasse die Türklinke los.

»Nix Besonderes. Lkws be- und entladen.«

»Was für eine Ware?«

»Fässer. Irgendwelche Fässer.« Joey nimmt einen tiefen Zug von seiner Zigarette.

»Was war drin in den Fässern?«

»Reinigungsmittel. Das stand zumindest drauf. Die Fässer waren versiegelt.«

»Klingt nicht koscher, das Ganze.«

»Ach, keine Ahnung. Hat meinen Freund nicht sonderlich interessiert. War gut bezahlt, der Job.« Er grinst schräg. »Wenn man mal davon absieht, dass er eine Monatsschicht für lau gearbeitet hat. Einen ganzen Monat für lau. Das muss man sich mal vorstellen.« Er betrachtet seine Zigarette. »Na, vielleicht knöpfen wir uns das Schwein noch mal vor. Mein Freund hat die Privatadresse von dem Typen.«

»Wessen Privatadresse?«, frage ich schnell.

»Na, die vom Boss. Ich weiß sie auswendig, weil wir uns vorgenommen haben, irgendwann hinzugehen und ihm Feuer unterm Arsch zu machen.« Joey öffnet die Toilettentür und wirft die Kippe im hohen Bogen in die Klosettschüssel, wo sie sich mit einem zischenden Laut verabschiedet. »Wenn von dem überhaupt noch was zu holen ist.«

»Wieso?«

»Zufällig haben wir ihn vor ein paar Wochen wiedergesehen. Auf der Reeperbahn. Ein Spieler.«

»Was?«

»Ein hoffnungsloser Spieler. Vermutlich hat er das Geld von meinem Freund inzwischen verspielt.«

»Wie heißt der Typ?«

»Heinz-Jürgen Kamp.«

Ich habe ihn.

»Die Adresse?«

Joey zögert.

»Die Adresse!«, wiederhole ich.

Joey sieht mich abwartend an. Es dauert, bis ich begreife.

»Klar, Joey«, sage ich und drücke ihm einen Zwanzig-Mark-Schein in die Hand. »Sollst nicht zu kurz kommen.«

Er nennt mir Straße und Hausnummer. Ich breche auf, ohne mich zu verabschieden.

Eine Ratte, die in ihrem Nest nur *ein* Loch hat, ist bald gefangen.

Flucht aus Fuhlsbüttel

Freitag, der 30. Juni, 22:11 Uhr

Den Weg von Steilshoop nach Fuhlsbüttel mache ich zu Fuß. Das gibt mir Zeit zum Nachdenken. Was will ich von Kamp? Ihn allen Ernstes des Mordes an Kai Orn bezichtigen? Ist er überhaupt schuld an dessen Tod? Welche konkreten Beweise habe ich gegen ihn und die Hintermänner der Interfront? Müsste ich nicht die Polizei einschalten oder zumindest Julia informieren? Wie soll ich weiter vorgehen? Fragen über Fragen.

Als ich schließlich erschöpft in die Straße einbiege, in der Kamp sein Haus hat, bin ich nicht schlauer als vorher. Und mein Knie schmerzt. Neun Tage nach Sommersonnenwende, und die Nacht ist wie von Magritte gemalt. Noch nicht dunkel, nicht mehr hell. Ein leichter Wind pfeift durch die Straße. Das Viertel mit den hohen Patrizierhäusern stammt aus Kaisers Zeiten. Zu jedem gehört ein weitläufiges Grundstück. Eine wunderbare Idylle, wenn man einmal von der Justizvollzugsanstalt Fuhlsbüttel absieht, die in der Nachbarschaft liegt.

Ein kleines Stück die Straße hinauf ist eins der Häuser zum Schutz vor Einbrechern mit Halogenscheinwerfern angestrahlt. Hier wohnt Kamp. Man könnte das Haus eine Zierde nennen, wäre es nicht so bombastisch restauriert. Zu viel Gold und zu viel Weiß. *Hier wache ich* mahnt ein Emailleschild mit der Zeichnung eines Hundekopfes am Eisenzaun, dessen Spitzen bedrohlich nach oben stechen.

Ich öffne das schmiedeeiserne Tor. Dahinter stoße ich schon wieder auf überwältigende Blütenpracht. Sie stammt von einer einzigen Rose, die sich über den gesamten Vorgarten ausbreitet. Ihre riesigen, ungefüllten Blüten sind wie schwebende, rahmweiße Blätter. Sie wirken wie Magnolien oder Clematis. Mein Hauswirt hätte seine helle Freude daran.

Häsken, du bist in anderer Mission hier, treibt Edu mich von oben an. *Was trödelst du? Schitt inner Böchs?*

Zwei sorgfältig gestutzte Buchsbäumchen stehen in ausgefeilter Symmetrie rechts und links der Marmortreppe. Ich zähle automatisch die Stufen. Es sind neun. Oben finde ich kein Namensschild. In der Mitte des Messingknaufs der weiß lackierten Eingangstür sitzt ein winziger Klingelknopf. Auf den drücke ich. Dingdong. Ein Hund schlägt kurz und dumpf an. Das klingt nach einem großen Hund.

»Still, Bob! Platz!«, ruft eine weibliche Stimme. »Es ist Annika.«

Über meinem Kopf geht Licht an. Hektisches Gerassel.

»Immer vergisst du deinen Hausschlüssel«, schimpft die Stimme. »Du bist schon wieder zu spät. Du weißt doch, dass Vati …«

Die Haustür wird aufgerissen und vor mir steht eine Frau im gelbweiß gestreiften Seidenpyjama. Sie zuckt erschrocken zurück. Der Hund, der hinter ihr war, springt mit einem einzigen Satz vor und mit einer solchen Heftigkeit gegen mich, dass ich taumle und zwei Stufen zurückstolpere. Es ist eine Deutsche Dogge, deren beeindruckende Größe umso mehr zur Geltung kommt, als sie sich nun auf die Hinterbeine stellt und die Vorderpfoten gegen meine Brust stemmt. Sie wischt mir mit ihrer langen Zunge stürmisch übers Gesicht, was mich zwei weitere Stufen runterstolpern lässt.

»Das ist mal eine feine Begrüßung. Braver Hund«, lobe ich und beuge den Kopf so weit wie möglich nach hinten.

»Bob! Hierher!«, ruft die Frau mit eher enttäuschter als befehlender Stimme. Bob gehorcht nicht. Natürlich nicht. Jetzt sind es meine Finger, die begeistert beschnuppert und abgeschleckt werden.

»Ja, du hast sofort gemerkt, dass ich Hunde sehr mag, ja, du bist ein braver Hund«, sage ich leise. Bob legt sich nieder und sieht winselnd zu mir auf.

»Ich bin mit Deutschen Doggen aufgewachsen«, sage ich zu der Dame, als sei damit die freudige Begrüßung von Bob erklärt. »Deutsche Doggen sehen furchterregend aus, weil sie so groß sind wie Kälber«, fahre ich im Plauderton fort, »aber sie sind auch genauso harmlos.«

»Was wollen Sie?«, fragt sie und mustert argwöhnisch mein Pflaster auf der Stirn.

»Guten Abend. Mein Name ist Himmel«, stelle ich mich mit verbindlichem Lächeln vor. »Frederike Himmel.«

Ich mache eine kleine, artige Verbeugung, die Bob jedoch als Aufforderung zum Tanz versteht. Er springt wieder hoch, zerrt an meiner Jeansjacke und peitscht mir seinen wild wedelnden Schwanz gegen das Schienbein. Allmählich verliere ich die Nerven.

»Bob ist noch sehr jung?«, frage ich höflich. »Er ist ziemlich verspielt.«

»Was wollen Sie?«, wiederholt sie nervös. Sie ist eine kleine, schmächtige, äußerst unscheinbare Person mit fahler Gesichtshaut. Das aschblonde Haar trägt sie aufgesteckt, und ihre Augenlider sind geschwollen. Leichter Cognacduft weht mich an.

»Ich nehme an, Sie sind Frau Kamp? Ich muss dringend Ihren Mann sprechen.«

Ihre blassblauen Augen verdunkeln sich und die Wimpern beginnen zu flattern. »Zu so später Stunde?«, fragt sie tonlos und greift sich an den Hals. Sie spricht das norddeutsche S-t, das heißt, sie s-tolpert über den s-pitzen S-tein. »Ist was mit meiner Tochter?«

»Nein«, beruhige ich sie und lege kurz die Hand auf ihren dünnen Arm, »es geht nicht um Ihre Tochter.«

»Sie sind eine Arbeitskollegin meines Mannes?« Sie zieht ihren Arm zurück.

»So könnte man es nennen«, sage ich. »Wir arbeiten sozusagen auf der gleichen Fährte. Er hat sie gelegt, ich folge ihr.«

Sie sieht mich verständnislos an. »Ach, ich habe mich wohl falsch ausgedrückt«, sagt sie dann entschuldigend. »Sie sind noch recht jung. Ein Angestellte also.«

»Bob! Platz!«, befehle ich. Das Vieh lässt mir keine Ruhe.

»Ich muss Sie bitten, die Unterredung auf morgen zu verschieben. Mein Mann ist gerade erst nach Hause gekommen. Wenn es etwas Geschäftliches ist … so dringend kann es doch nicht sein, dass man es nicht auch morgen besprechen könnte.«

»Es ist dringend«, erwidere ich und schiebe den Fuß zwischen Tür und Rahmen. »Sagen Sie ihm, es geht um die Klausstraße. Er wird mich sofort empfangen.«

Sie sieht mich an wie ein Kind. Ich halte den Blickkontakt und warte, damit sie die Botschaft verarbeiten kann. Ihre Augen bleiben die Augen eines Kindes.

»Gehen Sie schon!«, sage ich bestimmt.

»Klausstraße«, wiederholt sie. »Gut, ich sage es ihm. Er wird dann vielleicht runterkommen.«

»Selbstverständlich«, antworte ich und ziehe den Fuß zurück. Bob deutet es als Einladung zu einem nächtlichen Gartenbesuch und stürmt los. Frau Kamp schließt die Haustür vor uns.

Bob tobt über den Rasen, dass die Grasklumpen hochfliegen und die Rosenkugeln auf ihren Stäben schwanken. Die hell erleuchtete Haustür öffnet sich und eine schwere Gestalt tritt auf den Treppenabsatz. Herr Kamp im Morgenmantel, darunter der gleiche Seidenpyjama, den ich bereits an seiner Frau bewundert habe. Ich gehe zu ihm und stelle mich vor.

Herr Kamp mustert mich von unten bis oben und bleibt am Pflaster auf meiner Stirn hängen.

»Was wollen Sie von mir?«, fragt er schroff.

»Es geht um die Klausstraße. Ich bin eine Freundin von Kai Orn.«

Mehr brauche ich nicht zu sagen. »Nicht hier. Kommen Sie herein«, sagt Herr Kamp mit unbewegtem Gesicht.

Wir schreiten durch die Eingangshalle. Bob hinterlässt große Tapser auf den hellen Fliesen.

»Was gibt es denn?«, ruft Frau Kamp von oben und schaut beunruhigt über die Balustrade. Sie hält einen Cognacschwenker, dessen goldener Inhalt in den Lichtern des Kronleuchters funkelt.

»Alles in Ordnung, Grundgute«, beschwichtigt Herr Kamp mit fester Stimme, zeigt auf die Tür seines Arbeitszimmers und geht voraus. Bob und ich folgen ihm.

»Annika ist immer noch nicht zurück«, jammert Frau Kamp hinter uns her. »Das kann doch nicht angehen, dass das Kind so unzuverlässig ist.«

Herr Kamp schließt kommentarlos die Tür hinter uns.

Ich sehe mich um. »Donnerwetter«, sage ich. Der Raum beeindruckt durch seine Dimensionen und den farblichen Kontrast zwischen den hellen Wänden und dem Parkettboden aus Ulmenholz. »Karg, aber erlesen eingerichtet. Harmoniert ganz wunderbar mit der alten Architektur des Hauses«, sage ich.

»Bauhaus«, sagt Herr Kamp. Er schiebt ein paar Unterlagen zusammen, die auf der Schreibtischplatte liegen, und setzt sich in seinen Drehsessel. Ich nehme auf dem Stahlrohrstuhl Platz, den er mir mit zerstreuter Geste anbietet. Bob legt sich mit einem wohligen Seufzer zu meinen Füßen. »Versager!«, knurrt Herr Kamp durch die Zähne. »Was wollen Sie?«, fragt er dann. »Bitte kurz und bündig auf den Punkt gebracht.«

Ich mustere sein Gesicht, das näher zu beschreiben mir unmöglich ist, weil er eins hat, das man sofort wieder vergisst. Dafür ist sein Körper beeindruckend. Groß und schwer liegt er im taubenblauen Sessel. Der Gürtel des Morgenmantels spannt sich um seinen mächtigen Leib.

»Was wollen Sie von mir?«, drängt Herr Kamp, weil ich weiter schweige. Die Bartstoppeln auf seinen feisten Wangen drohen wie kleine schwarze Spieße.

»Herr Dr. Kamp. Promovierter Chemiker, möchte ich wetten? Dann wissen Sie ja, was es mit dem Kürzel PCB auf sich hat.« Ich lehne mich auf meinem Stuhl zurück. »Polychlorierte Biphenyle, nicht wahr? Habe ich das richtig ausgesprochen? PCB ist eine organische Verbindung mit außergewöhnlichen Eigenschaften, die unter anderem als Isolier- und Hydraulikflüssigkeit Verwendung findet. Leider sollen sich Schädigungen der Stoffwechselorgane und des zentralen Nervensystems auf PCB zurückführen lassen. Und leider ist PCB chemisch sehr stabil und wird in der Umwelt so gut wie nicht abgebaut. Deshalb gehört es zum dreckigen Dutzend der sogenannten POPs: Persistant Organic Pollutants.« Ich finde, dass meine englische Aussprache besser werden muss.

Herr Kamp guckt mich unverwandt an. »Was soll dieser akademische Vortrag.«

»PCB. Sie müssen das Kürzel doch kennen. Es stand in der Betreffzeile eines Schreibens an Sie, das mir vorliegt.«

»Wer sind Sie?«, fragt er. Es klingt, als würde er einen Nagel einschlagen.

»Jemand, der an Details zu einer kriminellen Geschichte interessiert ist. Ich möchte wissen, was Sie mit dem Mord an Kai Orn zu tun haben«, sage ich und spreche den Namen in Großbuchstaben aus.

»Mord? Ich?« Er erhebt sich mühsam aus seinem Sessel und zieht mit einem heftigen Ruck die weißen Musselinvorhänge zusammen, als fürchte er, von draußen beobachtet zu werden. Vielleicht will er auch nur Zeit gewinnen. Bob hebt den Kopf, um ihn sogleich wieder auf meine Füße zu legen.

»*Von mir hatten die nur den Namen. Für den Rest sind die verantwortlich*«, sage ich und weide mich an seinem angespannten Schweigen. Dann sage ich: »Die letzten Worte von Jörg Selzig. Sie müssten ihn kennen.«

»Jörg Salzig?«, wiederholt Herr Kamp tonlos.

»Salzig. Als Eselsbrücke gar nicht schlecht. Sein Name ist aber Selzig. Jörg Selzig. Und es waren seine letzten Worte, ehe er starb.«

Vor Herrn Kamp steht ein Foto in einem silbernen Rahmen. Er nimmt es hoch und betrachtet es gedankenverloren. Dann legt er es flach auf den Schreibtisch. Das Bild zeigt seine Frau. Das junge Mädchen daneben ist offensichtlich Tochter Annika. »Kai Orn und Jörg Selzig«, wiederholt er langsam. Und nach einer langen Pause, die ich ihm zum Nachdenken lasse, sagt er: »Mir sind diese Namen völlig fremd.« Er sagt das ruhig und überzeugend, aber die Wahrheit sammelt sich in unzähligen Schweißperlen auf seiner breiten Stirn.

»Ich will Sie nicht erpressen, Herr Kamp. Ich will nur wissen, was in der Klausstraße abgelaufen ist. Wie sagte Selzig zu mir: *Von mir hatten die nur den Namen. Für den Rest* …«

»Lassen Sie das!«, unterbricht mich Kamp und macht eine heftige, abwehrende Geste. Dabei stößt er fast die Stehlampe um, die ihr kaltes Licht auf sein glattes, zurückgestrichenes Haar wirft.

»Sie hängen ganz schön in der Scheiße«, bemerke ich.

»Ich bin … habe nichts … unschuldig …«, stammelt er und zieht sich tiefer in seinen Drehsessel zurück.

»Erzählen Sie das der Polizei, nicht mir«, erwidere ich.

»Wer sind Sie?«

»Jemand, der Ihnen eine letzte Chance gibt. Sie müssen nur

ein wenig kooperieren. Vielleicht kommen Sie dann glimpflich davon.«

Die Augen von Herrn Kamp blitzen hoffnungsvoll auf. Die Ratte, die in ihrem Nest nur ein Loch hat, ist bald gefangen. »Was wollen Sie wissen?«, stößt er gequält hervor.

»Alles! Ich will alles wissen, was mit dem Mord an Kai Orn zu tun hat. Beginnen wir mit den schmierigen Geschäften Ihrer Firma R.E.S.I.S.T.«

»Die Firma R.E.S.I.S.T. existiert längst nicht mehr«, rechtfertigt er sich.

»Die schmierigen Geschäfte der Firma R.E.S.I.S.T.«, wiederhole ich unbeirrt. »Herr Dr. Kamp, der Wahrheit eine Gasse!«

»Wie?«, fragt er.

»Sagen Sie einfach nur die Wahrheit, Herr Kamp! Ich helfe Ihnen auf die Sprünge: Die R.E.S.I.S.T. war eine Scheinfirma, die für die Interfront AG Sonder- und Giftmüll illegal ins Ausland verschoben hat. Überwiegend nach Afrika.«

Er stiert mich blind an.

»Ein äußerst lukratives Geschäft. Sie übernahmen den Sondermüll der Interfront. Gegen Bares, versteht sich. Oder besser gesagt, in Form von Verrechnungsschecks. Und Ihre feine Vertriebsfirma deklarierte die Lackschlämme, Lösemittelrückstände und Pestizide als Putzmittel und verschob sie anschließend ins Ausland, wo sie als Ersatzbrennstoffe in die Luft gejagt wurden. Beim Export der Ware kassierten Sie ein zweites Mal, richtig?«

»Das ist nicht wahr. Wir haben nichts Illegales gemacht«, sagt Herr Kamp.

»Diese Art der Müllentsorgung«, fahre ich fort, »ist in einem anderen Zusammenhang mit der Interfront AG schon einmal aufgeflogen. Das ist ein paar Jahre her. Der Prozess läuft. Man rechnet mit einer mehrjährigen Verfahrensdauer. Das hat die Interfront AG nicht davon abgehalten, ihre gewissenlosen Geschäfte bis zum letzten Moment weiterzubetreiben. Aber irgendwann wurde es sogar der Interfront AG zu heiß, nicht wahr?«

»Ich wusste, dass es Ärger gibt«, sagt Herr Kamp mehr zu sich selbst.

»Und jetzt sitzen Sie in der Falle. Es gibt kein Zurück. Also raus mit der Sprache. Erzählen Sie mir, wie Kai Orn den Machenschaften Ihrer Firma auf die Spur gekommen ist!«

Moment Stille.

»Das muss während der Hausbesetzung im Mai gewesen sein.« Endlich. Herr Kamp beginnt mit seinem Rechenschaftsbericht. »Da muss dieser Orn irgendwelche Unterlagen gefunden haben, die …« Er wischt sich mit der Hand über die Stirn.

»Weiter!«

»Ein paar Tage nach der Hausbesetzung in der Klausstraße tauchte ein junger Mann in unsrer Niederlassung in Billbrook auf und verlangte den Chef zu sprechen.«

»Jasch«, sage ich.

»Ja, er wollte Herrn Jasch sprechen«, erwidert Herr Kamp und ist irritiert, dass ich den Namen kenne. »Dem erzählte er von Dokumenten, die ein Freund in der Klausstraße gefunden hätte.«

»Jörg Selzig alias Salzstange«, rufe ich dazwischen, »dieser Verräter.«

»Er hat sich nicht vorgestellt und ist später nie wieder aufgetaucht. Für etwas Geld … äh … erhielten wir den Namen seines Freundes und sogar ein Foto.«

»Sie haben sich dann mit Kai Orn getroffen, vermute ich?«

Herr Kamp schwingt in seinem Drehsessel hin und her und ist in Schweiß gebadet.

»Am Kriegerdenkmal?«, helfe ich nach. »Am Stephansplatz? Stimmt's?«

»Nein, das stimmt nicht. Ich habe doch schon gesagt, dass ich Kai Orn nie getroffen habe.«

»Warum nicht?«

»Es ist nie zu dem Treffen gekommen. Zumindest nicht mit mir.«

»Denn Herr Jasch ließ Kai lieber vorher beseitigen, als einen weiteren Skandal zu riskieren?« Das schreie ich fast.

»Ja. Nein. Vielleicht. Vielleicht ist es so gewesen. Ich weiß nicht, was genau passiert ist. Nachdem ich mich mit Orn telefonisch verabredet hatte, hat Jasch sich der Sache angenommen. Ich war raus aus dem Geschäft. Er ist auch statt meiner zu der Verabredung gegangen. Ein paar Tage später las ich zufällig von einem Unfall in der Zeitung. Ich war mir nicht einmal sicher, ob der tote Junge derselbe war, mit dem ich mich kurz vorher verabredetet hatte. In der Zeitung war doch immer nur von einem Kai O. die Rede. Mit Herrn Jasch habe ich nie mehr über die Sache gesprochen. Und auch sonst mit niemandem.«

»Tja, jetzt werden Sie wohl oder übel darüber sprechen müssen. Sie müssen die ganze Geschichte der Polizei erzählen.«

Herr Kamp windet sich wie ein Regenwurm auf einer heißen Herdplatte. »Ich habe Familie. Ich habe Frau und Kind.«

Aus der Halle klingen Stimmen rüber. Bob hebt den Kopf und schlägt kurz und pflichtschuldig an. Annika ist nach Hause gekommen.

»Können Sie mich nicht aus der Sache raushalten?«, fleht Herr Kamp im Flüsterton. »Schließlich bin nicht ich verantwortlich für den Tod des Studenten. Sehen Sie, ich habe Familie, ich habe Frau und Kind, meine Existenz ist bedroht, ich habe Schul…« Er bricht ab.

»Spielschulden«, ergänze ich, »ich weiß.« Ich springe ungestüm auf, dass der Stuhl umkippt und Bob zurückschreckt. »Spielschulden und immer auf großem Fuß gelebt. Und Sie bezahlten Ihre Leute nicht. Schwarzarbeiter, die sich nicht wehren konnten. Sie sind ein ganz mieser Geschäftemacher, Herr Dr. Kamp. Und ein Geizkragen dazu.«

»Ich bin kein Pennschieter«, sagt Herr Kamp fast trotzig.

»Ach, egal«, erwidere ich und hebe den Stuhl auf. »Ich sage Ihnen, dass Sie zur Polizei gehen und Selbstanzeige erstatten müssen. Ich kann Sie aus der Geschichte nicht raushalten. Sie waren der Geschäftsführer dieser dubiosen Firma. Sie können meinetwegen von der Kronzeugenregelung Gebrauch machen. Eine Selbstanzeige kann Ihnen Ihre Zeit im Knast möglicherweise verkürzen.«

»Das können Sie nicht von mir verlangen«, jammert Herr Kamp und wiederholt gebetsmühlenartig: »Ich habe Familie. Ich habe Frau und Kind.«

»Nicht so laut! Ihre Tochter ist zurück. Bringen Sie ihr lieber schonend bei, dass Sie ein Umweltsünder sind, ein Schwerstkrimineller, ein mieser Mordgehilfe.«

Das hätte ich nicht sagen sollen. Plötzlich zieht Herr Kamp eine Pistole aus der Schreibtischschublade und richtet ihre Mündung direkt auf mein Herz. »Sie lassen mir keine andere Wahl«, sagt er kalt.

»Machen Sie keinen Unsinn, Kamp«, schreie ich erschrocken.

So 'n Driss, höre ich Edu sagen, *der Klassiker: der blitzschnelle Griff nach dem Eisen in der Schreibtischschublade. Das hätten wir kommen sehen müssen.*

»Ich habe geblufft. Es wundert mich, dass ich Sie einschüchtern konnte«, sage ich.

Nur die Ruhe, ming Schneckschе, ruft Edu aufgeregt dazwischen. *Eine Parabellum aus dem Ersten Weltkrieg, ein Liebhaberstück. Mit der hat Kamp bestimmt noch nie geschossen.*

»Die Basler Konvention zur Kontrolle der grenzüberschreitenden Entsorgung gefährlicher Abfälle ist doch erst im März dieses Jahres aufgesetzt worden«, höre ich mich referieren. »Und Deutschland hat die Gesetzgebung nicht einmal ratifiziert. Ihre Arbeit war also völlig legal, und das mit Kai war sicher ein Unfall. Machen Sie es nicht schlimmer, als es ist. Sie haben Familie, vergessen Sie das nicht! Sie haben Frau und Kind.«

Wie aufs Stichwort wird die Tür aufgerissen. »Vati, ich bin es leid, dass Mutti mir immer eine Standpauke hält, wenn ich mal eine Stunde später als verabredet nach Hause komme. Ich bin doch keine vierzehn mehr.« Annika sieht die Pistole, die auf mich gerichtet ist. »Vati«, ruft sie, »was machst du denn da?«

»Ich ... ich ...«

Diesen Moment der Unaufmerksamkeit nutze ich. Blitzschnell drehe ich mich um, springe zu dem Mädchen und schnappe es mir. »Kamp, machen Sie keine Dummheiten!«, warne ich, presse Annika fest an mich und bewege mich mit ihr rückwärts zur Tür. Bob springt wild bellend hin und her. »Aus dem Weg, sonst knallt's!«, brülle ich die zur Salzsäule erstarrte Mutter an.

»Sie Stinksau! Sie gottverdammter Stinkstiefel!«, schreit Kamp. Mit der einen Hand fuchtelt er mit der Pistole, mit der anderen wehrt er den kläffenden Hund ab. Er stürzt sich auf mich, stolpert, fällt auf den Bauch, rutscht über die glatten Fliesen und knallt gegen eine prächtige Bodenstanduhr. Die Waffe entgleitet ihm und landet krachend am Paneel. Die Uhr zittert leicht und gibt einen langen, empörten Basston von sich.

Ich packe Annika bei den Schultern und stoße sie brutal von mir. Ich renne durch die Eingangshalle und reiße die Haustür auf. Augenblicklich stürmt Bob herbei. Für ihn bleibt alles lustiges Spiel. Er presst mich mit seinem schweren Leib gegen das filigrane Treppengeländer. Aber es gelingt mir, mich von ihm zu befreien und die Stufen mit zwei Sätzen zu nehmen. Bob hinterher. Er tobt durch den Garten und reißt Stäbe mit goldenen und silbernen Rosenkugeln um. Sie fallen auf den Rasen und zerplatzen wie Christbaumschmuck.

Ich höre die donnernde Stimme von Kamp: »Bleiben Sie stehen! Stehen bleiben oder ich schieße.«

Ich bleibe nicht stehen. Ich renne um mein Leben. Gleich knallt es. Gleich.

Von Winterhude nach Uhlenhorst

Freitag, der 30. Juni, 22:43 Uhr

Ich laufe, laufe, laufe. Ich laufe um mein Leben.

In der City Nord verlassen mich die Kräfte. Im Schutz der dichten Ginsterbüsche lasse ich mich auf eine der Wiesen zwischen den futuristischen Firmengebäuden fallen. Der Schweiß rinnt mir übers Gesicht und brennt mir in den Augen. In keinem der sterilen Großraumbüros ist Licht. Texaco, Shell und Tchibo haben Feierabend. Keine Menschenseele weit und breit. Ich bin allein.

Ich setze mich auf. Die Stille ist unerträglich. Der Auftritt bei Familie Kamp hätte mit einem bösen Knall enden können. Wie sagte mal ein kluger Spanier: Wenn die Hörner des Stieres sich senken, tut der Torero gut daran, in den Schatten der Barriere zurückzutreten. Was aber habe ich getan? Ich bin über die Barriere und direkt vor den Schreibtisch von Herrn Kamp gesprungen. Ohne jedes Konzept. Völlig planlos. Meinen eigenen Bedenken zum Trotz.

Ich nehme Julias Tuch vom Hals und trockne mir das Gesicht. Herr Kamp, da bin ich mir sicher, gehört einer Organisation an, deren Wirkungskreis ich nicht einschätzen kann. Habe ich die Geschichte bisher als Statistin verfolgt, so bin ich auf einmal ein Teil von ihr, schlimmer noch: Mir fällt die Hauptrolle zu. Ich bin die Einzige, die von den kriminellen Machenschaften der Interfront AG weiß und gleichzeitig nicht Mitglied ist in ihrem Club. Und dank meines intelligent durchgeführten Auftritts bei Herrn Kamp ist das jetzt auch der Interfront AG bekannt.

Die Tasche meiner Jeansjacke ist aufgerissen. Ich binde mir das Halstuch wieder um und taste nach meinen Personalien. Meine Papiere sind weg! Ich muss sie beim Gerangel mit Annika verloren haben. Oder vielleicht später, als Bob mich gegen das Geländer gedrückt hat. Ein Alptraum. Mein Personalausweis weg. Das bedeutet, dass die Interfront AG meinen Namen und meinen Wohnsitz kennt. Das bedeutet, dass ich mich in akuter Lebensgefahr befinde.

Ich breche auf. Vor mir liegt der Stadtpark, unheimlich und schwarz. Der Himmel hat sich bedeckt, und es ist merklich kühler geworden. Von einem der unzähligen Rhododendrenwege lasse ich mich verschlucken. Im Park ist nur das Rauschen der Blätter zu hören. Wie in Antonionis Film *Blow-Up*. Der Tote im Gebüsch. Ich beiße mir auf die Lippen. Wenn ich nicht höllisch aufpasse, werde ich genauso enden. Und wenn nicht im Hamburger Stadtpark, dann in der Elbe. Ich überquere die große Wiese, die die Zentralachse des Stadtparks bildet und an deren Ende der monumentale Wasserturm mit dem Planetarium steht. Von dem Turm sind nur die groben Umrisse zu erkennen, die von roten Signalleuchten markiert werden.

Am Borgweg löse ich mich aus dem Dunkel des Parks. Ich schleiche von einer Häuserecke zur nächsten, immer auf der Hut vor Verfolgern. In der Gertigstraße Ecke Schinkelstraße schlüpfe ich in die Schankwirtschaft *Köbes*. Musik, Gelächter, Bierdunst und Zigarettenqualm. Die Leute amüsieren sich, klar, schließlich haben wir Wochenende. Am Tresen spreche ich den Zapfer an. Er hat ein rundes Gesicht mit eingedrückter Nase. Ich bitte ihn um Stift und Papier und einen Streifen Klebeband. Mein Auftritt ist so zwingend, dass er mir sofort Kuli und Kneipenblock reicht und den Kellner trotz des Betriebs nach hinten ins Büro zum Klebebandholen schickt.

Ich notiere in Stichworten das Ergebnis meiner Untersuchungen und meine Schlussfolgerungen, falte das Papier zusammen und versiegle es mit dem Klebeband.

Der Zapfer sieht amüsiert zu mir rüber, während er in

Schnellschankmethode ein Viertel Pilsner Urquell nach dem anderen in die Gläser laufen lässt. »Willste auch eins?«, fragt er.

»Muss erst telefonieren«, antworte ich.

Er zeigt mit dem Daumen nach hinten.

»Neben der Toilette«, ergänzt der Kellner, auf dessen Tablett sich die gefüllten Biergläser drängeln.

Ich zwänge mich an Gruppen schwatzender Leute vorbei zum Telefon und wähle die Nummer meiner letzten Hoffnung: Asphalt-Wilfried. Wilfried mit Lederüberwurf, klirrenden Sporen und dem Peacemaker am Patronengürtel. Hoffentlich, hoffentlich ist er zu Hause.

Ewiges Läuten.

»Ja?«, meldet sich eine mir unbekannte weibliche Stimme.

»Hier ist Nikola. Ist Wilfried auf der Umlaufbahn?«, sage ich.

»Sakra, er ist vor Stunden gelandet«, schießt sie giftig zurück. Sie reicht den Hörer mit einem »Mitten in der Nacht« weiter.

»Was gibt es denn, Sput-Nik? Wir waren gerade dabei ... schlafen zu gehen«, grummelt Asphalt-Wilfried.

»Ich sitze in der Patsche«, stammle ich.

»Das denke ich mir. Sonst würdest du nicht mitten in der Nacht anrufen.«

»Du musst mir helfen, Wilfried. Du musst mich abholen. Sofort.« Ich nenne den Namen der Kneipe. Dabei überschlägt sich meine Stimme vor Aufregung, und ich muss den Namen wiederholen. Fast heule ich los.

»Schon gut, schon gut, ich komme ja schon«, beruhigt er mich.

»Wilfried«, rufe ich in den Hörer. Ein paar Gäste drehen sich irritiert nach mir um. Ich lege die Hand um die Muschel: »Und bring Walther mit!«

»Bin in zwanzig Minuten bei dir«, sagt er und hängt ein.

Ich drängle mich zurück zum Tresen.

»Willste jetzt dein Bierchen?«, fragt der Zapfer.

»Nein danke, mein Lift kommt gleich.«

»Ein Viertelliter vom Fass dauert nur sieben Minuten.«

»Käme zeitlich genau hin, aber ich brauche einen klaren Kopf. Lieber eine heiße Milch mit ohne Haut.«

Zwanzig Minuten später sitze ich in Wilfrieds R4, und wir fahren über den Hofweg Richtung Mundsburger Brücke. »Sput-Nik, ich will mich wirklich nicht in deine Privatangelegenheiten einmischen, aber findest du nicht, dass du mir eine Erklärung schuldest?« Er guckt kurz rüber und konzentriert sich dann wieder auf die Fahrbahn.

»War das eben am Telefon die Kleine mit den lakritzschwarzen Haaren?«, frage ich.

»Welche Kleine meinst du?«

»Na, die Dame mit den blutrot geschminkten Lippen und der schwarzen Kappenfrisur.«

Wilfried verzieht das Gesicht. »Ach die, 'ne Dame war sie tatsächlich, aber mehr eine Animierdame. Noch dazu hat sie geraucht wie ein Schlot.« Wilfried schiebt sich ein Streichholz zwischen die Zähne. »Nein, nein, das eben war Christine. Eine richtige Lady. Konsequente Nichtraucherin. Ist diesmal was Ernstes. Aber sakra noch mal«, unterbricht er sich und schlägt mit den Händen aufs Lenkrad, »du hast mich doch nicht aus dem Bett geholt, um mich über meine Frauengeschichten auszufragen.«

»Nein. Aber irgendwie tut es mir gut, darüber zu reden. Sie kommt aus Bayern?«

»Sput-Nik, willste mir denn gar nichts erzählen?« Wilfried kaut auf dem Streichholz. »Zumal ich tagelang für dich im Archiv gewühlt habe. Hat doch was damit zu tun, oder?«

»Kannst du das hier bitte für mich aufbewahren?«, frage

ich anstelle einer Antwort und hole das mit Klebeband versiegelte Papier aus der Hosentasche.

»Was soll das sein? Ein Care-Paket?«

»Öffne es erst, wenn mir was zugestoßen ist!«

»Wie das da zum Beispiel?«, fragt Wilfried und zeigt mit dem angekauten Streichholz auf das Pflaster auf meiner Stirn. »Oder ist das etwa noch 'ne Tätowierung?«

»Unsinn, das ist nichts. Lies das, falls mir was passiert, ja? Versprich es!«

Er verdreht die Augen. »Du wirst wissen, was du tust, Sput-Nik«, meint er und schiebt sich den geknickten Filzhut in den Nacken.

Ich sage nichts.

Wilfried knufft mich freundschaftlich in die Seite. »Schmeiß den blöden Fetzen ins Handschuhfach. Kannst dich auf mich verlassen.«

Wir haben das Ende der Straße erreicht. Im Augenwinkel sehe ich, wie der Bassist sich mit dem Kontrabass in den Armen schwerfällig die Treppen vom *Dennis Swing Club* raufschleppt. Wenn sie jetzt schon Schluss machen, war heute nicht viel los.

Wir kommen zur Mundsburger Brücke. »Halt hier an«, sage ich. »Wir sollten nicht direkt vor meiner Haustür parken.«

Wilfried stoppt den Wagen.

»Lass den Motor laufen. Ich renne schnell zu mir rüber und hole das Nötigste.«

Ich springe aus dem Auto, überquere die Kreuzung und laufe zu meinem Haus. Bei meinem Hauswirt brennt Licht. Das Putzen morgen nicht vergessen!

Am Treppenabsatz vor der Eingangstür blicke ich mich um. Auf der anderen Straßenseite löst sich eine Gestalt von einer Hauswand und bewegt sich mit gespenstischer Leichtigkeit auf mich zu. Adrenalin schießt mir in die Adern. Mit ein paar Sätzen bin ich wieder auf der Straße und sprinte zurück zum Wagen. Auch das Gespenst fängt an zu laufen.

»Sie sind da, Wilfried! Gib Gas!«

Wilfried stößt geistesgegenwärtig die Beifahrertür auf. Kaum hänge ich in der Tür, tritt er das Gaspedal durch und der R4 prescht mit durchdrehenden Rädern los.

Unser Verfolger steht im grellen Scheinwerferlicht. Wilfried hält auf ihn zu. Mit einem Hechtsprung rettet sich der Mann zur Seite.

»Los, packen wir die Ampel!«, treibe ich Wilfried an. Aber zu spät. Sie springt auf Rot. Wilfrieds Vollbremsung verhindert das Schlimmste. Ich sehe mich um. »Wo ist Walther?«

»In der Sporttasche hinten.« Wilfried guckt in den Spiegel. »Scheiße, da kommt dein Freund angelaufen.«

»Dreh einen U-Turn. Gib Gummi!«

Wilfried macht die Wende mit Vollgas, die Zentrifugalkraft schleudert mich halb auf den Rücksitz. Tut verdammt weh, erleichtert mir aber das Angeln nach der Sporttasche.

»Der Kerl musste zur Seite hechten. Toll!«, ruft Wilfried begeistert.

Ich krieche wieder nach vorne, hole die Walther PP aus der Tasche und schaue durchs Heckfenster. Unser Verfolger steht mit wütend gereckter Faust am Straßenrand. »Abserviert«, lache ich erleichtert.

»Ein echter Stuntman, dein Freund«, höhnt Wilfried, aber ich spüre den Schrecken dahinter. Das Streichholz zwischen seinen Zähnen hat einen Knick.

»Wie sah er aus? Kannst du ihn mir beschreiben?«

»Du kennst den nicht mal? Ein akkurat gescheitelter Saubermann in schwarzem Zwirn«, grinst Asphalt-Wilfried.

Ich wiege die Schreckschusspistole in meiner Hand. Sie ist vom Original kaum zu unterscheiden.

»Nein, im Ernst, war nichts zu erkennen. Nachts sind alle Katzen grau. Aber ich habe ihn ganz schön zum Springen gebracht«, sagt Wilfried.

Die Walther PP hat Kaliber 7,65 Millimeter Browning. 680 Gramm. 8 Schuss Munition. Eine feine Waffe. So was macht Eindruck, setzt Wortwechseln ein Ende. Schluss mit Weglaufen. »Voll Speed!«, treibe ich Wilfried weiter an. Ich stecke die Pistole in meine Jacke.

»Und wohin soll die Reise gehen, Jane Bond?«, fragt Wilfried und wirft das zerkaute Streichholz achtlos aus dem Fenster.

»Fahr mich zum Kiez«, sage ich. »Das ist das angemessene Umfeld zur Lösung meiner Probleme.«

Wilfried fingert in der Ablage nach einer Zigarette. »Da muss Christine jetzt durch«, sagt er, steckt sich eine zwischen die Lippen und sucht nach Feuer. Ich finde die Schachtel der *Bar Centrale*. Nur noch zwei Streichhölzer. Ich zünde ihm eins an. Er inhaliert so gierig, als hätte sich das nächtliche Abenteuer allein für diesen ersten Zug gelohnt. »Willst du mir nicht erzählen, warum der Kerl so scharf auf dich ist?«

»Leih mir Geld, Wilfried.«

»Klaro, Sput-Nik. Und behalte deine Geschichte ruhig für dich.«

Wir fahren schweigend weiter. Als wir die Reeperbahn erreichen, setzt der schräge Hamburger Regen ein. Die nasse Straße flimmert im Neon-Licht. Die Scheibenwischer des R4 quietschen im Rhythmus der Mechanik und ziehen halbkreisförmige Schlieren über die Windschutzscheibe. Weiße Scheinwerfer und rote Rücklichter und leuchtende Reklamen tanzen im Regen wie Weihnachtsschmuck.

Vor der Davidwache hält Wilfried an und sucht in seiner Hosentasche nach Geldscheinen und Münzen. »Hier haste alles, was ich bei mir habe. Und geh pfleglich damit um, es ist mein letztes!« Er sieht mich ernst an. »Sput-Nik«, sagte er, »pass auf, dass du heil rauskommst aus der Sache. Und«, mit Blick auf die Pistole, die sich unter meiner Jeansjacke beult, »ohne zu viele Löcher zu produzieren.«

»Versprochen«, antworte ich.

»Hau rein, Kapelle!«, murmelt Asphalt-Wilfried. »Take the money and get away!«

Auf der Reeperbahn nachts um halb eins

Samstag, der 1. Juli, 0:33 Uhr

Zwischen Millerntor und Großer Freiheit tauche ich in der Masse der Reeperbahnbesucher unter. Der Regen prasselt aufs Pflaster. Das Räderwerk des Amüsements kann er nicht aufhalten. Es dreht sich unermüdlich.

Ich male mir aus, was die Handlanger der Interfront mit mir angestellt hätten, wenn ich ihnen in die Hände gefallen wäre. Und fange an, mir ernste Sorgen um mich zu machen. Sorgen – Entsorgen – Entsorgungsproblem. Bei der Interfront stehe ich auf der Entsorgungsproblemliste ganz oben. Zwar erst seit ein paar Stunden, aber das bedeutet nichts. Die Firma scheint sehr gut organisiert zu sein. Das Abwehrsystem konnte binnen kürzester Zeit aktiviert werden. Ich frage mich, welches Ende sich die Köpfe der Interfront für mich ausgedacht haben. Wieder ein Verkehrsunfall? Oder zur Abwechslung ein unfreiwilliges Bad im trüben Hafenbecken? Auch nicht schlecht. Wie wäre es mit einem Sprung aus dem 13. Stock des Philturms? Kaschiert als Selbstmord? Diese Idee wäre nicht originell, aber unbedingt tödlich.

Ich lasse mich aber nicht beseitigen, nicht so einfach wie Kai. Um mich meines Verbündeten zu vergewissern, fasse ich in die Jackentasche. Da steckt Walther. Mit der habe ich schon mal geschossen. Während eines Ausflugs mit Wilfried nach Bad Oldesloe. Ich werde mich zu wehren wissen, knurre ich durch die Zähne.

»Pass doch auf, wo du hinläufst, du Pappnase!«, meckert so ein Pinneberger Stehkragenschnösel. Ich entschuldige mich halbherzig. Ich muss telefonieren. Mit Julia. Sofort. Aber weit und breit keine Telefonzelle.

Ich muss ihr sagen, was inzwischen passiert ist. Ich muss

mit ihr besprechen, wie es weitergehen soll. Das Sinnvollste wäre, die Polizei einzuschalten. Oder sollten wir die Story an die Presse geben? Aber was kann ich schon gegen die Interfront vorweisen? Nicht viel. Zwei Memo-Ausdrucke aus einem Neun-Nadel-Drucker. Und ein Spickzettel in einem Kinderzimmer.

Zwischen grell erleuchteten Spielhallen, Peepshows und Bierschenken finde ich das *Lehmitz*, eine der unzähligen Trinkhallen auf der Reeperbahn. Hier bin ich erst mal in Sicherheit.

Ich schaue mich um. Wie eine Schlange zieht sich der fast 40 Meter lange Tresen durch den gesamten Raum – aus der Vogelperspektive betrachtet ein überdimensionales N, an dem die Gäste auf am Boden festgeschraubten Hockern sitzen. Egal, wo sie sitzen, sie sitzen immer an der Theke. Die Klientel ist eine bunte Mischung aus Freaks, Grufties, Alkoholikern, Punks und Touristen. Einige wirken, als säßen sie schon seit Tagen hier, was gut sein kann, denn der Laden hat durchgehend geöffnet. Auf einer winzigen Bühne in einer Ecke des Raums spielt eine Band. Die Jungs geben volle Kante und rufen was wie: »Schmück die Wohnung!« Das Pappschild an der Wand kündigt sie in krakeliger Schrift als Kolossale Jugend an.

Bei einer pilzköpfigen Tresenbedienung bestelle ich eine heiße Milch. »Macht zwei Märker!« Der Pilzkopf hält die Hand auf, ohne mich anzugucken.

»Habt ihr Telefon?«

Er nimmt bereits die nächste Bestellung auf, seine linke Hand, die lässig nach hinten deutet, gilt aber noch mir. Das Telefon hängt direkt neben dem Schlagzeug. Großartig.

Ich warte die nächste Pause ab und wähle Julias Nummer. Es ist Silke, die sich meldet.

»Hallo, Silke, ich bin's, Nikola, ich ...«

Der Hörer wird sofort weitergereicht. Begleitet von albernen Kommentaren geht er durch mindestens zwanzig Hände. Man ist in Partystimmung. Anderthalb Minuten Schwatzen und Lachen. Ich schaue unruhig zur Band, die ihre Instrumente gerade wieder aufnimmt.

Endlich meldet sich Julia. Sie klingt leicht angetrunken. »Seid mal leiser!«, ruft sie nach hinten, aber das bringt natürlich nichts.

»Julia! Ich muss dich sprechen. Es ist wichtig.«

»Wo bist du?«, ruft sie. »Ich hab schon öfter bei dir … Seid doch mal leiser! Wie feiern nämlich ein bisschen. Komm doch auch!«

Der Gitarrist lässt sein Plektrum über die Saiten fegen.

»Ich bin im LEHMITZ«, brülle ich.

Der magere Rocksänger beginnt stoisch, scheint dann von Stromstößen durchzuckt.

»Ich verstehe nichts«, ruft sie.

»Ich weiß jetzt, wer Kai umgebracht hat«, brülle ich.

Eine gebräunte Hand mit sorgfältig manikürten Fingernägeln drückt die Gabel des Telefons nieder. Verdutzt drehe ich mich um und schaue in die dunklen Augen eines südländisch aussehenden Mannes. Unter dem tadellos sitzenden schwarzen Anzug erahnt man den durchtrainierten Körper. Aus der Brusttasche seines Jacketts lugt ein zur rotweiß gestreiften Seidenkrawatte passendes Tüchlein. Er hat ein ebenmäßiges Gesicht und schwarzes, glatt nach hinten gekämmtes Haar, das sich im Nacken lockt. »Beni, Frau Rührmann«, er lächelt verbindlich, »wir sollten uns die Zeit nehmen, ein wenig miteinander zu plaudern.« Sein Deutsch ist fast akzentfrei. Genau so stelle ich mir einen sizilianischen Mafioso vor.

Das Schlagzeug setzt ein.

»Nicht gerade der passende Ort für gepflegte Konversation, amica«, sagt der Mann und lässt die weißen Zähne blitzen. »Kommen Sie, Frau Rührmann! A manu a manu!« Er nimmt mich fest am Arm.

»Nicht anfassen!«, fauche ich. »Was wollen Sie von mir?«

Er bleibt völlig unbeeindruckt. »Ich möchte, dass Sie mich ein Stück über die Reeperbahn begleiten.« Er sagt es sehr freundlich und stößt gleichzeitig mit einem Gegenstand, den er unterm Jackett verborgen hält, kurz und hart gegen meine Rippen. »Amica, ich habe gelernt, es fast schmerzlos zu machen.« Er packt mich beim Arm und zwingt mich in Richtung Ausgang.

In diesem Moment beginnt der Gitarrist sein Solo. Der Mann bleibt stehen, ohne sich von mir abzuwenden. »Ich kriege immer eine Gänsehaut, wenn ich ein gutes Gitarrensolo höre«, sagt er verträumt und stößt mich weiter.

Ich spüre seinen Atem im Nacken. Mein Hemd klebt am Rücken. Ich weiß, ich muss handeln, wenn ich nicht enden will wie Kai. Jetzt. Sofort. Auf der Stelle.

Der Zufall hilft mir: Ein Betrunkener mit Schnapsflasche rempelt mich an, reißt mich fast zu Boden, der Hochprozentige schießt aus der Flasche in die Augen des Sizilianers. Chaos, Rufe, Flüche. Ich passiere im Slalom die Tür und springe draußen in Deckung.

In einer Spielhalle direkt neben dem *Lehmitz* verstecke ich mich. An den elektronischen Spielautomaten sitzt ein halbes Dutzend Gäste – alles Männer – und ficht intergalaktische Raumflottenmassaker aus oder vernichtet feindliche Panzerdivisionen. Zwischen einem Flipper und einem Geldspielautomaten flüchte ich in die Kabine eines Fahrsimulators, die ausgestattet ist wie das Cockpit eines Rennwagens. Die Windschutzscheibe besteht aus einem Fernsehmonitor, der die kurvenreiche Strecke des Nürburgrings nachzeichnet. Es ist so eng in der Kabine, dass mir nichts anderes übrig bleibt, als mich hinters Steuerrad zu klemmen. Es erscheint mir ratsam, hier erst mal abzuwarten.

Ein Mann mit zerknautschtem Jean-Paul-Belmondo-Gesicht und verspiegelter Sonnenbrille sieht zu mir rein. »Na, willst mal ein paar Runden drehn, min Deern?«

»Lass mich in Frieden, Alter! Ich mach nur ’ne Denkpause.« Ich habe wahrhaftig andere Probleme, als in einem Fahrsimulator Autorennen zu fahren.

Edu schaltet sich von oben ein: *Dieser Pit-Stop bei Belmondo hilft dir vielleicht weiter, ming Leevsche.* Edu hat immer ein Herz für die Alten. Er ist ja selber einer.

»Was ist nun?«, fragt Jean-Paul. »Kein Spiel drin?«

Ich schüttele den Kopf, steige aus dem Cockpit, schleiche vorsichtig zum Ausgang, spähe raus auf die Straße und zucke sofort zurück.

Der Sizilianer steht knapp fünf Meter von mir entfernt, neben ihm ein bulliger Typ. Eins seiner Ohren ist gefaltet wie ein Glückskeks. Wahrscheinlich ein ehemaliger Boxer. Der Sizilianer spricht wild gestikulierend auf ihn ein. Die Spielautomaten rattern. Ich verstehe kein Wort. Die ratlose Miene von Glückskeks und sein Fingerzeig Richtung Operettenhaus sagen mir aber, dass man auf der anderen Straßenseite weitersuchen will. Der Sizilianer schickt ihn mit barscher Geste auf den Weg. Er selbst hält die Stellung auf dem Bürgersteig, als ahne er, dass ich in einem der umliegenden Läden stecken muss.

»Trübes Wetter da draußen. Da fühlt man sich so richtig bregenklöterig«, sagt Belmondo hinter mir. Ich drehe mich zu ihm um. »Und du nun in deiner schedderigen Jacke«, setzt er hinzu. Sein Lächeln ist breit und gewinnend und vertieft seine abenteuerlichen Falten. Seine Augen sind nicht zu erkennen hinter den verspiegelten Gläsern.

Ich strebe wieder Richtung Kabine.

»Is also doch ein Spiel drin«, meint Belmondo zufrieden und läuft mir hinterher. Die Geschäfte müssen verdammt schlecht gehen, wenn um die Kunden derart gebuhlt wird. Er hält mir sogar die Tür auf.

Okay, denke ich, ich fahre ein bisschen Auto und überlege mir dabei, wie ich aus dieser Falle rauskomme.

Mit einem melodischen Klingeln verschwinden die Münzen von Asphalt-Wilfried im Automaten. Das erwartungsvolle Dröhnen der 1350 PS eines Benetton-BMW füllt die Kabine. Meine Hände umspannen das Lenkrad.

»Nicht klammern!«, ruft Belmondo mir über die Schulter zu. »Man kann ein Auto nicht wie ein menschliches Wesen behandeln – ein Auto braucht Liebe.«

Die schwarzweiß karierte Flagge geht runter. Start! Ich trete das Gaspedal. Ich packe die gefährliche Südkehre, nehme wie nichts die Nordkehre, fliege fast raus aus der scharfen Bergwerk-Kurve, packe sie im letzten Moment, spätestens beim Karussell bricht mir der Schweiß aus allen Poren. Als ich durch den Schwalbenschwanz und mit 200 Sachen über die Döttinger Höhe rase, nutzt Belmondo die gerade Strecke bis zum Tiergarten für einen theoretischen Exkurs in Sachen Autorennen: »Einer der stärksten Rennwagen der F1-Geschichte ist der Benetton-BMW von Gerhard Berger. Damit hat er den Großen Preis von Mexiko gewonnen.«

Ich nähere mich mit einem Affenzahn der Hohenrain-Schikane. Asphalt-Wilfried wäre stolz auf mich.

»Sehr gut, min Deern. Du zeigst Initiative.«

Initiative. Belmondo hat völlig recht. Es ist an der Zeit, Initiative zu zeigen.

»Legendär sind die BMW-Tourenwagen«, sagt er.

Die Berufskiller sind uns unauffällig bis zur Reeperbahn gefolgt. Garantiert wurde einer von ihnen auf Wilfried angesetzt.

»Im Rennstall des BMW-Tuners Hans Peter Koepchen feierten spätere Superstars wie Hans Stuck junior und Hans Heyer ihre ersten Erfolge mit dem Koepchen-BMW 2000 TISA.«

Wer sagt denn, dass sie nicht auch Wilfried bedrohen, jetzt, in diesem Moment.

»Das waren noch Zeiten.«

Höchste Konzentration für die Hohenrain-Schikane.

Und?

Und durch! Im Augenwinkel zischt die schwarzweiß karierte Zielflagge nieder.

»Wahnsinn, min Deern, Wahnsinn.«

Ich will wieder die Initiative ergreifen. Basta.

»Das ist der Wahnsinn«, ruft Belmondo und zerrt sich die an den Knien ausgebeulte Jogginghose rauf bis zum Brustkorb. »James Hunt fuhr 1976 mit einem McLaren Ford die 23 km mit einer Durchschnittsgeschwindigkeit von 189 km/h.«

»Das heißt, er fuhr die Schleife in 0,12 Stunden«, sage ich, während ich aus dem Cockpit klettere. »Also in knapp 7½ Minuten.«

»Ja, ja«, sagt Belmondo, erstaunt, dass ich neben beeindruckenden Fahrkünsten auch noch gut im Kopfrechnen bin. »Jedenfalls hast du sie in weniger als fünf Minuten geschafft.«

»Im Simulator sind wir alle besser als James Hunt«, winke ich ab.

Ich riskiere einen Blick auf die Straße. Da ist er immer noch, der Sizilianer, und knirscht mit den Zähnen. Es hat aufgehört zu regnen. Der Sizilianer geht auf und ab, hält Ausschau und ist tunlichst darauf bedacht, mit seinen feinen Schuhen nicht in die Pfützen zu treten. Verdammt clever, dass er die Stellung hält.

Meine Hand umfasst die Walther PP in der rechten Jackentasche. Sie fühlt sich gut und fest an. Initiative ergreifen!

»Mach noch 'ne Runde und topp dich selbst!«, versucht Belmondo mich mit seinem verwegenen Grinsen zu verführen. Ich lasse ihn stehen und trete vor die Tür.

Früher oder später, das weiß ich, werden sie mich ohnehin kriegen. Dann lieber die Dramaturgie selber bestimmen. Im Schutz der Eingangstür warte ich, bis mir der Sizilianer den Rücken zukehrt.

»Komm schon«, sagt Belmondo von hinten.

»Bin gleich zurück, lass den Motor schon mal warm laufen.«

Flugs schleiche ich mich an den Sizilianer heran und drücke ihm unvermittelt den Lauf meiner Waffe in den Rücken, so unauffällig und geschickt, wie er es vorhin bei mir gemacht hat. Er gibt einen überraschten, gurgelnden Laut von sich. »Tja, Weißzahn, die Situation hat sich verkehrt. Mach keinen Scheiß, Mann. Was dich da piekst, ist nicht der Finger deiner kleinen Schwester.«

Die Flügel seiner fein gebogenen Nase blähen sich. Vor Wut oder vor Angst?

»Verschränk die Arme vor der Brust, als wäre dir kalt. Gut so. Brav. Und solltest du Ärger machen, sorge ich dafür, dass dir wirklich kalt wird. Und nun: Abmarsch!«

Im Gleichschritt bewegen wir uns bis zur nächsten Ampel. Als sie auf Rot schaltet, befördere ich seine Pistole geschickt in meine Jackentasche. Das geschieht völlig unbemerkt vor den Augen der unzähligen Touristen, die offenmäulig die Leuchtreklamen der Bars und Geschäfte begaffen und den handfesten Türstehern lauschen, die sie mit Versprechungen auf Sex in allen Variationen in ihre Etablissements locken wollen.

»Wir gehen ein bisschen spazieren«, flüstere ich dem Sizilianer ins Ohr. »Das wolltest du doch sowieso.«

»Aber müssen wir dabei aufeinanderhängen wie die Frösche?«, knurrt er frech.

Ich lockere den Griff, drohe aber gleichzeitig: »Wenn du versuchst abzuhauen, knalle ich dich ab. Dreh dich nach vorn! Ich mache Porzellanbecher aus deinen Zähnen.« Wieder stoße ich ihm die Knarre in den Rücken.

»Chi voi ffari ora?«, fragt er, seine Stimme klingt flach. »Überlegen Sie sich genau, was Sie tun, Frau Rührmann. Mit uns kann man doch reden.« Er ist bemüht, tief und ruhig zu sprechen, seine Nervosität ist aber unüberhörbar.

»Habt ihr mit Kai Orn auch so liebenswürdig verhandelt?«, frage ich und trete ihm in die Hacken.

Er lacht peinlich berührt auf. »Sie sind ganz schön in der Klemme, comu? Wir sollten uns lieber einig werden.«

»Die nächste Straße links ab!«, puste ich ihm ins Genick.

»Cc'emmu ca machina o a peri?« Ich verstehe seine Frage nicht, aber der Klang verrät mir, dass er sich selber Mut zuspricht. Wir wühlen uns durch die engen, verwinkelten Gassen von St. Pauli. Er voran, ich schubsend hinterher. Die Seitenstraßen werden allmählich dunkler und einsamer.

Ich suche nach einer Telefonzelle. Nicht weit entfernt vom Fischmarkt sehe ich eine. Gelb leuchtet sie uns im Grau des nassen Kopfsteinpflasters und der unbelebten Gebäude entgegen. Der Platz ist menschenleer. Ich reiße die Zellentür auf.

»Un telefunu?«, fragt er ungläubig.

Ich stoße ihn rein, entsichere seine Waffe, eine Beretta 92, eine Selbstladepistole. Da haben die weitschweifigen Erzählungen von Wilfried über seine Erfahrungen bei der Bundeswehr doch ihr Gutes, denke ich. »Du tust, was ich dir sage!«

»Und wenn ich es nicht tue?«, fragt er und sieht provozierend auf seine Pistole in meiner Hand. »Schießen Sie dann auf mich, Frau Rührmann?« Er rückt das Jackett zurecht und fährt sich mit der Hand in den Hemdkragen.

»Ja, in die Beine«, sage ich so brutal, wie ich nur kann. »Und jetzt rufst du deinen Chef an!«

»Unna?«, fragt er fassungslos.

»Sag deinem Chef, dass ich ihn sprechen will.«

»Subbitu«, erwidert er und wagt sogar ein Achselzucken.

»Freund meiner Seele«, falle ich in Edus antikisierende Sprache, als könnte ich mir Mut und Kraft von oben holen, »ich spaße nicht. Los, ruf an!«

Der Sizilianer wirft mir einen Blick zu, mit dem er Glas schneiden könnte. »Man muss sich vor Ihnen in Acht nehmen«, sagt er spöttisch.

»Das tun die meisten«, erwidere ich knapp.

Ich drehe ihn ein wenig von mir weg und werfe mit der freien Hand zwanzig Pfennig in den Speicher. Er lächelt. Ich beobachte gespannt seinen braunen Zeigefinger, der langsam die Nummer wählt. Wir lauschen dem Tuten des Telefons. Er blickt mich an. Meine Hand umschließt die entsicherte Beretta 92, die ich zurück in meine Jackentasche gesteckt habe.

In der Leitung knackt es. Der Sizilianer räuspert sich und sagt mit künstlicher Gelassenheit: »Ciau, Chef. Ich bin's, Toni. Si, si, 'e menzanotti, scusa! Ich habe unsere verlorene Tochter ...«, sagt er schmunzelnd, dann sieht er auf meine Jackentasche, unter der sich seine Pistole abzeichnet, und ergänzt unwillig: »... gefunden.«

Herr Jasch bellt einen kurzen, scharfen Befehl, den ich nicht verstehe.

»Si ... no ...«, stammelt Toni. »Mmi bbisogna ... Un pozzu ...« Er blickt mich an. »A dopu!«, sagt er, lässt plötzlich den Hörer fallen, reißt mich mit Gewalt an sich und beginnt mit aller Kraft auf mich einzuprügeln. Ich halte meine linke Hand schützend vors Gesicht, die andere bleibt in der Tasche, er schlägt auf mich ein, links und rechts und links und rechts. »Boni cosi!«, schreit er und schlägt zu. »Mi displaci assai!«, schreit er und schlägt wieder zu.

Wenn er mich an der Kinnspitze erwischt, ist alles aus, denke ich. Da löst sich ein Schuss.

Qualm steigt aus einem schwarzen Loch in meiner Jackentasche auf. Der winzige Raum füllt sich mit dem beißenden Geruch des verschossenen Schießpulvers.

Tonis Augen werden weich wie die eines staunenden Kindes. Mit einem ungläubigen Lächeln greift er sich an die Brust. Dann lehnt er den schönen Kopf gegen die Zellenwand und sackt sanft in sich zusammen. Er schaut zu mir rauf und sagt mit leerer Stimme: »Upisci si mancia di ventri.«

Sein Gesicht fällt mit einem Ruck nach vorne. Ein Schwall Blut ergießt sich über seine Brust.

Landungsbrücken

Samstag, der 1. Juli, 1:34 Uhr

Einen zeitlosen Augenblick stehe ich da und spüre nichts als den rasenden Trommelschlag meines Herzens. In meinem Kopf dreht sich ein Kaleidoskop durcheinanderwirbelnder Bilder: Julia im Hörsaal, wie sie mit der Hand über die goldblonden, feuchten Löckchen im Nacken wischt, der Betonbogen mit dem Graffiti MONKEY FACE WAS HERE, Hans-Jörg Köhler, der im Auf und Ab der Alsterwellen nach Elsbeth fischt, Salzstanges Turnschuh, in dessen Sohle die Form seines Fußes zu sehen ist.

Der Sizilianer ist tot, denke ich, ich habe einen Menschen getötet.

Aus dem Hörer, der an dem Kabel hin und her pendelt, ruft die Stimme von Jasch, vor Aufregung so hoch, dass ich alles verstehen kann: »Toni, was ist los? Antworte, Toni! Was ist passiert? Toni!« Kein Anschluss unter dieser Nummer, denke ich dumpf.

Panik packt mich. Ich habe Detektivin spielen wollen und nun hockt vor mir ein Mensch, den ich umgebracht habe.

»Toni, Herrgott, melde dich!«, höre ich Jasch schreien.

Toni ist mausetot. Und seine Komplizen sind mir dicht auf den Fersen. Wahrscheinlich ist auch Wilfried in Gefahr. Ich hätte gleich zur Polizei gehen sollen. Jetzt ist es zu spät. Abgesehen davon, dass ich gegen die Interfront – die beiden Memo-Ausdrucke ausgenommen – nichts in der Hand habe.

Ich öffne die Telefonzelle und taumle durch die Straße. Mir wird schwarz vor Augen. Dieser Knäuel in meinem Kopf.

Ich denke an Julia, die ich heute Morgen verlassen habe. Heute Morgen, das scheint eine Ewigkeit her zu sein. Ich bin sicher, dass ich Julia nicht wiedersehen werde.

Die frische Nachtluft bläst mir den Blutgeruch aus der Nase. Ich habe in Notwehr gehandelt, denke ich. Gar nicht so einfach, das der Polizei zu verklickern.

Drei Leichen säumen meinen Weg. Ich habe ein verdammt mieses Gefühl. Von Kais Ableben habe ich mir einen persönlichen Vorteil versprochen, Salzstanges Tod habe ich vorausgesehen, er war mir gleichgültig, und Toni habe ich schließlich selbst ins Jenseits befördert. Was wollte er mir sagen mit seinem letzten Satz? »Upisci si mancia di ventri.«

Dieser Knäuel, dieser wirre Knäuel in meinem Kopf. Erschöpft lehne ich mich gegen einen Müllcontainer. Eine alte Frau überquert die Straße und verschwindet in einem der Hauseingänge. Ich warte, dass sie das Flurlicht anschaltet. Als es angeht, frage ich mich, warum ich hier stehe und auf so was warte. Das Entsetzen schnürt mir die Brust zu. Ich laufe los und am Hafen den Pinnasberg rauf.

Ich habe Toni vorher gewarnt, sage ich zu mir. Das Wort »vorher« ist so grauenhaft, dass ich es laut wiederholen muss: »Vorher.« Vorher habe ich ihn gewarnt. Und bei der Warnung ist es nach seinem Angriff nicht geblieben. Es war Notwehr. Und es hat keinen Unschuldigen erwischt.

Ich schaue über die breite, dunkle Elbe. Ein Containerschiff fährt in den Hafen. Der tiefe Ton seines Schiffshorns kommt als Echo aus der Stadt zurück.

Plötzlich ergreift mich eine merkwürdige Euphorie. Das hat Edu mir erklärt, als meine Großmutter gestorben ist, dass das die Seele mit uns Menschen macht. Ich werde auf einmal ganz heiter, richtig froh werde ich. »Ich packe es«, flüstere ich vor mich hin. »Ich komme heil raus aus dieser Scheiße. Ich schaffe das.«

Von der anderen Hafenseite leuchtet das natriumgelbe Licht von Hunderten von Lampen der Werften, Trockendocks und Industrieanlagen rüber. Ein Martinshorn ertönt in meiner Nähe. Ich erschrecke. Ein Peterwagen mit Blaulicht flitzt an mir vorbei.

Auf der Hafenpromenade ziehe ich Tonis Schießeisen aus der durchlöcherten Jackentasche. Meine Handknöchel sind weiß, so fest halte ich die Waffe umklammert. Auf einem einsamen Schiffsanleger befreie ich mich mit einem weiten Wurf von ihr. Das dumpfe Aufklatschen im Elbwasser ist kaum zu hören.

Wilfrieds Walther PP behalte ich. Vielleicht brauche ich sie noch. Ich untersuche die Seitentasche meiner Jeansjacke. Das fette Loch ist verdammt verräterisch. Ich verschiebe das Vergraben oder Verbrennen der Jacke auf später und gehe in Gedanken das Nächstliegende durch. Das Martinshorn hat vielleicht Toni gegolten. Ob man ihn schon gefunden hat? Welche Schlussfolgerungen kann die Polizei angesichts des Toten in der Telefonzelle ziehen? Sie haben weder eine Tatwaffe noch ein Motiv, nur die Fingerabdrücke beliebig vieler Menschen. Augenzeugen gibt es nicht, da bin ich mir sicher. Niemand kann mich mit dem Sizilianer in Zusammenhang bringen. Außer der Interfront. Aber die wird sich hüten, eine Vermisstenanzeige für ihren sizilianischen Außendienstmitarbeiter aufzugeben. Für die Polizei stehen die Chancen, die Tat aufzuklären, nicht günstig.

Ich setze mich auf eine Bank, um in Ruhe zu überlegen, wie es weitergehen soll.

Don Camillo sucht Unterstützung bei Jesus Christus, ich wende mich hilfesuchend an Großvater Edu. Aber Edu schweigt.

Der Wind streicht über die Elbe. Ich lausche dem Quietschen der schwimmenden Pontons, in der Ferne flötet das Warnsignal eines Hafenkrans.

Edu, als hätte er Erbarmen mit seiner Enkeltochter, flüstert mir plötzlich ein einziges Wort zu: *Präventivschlach!*

Präventivschlag! Das ist die Lösung! Ich muss dem Gegner nur zuvorkommen – und schon bin ich raus aus dem Albtraum. Ich entwickle einen Plan. Der Plan ist verwegen. Unglaublich verwegen und unglaublich einfach. Je konkreter ich ihn durchdenke, desto sicherer bin ich, dass er mir den Weg aus meiner fatalen Situation weisen wird. Ich muss laut lachen. Die Nerven, denke ich.

Julia – vor ein paar Minuten habe ich noch geglaubt, die wenigen Stunden mit ihr müssten schon bald zur wehmütigen Erinnerung verblassen. Doch schon sieht alles wieder ganz anders aus.

In der Nähe vom Eingang zum alten Elbtunnel betrete ich zum zweiten Mal in dieser Nacht eine Telefonzelle. Ich wähle die siebenstellige Nummer, die ich Toni abgeschaut habe. Die aufgeregte Stimme von vorhin meldet sich – jetzt betont sachlich: »Bitte?«

»Guten Morgen, Herr Jasch. Ich hoffe, ich störe Sie nicht zu so früher Stunde?«

»Wer ist da?«, fragt er nach kurzem Zögern.

»Mein Name ist Rührmann, Nikola Rührmann. Sie kennen mich aus den Berichten von Herrn Kamp. Mein spontanes Vorstellungsgespräch vor knapp fünf Stunden, Sie erinnern sich? Bei der Gelegenheit ließ ich meine Papiere gleich da, höflich wie ich bin.«

Keine Reaktion.

»Herr Jasch, ich rufe Sie nicht an, um mit Ihnen Höflichkeitsfloskeln auszutauschen. Ich weiß, dass Sie mir an den Kragen wollen. Ich kann Ihnen davon allerdings nur abraten, denn falls einer Ihrer Handlanger mich tötet, wird mein Anwalt mit einem Brief an die Öffentlichkeit treten, in dem ich detailliert von der Sondermüllverschiebung Ihrer Firma berichte. Dokumente, die Ihre skrupellosen Geschäfte beweisen, liegen diesem Bericht übrigens bei. Mein Kommilitone Kai Orn hatte sie bei der Hausbesetzung gefunden. Ihre Kollegen müssen sie im Haus Klausstraße vergessen haben. Allein diese Dokumente sind belastend genug, um Ihnen gehörig Feuer unterm Arsch zu machen. Ich vermute, deshalb musste er auch sterben.«

Der heiße Atem von Herrn Jasch kriecht förmlich durch die Leitung.

»Herr Jasch, angesichts der schlagenden Beweise ist es angebrachter, mit mir ins Geschäft zu kommen, als meine Liquidierung anzuordnen.«

Herr Jasch räuspert sich. »Was wollen Sie von mir, Frau Rührmann?« Sein beiläufiger Ton soll mich glauben machen, dass ihn nichts so schnell aus der Fassung bringen kann.

»Das habe ich Ihnen doch gerade gesagt. Für uns beide steht eine Menge auf dem Spiel. Wir sollten nicht in verschiedenen Mannschaften spielen.«

Herr Jasch lacht gepresst. Er versteht. »Der Vorschlag ist konstruktiv, Frau Rührmann. Überraschend konstruktiv. Wie stellen Sie sich die Einzelheiten vor?« Das klingt, als ginge es um den Kauf von Investmentpapieren.

»Zehntausend Mark noch heute Nacht mit meinen Personalien in meinen Briefkasten. Weitere vierzigtausend morgen bei Lieferung der Dokumente.«

Herr Jasch schnauft, als überträfen meine Geldforderungen seine Vorstellungskraft. In Erinnerung an die Beträge, die in den Memo-Ausdrucken genannt werden, setze ich noch eins drauf: »Wenn Ihnen die Summe zu mickrig erscheint – weitere *fünfzigtausend* bei Lieferung der Dokumente. Das ist ein Klacks für die Interfront. Und damit schließen wir die Akte Klausstraße für alle Zeiten.«

»Sechzigtausend für ein paar Dokumente. Das ist viel Geld. Welche Garantien geben Sie mir«, fragt Herr Jasch, »dass es bei der einmaligen Zahlung bleiben wird?«

Der Fisch hat angebissen. Das Geschäft ist so gut wie abgeschlossen. »Zunächst einmal müssen Sie mir einfach nur glauben«, sage ich verbindlich. »Morgen früh werden Sie dann aus den Medien erfahren, dass ich Sie zu weiteren Zahlungen nicht zwingen kann.« Gott habe Toni selig.

»Das reicht mir nicht, Frau Rührmann. Wissen Sie, Versprechungen gelten nicht viel in dieser Welt. Außerdem – was ist mit Toni passiert?«

Fast verlegen antworte ich: »Genau um den geht es ja. Ich fürchte, Sie werden sich nach einem neuen Toni umsehen müssen.«

»Oh«, murmelt Herr Jasch, und ich kann hören, wie es in ihm arbeitet. Der Verlust eines Mitarbeiters ist gewiss ärgerlich, andererseits hält die Interfront mit seinem Tod den entscheidenden Trumpf gegen mich in der Hand. »Das zeigt, dass man Sie nicht unterschätzen sollte«, sagt Herr Jasch.

»Auf keinen Fall«, stimme ich ihm selbstbewusst zu. »Sie lassen mich und meine Freunde ab sofort in Frieden. Und geben mir das Schweigegeld in der eben genannten Höhe. Alles andere hätte für Sie äußerst unangenehme Konsequenzen.«

Herr Jasch denkt über mein Angebot nach. Aus dem Jäger ist ein Gejagter geworden.

Ich warte.

Wir haben uns gegenseitig in der Hand. Überleben können wir nur miteinander. Zu diesem Ergebnis kommt auch Herr Jasch. »Ein interessanter Vorschlag«, sagt er mit neutraler Stimme. »Ehrlich währt schließlich am längsten! Ich halte alle wesentlichen Punkte für ausreichend besprochen. Einverstanden, Frau Rührmann!«

Schwanenwik und Ende der Geschichte

Samstag, der 1. Juli, 2:27 Uhr

Das letzte Streichholz aus der Schachtel der *Bar Centrale* flammt auf und beleuchtet schwach den Flur. Neben der Küchentür stehen Plastiktüten mit leeren Rotweinflaschen. Und ein Bierkasten. Auch leer. Überreste der Party. Der Dielenboden knarrt. Ich greife nach der Türklinke, puste die Flamme aus und betrete das Zimmer.

Im Halbdunkel sehe ich die schlafende Julia. Sie liegt eingewickelt in ein rotes Laken, unter dem sich die Konturen ihres schmalen Körpers abzeichnen. Ihr Gesicht ist dem Bücherregal zugewandt, auf dessen oberstem Bord ich Kais Ordner deponiert habe. Ich hole ihn hervor, verstecke ihn unter meiner Jeansjacke und schleiche zurück zur Tür.

Julia bewegt sich. Ich ziehe die Jacke aus und lege den Ordner auf einen Stuhl und meine Jacke darüber. Dann setze ich mich zu Julia. Sie öffnet die Augen. Ohne zu erschrecken sagt sie: »Nikola!«

»Nun bin ich da«, sage ich, weil mir nichts Besseres einfällt. Ich grinse verlegen wie ein ertappter Dieb.

»Warum wurde unser Telefonat unterbrochen?«

»Ich hatte keine Münzen zum Nachschmeißen.«

»Mein Gott, dein Gesicht.«

»Noch schlimmer als sonst?«, frage ich.

»Was ist passiert?«

»Jetzt ist alles vorbei.«

»Nikola«, sagt sie und zieht mich an den Zipfeln des Halstuchs zu sich runter, »Nikola.«

Ich sehe das schnelle Pochen der Äderchen in ihrer Schläfe und spüre ihren warmen Atem. Ich streichle ihr übers Haar. Wir küssen uns. Meine Hände gleiten unter das Laken, liebkosen ihre verborgene, nackte Haut. Ich küsse ihre Stirn, ihre Augen, ihre Grübchen und ihren weichen Mund.

»Deine Beule sieht schlimm aus«, sagt sie und berührt sie mit den Lippen, ehe sie mir das T-Shirt über den Kopf zieht.

»Da war eigentlich ein Pflaster drauf«, erwidere ich atemlos. »Ich habe es heute Nacht verloren.« Ohne ihren Mund von meinem Gesicht, meinem Haar, meinem Hals zu lassen, öffnet sie die Schnalle meines Gürtels und zieht langsam den Reißverschluss meiner Hose runter. Ich lege die Hände um ihre kleinen runden Brüste und küsse die rosigen, aufgerichteten Spitzen. Das Bild, wie sie sich im Philturm gegen Kais Arm gedrückt haben, schiebt sich dazwischen, aber ich verdränge es und sage: »Ich liebe dich. Ich liebe dich.« Die Worte kommen einfach so aus meinem Mund.

Julia holt mich kopfüber ins Bett. Ich streife Schuhe, Hose, Slip ab und wühle mich in ihr duftendes Haar. Mein Mund gleitet über ihren zurückgebogenen Hals und in die weichen, feuchten Achselhöhlen, ich sauge an den Spitzen ihrer Brüste, erforsche den Bauch und den kleinen krausen Hügel. Meine Hand gleitet zwischen ihre warmen Schenkel. »Liebe mich, komm, liebe mich!«, sagt sie ernst.

Ich streichle sie sanft. Ich bin ihr so nah.

Mein Blick fällt auf eine Schachtel Präservative, die auf dem Nachttischchen liegen. Restbestand Kai, denke ich irritiert und verscheuche die schwarzen Vögel aus meinem Kopf. Unsere Körper liegen aufeinander.

»Liebe mich!«, sagt sie noch mal. Plötzlich spüre ich, wie alles ganz leicht wird, wie alles von alleine geht, wie sie sich mir öffnet. Sie sieht mich an dabei. Ihr Nacken, an dem die goldblonden, feuchten Löckchen kleben, winzige Schweißperlen, Zähne, starke Zähne, sehr weiß, die sich in ihre Unterlippe graben, rosa lackierte Fingernägel, an den Spitzen abgeblättert, honigblondes Haar wie Nimm2-Bonbons, die

Strähne auf ihrer erhitzten Stirn. Ich merke, dass sie es nicht mehr aushält, dass sie kurz davor ist, ich bin es auch. Lust bis zur Unerträglichkeit. Ausweglosigkeit. Untergang und Ohnmacht.

Auftauchen. Benommenheit. Seligkeit.

Ihr feuchtes Haar streicht über mein Gesicht, ihre Haut ist heiß, und sie leckt mir über den Busen und fährt mir mit den Händen über den Rücken. Ich lege den Arm um ihren entspannten Körper. »Ich schau dich so gern an«, sage ich. »Ich spüre dich so gern. Ich rieche und schmecke dich so gern. Ich liebe dich.«

Mit ernster Falte zwischen den Augenbrauen hört sie mir zu, nimmt mein Gesicht in ihre Hände und küsst wieder zart meine Beule und dann meinen Mund. Sie küsst meinen Hals und muss lachen. »Du hast das Halstuch umbehalten.« Sie zieht das Laken über uns und mich eng an sich und schläft ein.

Der Morgen kriecht durch die dünnen Vorhänge. Goldene Staubkörnchen tanzen im ersten Sonnenstrahl, der auf den Dielenboden fällt. Ich weiß nicht, wie lange ich sie betrachtet habe. Aber dann erinnere ich mich an meinen Auftrag: Ich bin noch nicht durch mit der Geschichte.

Ich löse mich aus ihrer Umarmung, sammle meine Sachen zusammen, greife nach Jeansjacke und Ordner und schleiche aus dem Zimmer. Auf dem Flur ziehe ich mich an. Ich finde Notizblock und Stift und kritzle *Muss dringend in meine Wohnung, bin bald zurück* auf ein Blatt. Ich schiebe die Nachricht unter Julias Zimmertür, dabei fällt die Pistole aus der zusammengefalteten Jeansjacke, poltert gegen die Tür und dann auf den Boden. Ich raffe sie an mich, verstecke sie wieder unter der Jacke und warte in gebückter Haltung. Nichts rührt sich. Die Mädels haben einen gesunden Schlaf.

An der Wohnungstür vergewissere ich mich, dass ich das

Wichtigste bei mir habe: Jeansjacke, Ordner, Pistole. Bloß jetzt keine Fehler auf den letzten Metern.

Die Luft draußen ist frisch, angenehm kühl und rein. Keine Menschenseele auf der Straße. Mir gehört die Stadt. Die ganze Welt. Und Julia. Unfassbar! Ich habe die wärmste Stelle ihres Nackens geküsst.

»Die Kühlen! Die Blonden!«, hat Edu mich mal aufgeklärt. »Ming Bützchen, ich sage nur: Unterm Eis lodert das Feuer!« Wir saßen damals beim Frühschoppen in Jüppchens Gasthof, er vorm Bier und ich vor meiner Limonade, und ich in meiner kindlichen Unschuld dachte, er meinte das kühle Blonde in seinem Bierglas.

Ich bin mit dem schönsten Mädchen zusammen, denke ich, mit dem schönsten Mädchen.

Ein Motorradfahrer kommt um die Ecke geschossen und flitzt den Gorch-Fock-Wall rauf. Ein Motorrad, denke ich. Um diese Jahreszeit mit Julia auf einem Motorrad, wie schön wäre das. Zu Hause warten schon zehntausend Mark auf mich. Und weitere Scheine folgen bei Übergabe der Unterlagen. Insgesamt sechzigtausend Mark. Ich male mir die Reisen aus, die Julia und ich mit so viel Geld machen können, und mein Herz hüpft vor Freude. Ich muss überhaupt kein schlechtes Gewissen haben. Es ist alles in Ordnung so, was, Edu? Nur keine Skrupel wegen der sechzigtausend Mäuse. Ich hätte viel mehr für die Dokumente verlangen sollen. Zock sie ab, die Schweine!, hättest du zu mir gesagt. Drei Menschen mussten sterben. Drei Menschenleben für sechzigtausend. Die Firma kommt gut weg dabei. Für die drei ist das hart, klar. Aber so ist das Leben. Es bleiben immer welche auf der Strecke. Und keinem bin ich irgendwas schuldig. Kai war ein naives Arschloch. Als Umweltaktivist dürfte ihm die Interfront AG durchaus ein Begriff gewesen sein. Und auch das Kürzel PCB. Er wird sich über den Fund von

Briefen eines Chemiekonzerns in der Klausstraße gewundert haben. Aber er hat die Tragweite seiner Entdeckung völlig falsch eingeschätzt. Er war sich der Gefahr nicht bewusst, in die er sich begab, als er die Memo-Ausdrucke an sich nahm. Vor Sönke lauthals damit anzugeben: »Du kannst dir nicht vorstellen, was in dem Haus in Wirklichkeit abgelaufen ist. Ein unglaublicher Skandal.« Pech, dass Sönke kein Interesse gezeigt hat. Umso mehr die Interfront, die durch Salzstange von dem Fund erfuhr. Salzstange, ein hoffnungsloser Junkie, der seinen Freund für ein bisschen Geld verriet.

Am Stephansplatz fällt mein Blick auf das alte Kriegerdenkmal. Ein riesiger grauer Steinquader mit dem Relief einer Kompanie Infanteriesoldaten des Ersten Weltkriegs, die im Gleichschritt und mit geschulterten Gewehren um den Quader herummarschiert: *Deutschland muss leben und wenn wir sterben müssen.* Die Quadratur des Kreises.

Frage: Hat Kai sich hier mit Vertretern der Interfront AG verabredet? Dann hat er sie erpressen wollen, ganz klar. Warum sonst hätte er sich auf ein Treffen mit ihnen einlassen sollen? Aber für eine Erpressung reichen die zwei Memo-Ausdrucke aus dem Neun-Nadel-Drucker nicht aus. Hat Kai womöglich geblufft? Hat er vielleicht so getan, als hätte er echte, schlagende Beweise? Überlebt hat er den Deal mit der Interfront jedenfalls nicht. Verkehrsunfall mit Fahrerflucht. Sogar die Polizei glaubt daran. Nur Salzstange nicht. Seine Nachforschungen in der Hafenrandstraße und auf dem Schrottplatz nährten einen schrecklichen Verdacht. Die Mitschuld an Kais Tod hat Salzstange schließlich den Rest gegeben. So viel Feingefühl ehrt ihn, aber was geht mich das an? Seinen nächsten Geburtstag hätte der sowieso nicht mehr erlebt. Und Toni, der verdiente Außendienstmitarbeiter der Interfront AG? Wer weiß, wie viele der schon um die Ecke gebracht hat. Sicherlich geht auch Kais *Unfall* auf sein Konto. Aber bei mir war er an der falschen Adresse. Ich habe ihn fertiggemacht. Berufsrisiko. Typen wie Toni müssen jederzeit mit ihrem Abgang rechnen. Basta. Außerdem war es Notwehr. Total in Ordnung. Das Versprechen, Kais Tod aufzuklären, habe ich damit eingelöst. Alles paletti, wie Toni sagen würde.

Ein Lkw donnert mit mehr als fünfzig Sachen die Straße runter. Als Auflieger hat er einen orangefarbenen Müllcontainer. Ich kenne diese Art Lkw: Sondermülltransporte der Hansestadt Hamburg. Bestimmungsort: Schöneberg, eine Deponie in der DDR. Giftiger Müll des kapitalistischen Westens gegen harte Devisen für den sozialistischen Osten. Warum eigentlich nicht? Profitieren doch alle davon. Wie soll man das Zeug sonst loswerden, verdammt noch mal? Selbst der mit Schadstoffen kontaminierte Elbschlick des Hamburger Hafens wird einfach in die Nordsee verklappt. Tonis Beretta landet da sicher auch mal.

Im Gustav-Mahler-Park schlurft ein Mann mit zerknitterten Plastiktüten auf der Suche nach Pfandflaschen von Abfalleimer zu Abfalleimer. Er beachtet mich nicht. Am Burma-Haus gibt der Park den Blick auf die Binnenalster frei. Die Dämmerwolken tragen noch einen Hauch des ersten Morgenrots in sich, doch das Licht der aufgehenden Sonne spiegelt sich schon im Wasser. Die grünen Kupferdächer der Kontorhäuser haben einen warmen Glanz. Von der Kennedy-Brücke spucke ich in die Alster und beobachte, wie mein Speichel unten auftrifft. Zwei Möwen fliegen kreischend und pfeilschnell über meinen Kopf hinweg. »Na, auf dem Weg zur Müllkippe?«, rufe ich hinter ihnen her.

Eine Straßenkehrmaschine kriecht wie ein hungriges Insekt am Bordstein entlang. Sie saugt, bürstet und spült. Noch so ein Ding, das Müll frisst. Müll erstickt die Welt. Müll ernährt die Welt. Müll regiert die Welt.

Ich laufe die Außenalster entlang. Die Plastik von Max Bill, die dicht am Wasser direkt gegenüber vom Atlantic-Hotel steht, erinnert an das tote Gesicht von Salzstange. Wie er mich in der Toilettenkabine angestarrt hat. Verdammt, wer mit dem Feuer spielt, kann sich verbrennen, das weiß jedes Kind.

Drei Menschen haben mit dem Feuer gespielt und sind verbrannt. Na und? Täglich kommen Tausende ums Leben. Durch Krieg, Hunger, imperialistische Ausbeutung. Traurig, aber wen kümmert es? Niemanden. Das ist die Wahrheit. Die Menschen liegen in ihren Betten und pennen. Und ausgerechnet ich soll die politische Aufklärerin, den Sozialapostel spielen? Für Gerechtigkeit kämpfen? Das sollen gefälligst diese vollgefressenen Schöngeister tun, die wichtig-wichtig in ihre autonomen Arbeitsgruppensessel furzen. Ich brauche keine Moral. Moral macht mich nicht satt. Es gibt sie nämlich nicht, die Gerechtigkeit. So einfach ist das.

Am Schwanenwik, beim ehemaligen Strandbad, setze ich mich am Ufer der Außenalster neben die Bronzeplastik auf hohem Steinsockel. Drei Mann im Boot von Edwin Scharff. Steht zumindest dran.

Kai, Jörg und Toni. Auf dem Weg ins Totenreich.

Ein Schwarm Tauben zieht über den Himmel. Das Wasser hat die Farbe von Perlmutt.

Julia! Wie tief sie geschlafen hat, als ich sie vorhin verließ. Wie süß sie aussah. Werde ich ihr von der Hölle erzählen, durch die ich gegangen bin?

Yeah, though I walk through the valley of the shadow of death
I fear no evil for I'm the evilest son of a bitch in the valley.

Die Gravur auf dem Zippo eines amerikanischen GIs aus Vietnam, das Wilfried auf einem Flohmarkt erstanden hat. Sein Besitzer sei vom Vietcong getötet worden, hat der Verkäufer behauptet.

Ich habe auch getötet. Ich muss schweigen.

»Nikola!«

Erschrocken fahre ich herum. »Julia!«

Sie wirft das Fahrrad ins Gras und läuft auf mich zu. Ihre Haare sind noch schlafzerzaust. »Hier steckst du«, ruft sie erleichtert und greift nach meinen Händen. »Ich bin aufgewacht und du warst nicht da. Warum bist du abgehauen?«

»Abgehauen. Wie das klingt. Ich bin nicht abgehauen.« Der ehrliche Ausdruck ihrer Augen ist unerträglich. »Ich habe … ich muss noch was Wichtiges erledigen.«

»Und ich dachte schon, ich hätte alles nur geträumt«, sagt sie.

»Hast du nicht«, erwidere ich. Es klingt steif. Ich fühle mich unwohl. »Es war kein Traum«, sage ich rau. Ich ziehe sie eng an mich. Wir haben uns geküsst, wir haben uns geliebt, wir haben miteinander geschlafen, es war kein Traum.

Ihre hellen Augen sind durchsichtig wie Glas. »Was hast du denn Dringendes zu erledigen?« Sie streichelt meine Hände. Es zerreißt mich.

»Verzeih mir«, sage ich.

»Was gibt es denn zu verzeihen?« Unter ihren Augen liegen bläuliche Schatten. Ich sehe es erst jetzt. »Was ist das?« Sie hat den Ordner neben mir im Gras entdeckt.

Ich schiebe ihn beiseite. »Julia, vergiss die Geschichte mit Kai, vergiss überhaupt alles!« Ich will und kann nichts erklären. Sie würde sowieso nicht verstehen.

Julia sieht mich erstaunt an. »Was soll das heißen, vergessen? Etwa Kais, Jörgs Tod? Aus dem Gedächtnis löschen? Einfach so?« Sie rückt von mir ab.

»Verdammt noch mal, kapier doch! Ich will mir nicht die Schuld der Menschheit aufladen und am Kreuz enden. Ich bin nicht der Messias.«

Julia stößt mich zurück. »Ich verstehe gar nichts mehr. Die ganze Zeit ...«

Meine Hand gleitet von ihrem Körper ins feuchte Gras. Verdammt, wie soll ich ihr das erklären? »Geld! Es geht immer nur um Geld. Nur das zählt. Kein Mensch ist dagegen gefeit. Der Duft des Geldes ist unwiderstehlich. Für Kai, für Salzstange, für Toni und auch ... für mich.« Habe ich zu viel gesagt? Ich beiß mir auf die Lippen. »Begreif doch! Kai ist tot. Für immer aus und vorbei. Friede seiner Asche. Aber wir, Julia, wir leben! Wir leben!«

Sie ballt ihre Hände zu Fäusten. »Du hast mir die ganze Zeit was vorgespielt. Von wegen Recherche. Alles ausgedacht und erlogen!«

»Nein, das stimmt nicht.«

»Alles nur Spiel. Um an mich ranzukommen. Ich wette, sogar die Geschichte mit dem Raben ist gelogen.« Mit einem Ruck reißt sie das Pflaster runter.

Ich schreie auf vor Schmerz. »Bist du verrückt, das tut doch weh!«

Fassungslos sieht sie auf meinen Arm. »Alles Lüge«, sagt sie.

Sie steht auf. Sie nimmt ihr Fahrrad. Sie fährt los.

Ich blicke ihr nach. Das Ende? Das kann nicht das Ende sein. Fängt doch gerade erst an.

Eine unglaubliche Müdigkeit. Ich ertrage Abschiede nicht mehr.

»Upisci si mancia di ventri!« Was wollte Toni mir damit sagen? Wilfried war mal mit einer Sizilianerin zusammen. Bei Gelegenheit werde ich ihn fragen.

»Upisci si mancia di ventri!«

Danksagung

Unser herzliches Dankeschön gilt
Else, Iris, Dörte und Martin.

Bleibt die Frage: Was hat Nikola mit dem Geld gemacht?
Aufschluss gibt es hier: www.stiftungzurrettungderwelt.de

Kriminelle Heimat

Christine Lehmann

»Um eine Figur wie Lisa Nerz glaubwürdig zu gestalten, muss eine Autorin schon was können. Und tatsächlich kann Christine Lehmann viel mehr. Sie gibt ihrer Heldin eine mit bunten Aktionsverben versetzte Sprache, die zwar unverfrorene Direktheit transportiert, aber nie aufdringlich schnoddrig wirkt. Das hat so viel Tempo, und die Figuren sind so liebevoll charakterisiert, da verbinden sich dynamischer Vorwärtsdrang und fortgesetzte Seitwärtsbewegung zu einer durchweg unterhaltsamen Provinzinvestigation. Mehr davon!«
Ekkehard Knörer, *Perlentaucher*

»Lehmann kann das, souverän und überzeugend!« Thomas Wörtche

Nachtkrater

Nerz 7 · Ariadne Krimi 1173 · ISBN 978-3-86754-173-2

Als Lisa Nerz zu sich kommt, ist sie nicht mehr am Bodensee, wo sie noch kürzlich mit Richard Weber Spargel aß. Sie ist nicht einmal mehr auf der Erde – sondern unterwegs zur Mondstation Artemis! Warum? Was soll sie hier? Ist das die Strafe, weil sie schon wieder einen Mord gewittert hat?

»Science-fantastisch, bestialisch stinkend, witzig. Fulminant. Ultralunar.« *arte/Krimiwelt Bestenliste*

»Am Ende haben wir uns derart gut amüsiert, dass wir ein schweres Problem aus den Augen verloren haben: Gibt es überhaupt eine Forschungsstation auf dem Mond?« *DeutschlandRadio Kultur*

Mit Teufelsg'walt

Nerz 8 · Ariadne Krimi 1179 · ISBN 978-3-86754-179-4

In ihrem achten Fall stößt Lisa Nerz auf blinde Flecken im deutschen Sorgerecht, entdeckt ungeahnte Eigenschaften bei Staatsanwalt Richard Weber und bringt sich in Teufels Küche.

Kriminelle Heimat

Christine Lehmann

»Einsam, aufsässig und notorisch respektlos – Lisa Nerz ist ein klarer Fall von *hard-boiled woman*. Lehmann erzählt sarkastisch, unsentimental und dennoch einfühlsam.« *Konkret*

»Christine Lehmann schreibt mit Herz und, eine Rarität im D-Krimi, (Wort-)Witz.« Tobias Gohlis, *Die Zeit*

»Lehmann ist den meisten deutschen Krimischreibern stilistisch haushoch überlegen. Man kann sich diesen Sound nicht antrainieren. Bei Lehmann beruht er auf Menschenkenntnis, Lebenserfahrung, Selbstironie und Belesenheit.« *Perlentaucher*

»Eine provokante, schnoddrige, nie slangprotzige Sprache … Lehmann lässt ihre Heldin weder ihre Gewöhn-dich-dran-Manieren noch ihr Rempelmaul zügeln. Gerade dass es uns nicht recht gemacht werden soll, bindet uns an die Figur.« *Stuttgarter Zeitung*

Höhlenangst

Nerz 5 · Ariadne Krimi 1161 · ISBN 978-3-88619-891-7

Dunkel sind die Höhlen der Schwäbischen Alb. Doch das kann Lisa Nerz nicht schrecken – wenn Gerüchte von Mord und Korruption umgehen, steckt sie ihre Nase auch ins finsterste Fledermausnest. Auf der Suche nach einem Staatsanwalt, einer Leiche, die eben noch da war, und ein bisschen Liebe nimmt Lisa Nerz waghalsige Klettertouren auf sich und entreißt dem unterirdischen Labyrinth die Wahrheit.

Allmachtsdackel

Nerz 6 · Ariadne Krimi 1169 · ISBN 978-3-88619-899-3

»Ganz stark! Ein Kommentar zur globalen Situation, situiert im Schwabenland. Christine Lehmann kann das, souverän und überzeugend.« Thomas Wörtche, *kaliber38*

»Lehmanns Schwaben-Western: Rinder, Söhne, Pietisten. Do legscht di nieder!« *arte/Krimiwelt*

Kriminelle Heimat

Christine Lehmann

»Es sind nicht nur die Figuren, die Lehmanns Krimis haushoch aus den Niederungen der deutschen Kriminalliteratur hervorstehen lassen. Wunderbar geformte Bilder aus der Wirklichkeit, literarischer Realismus verdichtet in wenigen Worten: witzige und kunstvolle Krimis mit Klassikerqualitäten.« *krimiblog.de*

Vergeltung am Degerloch

Nerz 1 · Ariadne Krimi 1165 · ISBN 978-3-88619-895-5

Junge Frau erschlägt jungen Mann auf Stuttgarts nächtlichen Straßen. Beziehungskrach? Missverständnis? Oder steckt mehr dahinter? Erster Auftritt der Journalistin Lisa Nerz, großspurig, narbengesichtig und sexuell hemmungslos.

Gaisburger Schlachthof

Nerz 2 · Ariadne Krimi 1167 · ISBN 978-3-88619-897-9

Lisa Nerz ermittelt im Fitnessstudio und stößt auf durchtrainierte Kriminelle, mysteriöse Drogen, einen geheimnisvollen Staatsanwalt, Leichen und Wirtschaftsbetrug.

Pferdekuss

Nerz 3 · Ariadne Krimi 1171 · ISBN 978-3-88619-171-8

Eine Zucht Vollblut-Araber ist ein Vermögen wert – aber wer hat dafür getötet? Lisa Nerz, die Witwe des einstigen Thronfolgers, kennt die zerstrittene Familie, in der einige Leute das stärkste Motiv der Kriminalgeschichte haben: Gier …

Harte Schule

Nerz 4 · Ariadne Krimi 1157 · ISBN 978-3-88619-887-0

Lisa Nerz recherchiert zum Tod eines Lehrers. Prompt pfeift ihr Chef sie zurück. Doch so leicht lässt Nerz sich nicht ausbremsen. Sie befragt Schüler, eckt im Lehrerkollegium an und schnüffelt trotzdem weiter …

Kriminelle Heimat

Monika Geier

»Monika Geier gilt schon seit langem als großes Talent unter den jüngeren deutschen Krimautorinnen. Jetzt, in ihrem fünften Roman mit Bettina Boll, der alleinerziehenden Mutter und krimininalistischen Halbtagskraft, hat sie ihren Sound zur Vollendung gebracht. Geier plündert die Kolportage-Elemente, die sich in der Krimiliteratur von Umberto Eco bis Dan Brown, von Agatha Christie bis Mo Hayder angesammelt haben, mischt sie ordentlich durch und macht Nouvelle Cuisine daraus, mal deftig, mal subtil, aber immer aufregend, abwechslungsreich und auf höchstem Niveau, dabei mit einem hinterhältig neckischen Witz.« Tobias Gohlis auf *arte.tv*

Die Herzen aller Mädchen

Ariadne Krimi 1184 · ISBN 978-3-86754-184-8

Gregor Krampe, Mittelalter-Experte, hat für Medienrummel wenig übrig. Als Talkshowgast vor laufender Kamera mit dem angeblichen Vorleben seines Vaters konfrontiert zu werden, entspricht so gar nicht seiner Vorstellung von seriöser Unterhaltung. Aber seriös war sein Vater ja noch nie …
Kriminalkommissarin Bettina Boll ist bloß eine Halbtagskraft mit zwei Kindern. Doch da kommt unverhofft ihre große Chance: Die Einsatzleiterin des BKA will sie bei einer Aufsehen erregenden Ermittlung dabeihaben. Es geht um ein geheimnisvolles Buch – und einen Mordversuch. Verdächtigt wird der Sohn des Opfers, ein melancholischer Kettenraucher, den Bettina aus dem Fernsehen kennt. Sie soll ihn anzapfen, aber der Kerl interessiert sich nur für staubige alte Wälzer. Seltsam ist allerdings, dass ihn offenbar noch jemand beschattet. Was steckt wirklich hinter all der Aufregung um eine Ausgabe mittelalterlicher Psalmen?

»Sprachlich raffiniert, formal interessant, exakt dosiert witzig, toll geplottet: Monika Geier ist eine versierte Stilistin und hierzulande eine der Besten des Geschäfts.« Ulrich Noller, *Deutsche Welle*